瀑布守门人

田耳 著

上海文艺出版社

目录

瀑布守门人
1

氮肥厂
26

合槽
49

遗址
77

虚耗
104

接气
127

福地
151

郑子善供单
172

解决
194

铁西瓜
219

漂亮老头
243

瀑布守门人

我准确记得初次去飞水洞的情形：是五月初，村庄地势高陡，梯田层叠，插秧比别地晚。杨媚确乎是条件最困难的同学，也曾发奋读书，成绩始终对不住自己吃过的苦，最终我们沦为同窗。此去以帮她家插秧为由，其实我们都没下过田，上午每人踩两脚泥，人家要重新伺弄秧苗。到中午，太阳没现面，但溽热缠身，人有一种正在发馊的错觉。杨媚带我们去她早已提到的瀑布，而我们此来也与这瀑布有关。她不愿谈及这村庄，但有几次提到瀑布，仿佛是唯一拿得出手的东西。据说瀑布悬起来很高，一条白练飞泻直下，在中部散开如雨。当地人并不以瀑布指称，那地方命名为飞水洞，六十年代建有小水电站。"……而且，我们都到那里洗澡。"彼时我们都还未有远行，假期只能在附近几个县份穷游，杨媚的讲述有那么点蛊惑人心。

一行六男四女，沿河而下行到一处水汊口，五尺宽一线溪流在这汇入，溪水清澈，河水阴绿，溪水渗入河水稀释了一方水面的颜色。汊口只一户人家，男主人听着狗叫出门，跟杨媚打招呼。沿溪流往里走，两百米后见到那处水电站，只安装一台小功率发电机。再往里，唯一的路经过机电房，墙体斑驳，守厂房是一个女人，她躺在竹床上，最大面积敞开衣襟，一个全裸的婴孩趴在女人身上自行找奶。女人没有醒来的意思。一只黑狗吠两声，便对杨媚摇尾巴，让我陡觉乡村的热闹，一片地域的人与畜生都彼此相熟。我们次第穿过一道栅栏门，门锁着，中间一根铁条故意卸掉，最胖的刘维俊通过时有些困难。后面的冯既光及时通报："卡住了。"

郁磊阳扭头说："来，我们一起拔萝卜。"

刘维俊赶紧自己钻过去，追着要给郁磊阳一个熊抱。

往里走，瀑布的声音渐至清晰，果然有如暴雨。山谷越收越紧，空气里水雾渐重，往上看是一线天。"真是一条会吊胃口的瀑布。"是郁磊阳的声音。我们愣一会儿才笑，他讲话总有这种冷不丁的效果。瀑布离机电房一里多地，实际走起来尤其悠长。前面有钝白的光，走过那道逼仄如门的豁口，陡然开阔，是到一处天坑的底部。半个足球场大小的天坑。瀑布自上端挂下，无数水滴在明与暗的光线中晃动，四壁荫生植物油绿如漆。鲁南星带有相机，拍两张，嘀咕一声拍不出效果。底部水潭并不深，中间那块豆绿，水能漫过头顶。下水都已迫不及待，我们男生脱剩短裤一头扎没。洛婴备有泳衣，三点式，其他三人和衣下水。欧玉和杨媚是穿长裙，裙摆的褶子还紧，打湿以后犹如两把墩布。

洛婴在那块豆绿游泳，我们显然都看向她，鲁南星又拍几张,又是嘀咕没效果。我们臆想中男女凑一起戏水的场景并未发生。在那由职高升级的职专,恋爱虽未禁止,但会遭受老师的敌意。平日一个班的男女交往总是点到即止,临近毕业,我们班硕果仅存的一对恋人已打狗散场。

男生退出豁口,女生在里面更衣,杨媚把在豁口,盯紧我们,包括背对着她换裤衩的时候。接下来的蓄谋已久的午餐,是在瀑布一侧的一块平地,食物早已备足,免不了有酒。酒是在职专喝起来的。没谁在志愿上填写这座学校,但最后都因补录聚到一起,像河流归于大海而污水归于涧凼。校址在远郊一处山脚,周边是锯木厂、屠宰场、水泥砖场、红薯酒酿造坊,还有城乡结合部藏污纳垢的一切。在那个环境,三年待下来,不喝酒简直不可想象,一喝酒,我们作为被回收的垃圾,彼此会萌生一种同甘共苦相濡以沫的快意。

那天一喝就多,沱牌大曲很快喝完四瓶。杨媚说不能喝了,忽然又说再喝一瓶。一共买六瓶,最后还剩半瓶,被洛婴倒入水里。这时,罗湛不声不响地从背包里拎出两提听啤,这临时添加的内容,引发一阵狂欢。即将到来的毕业是种解脱,我们忽然少了许多忌惮。

"这地方真好,瀑布真好,"乐静婷把啤酒罐捏出碎裂的声音,又说,"我决定脱光了游泳。"

"我也要!"欧玉眼睛几乎睁不开。

"那你们出去!"杨媚喝了不少,但说话时,就像一点都没喝。她又紧紧地盯着我们一帮男生,两道目光将六个男生都一一锁定。

"我们其实可以……"刘维俊喉结汩动一下。他人胖,脖颈已开始吞噬下巴，平时喉结难得一见。

"赶紧滚出去！"

几个女生在杨媚身后哧哧地笑。杨媚把脸绷着，像午夜场的守门人开始清场。

电视上演圆笼格斗，那个日本格斗士牛皮糖一样黏人，不是跟对手打，而是把对手缠倒在地，强奸女人一样搞人家。搞到对手怀疑自己是男是女时，他就赢定了。电话打来，一接，是洛婴。她的声音以前很嗲，现在既嗲又不失干练，这是两种难以融合的腔调。我不记得多久没见她，五年或是更久，奇怪我们都一直待在这个城市。我当然知道她所为何事。一如既往，她仍是同学中的活跃分子，没她以及另几个，同学不可能一次次聚起来。说她关心着郁磊阳，莫如说每个同学都牵动她慈祥的心。她是这样的人。

我把所知道的情况大概一说。事情也正在调查，人探视不了。

"……我们碰个面。我把联系多的几个同学叫来，看能帮他什么。"

"我认为没这个必要，"她说，"难道我们美女老得你都不想见了吗？"

到约定的时间，我开了车去。这十来年，俚城一如别的所有地方，摊饼一样四面扩，新城将旧城箍了一圈。以前城郊某个村寨，现变成楼盘或者商业广场，而以前破败的鱼塘大都翻盖成农家乐，塘里养了肥硕的锦鲤。这种鱼像狗一样跟人亲，总是让我感觉妖异。在她召唤下，一些同学陆续赶来，估计一大桌，女多男少。女同学次第到来，引发阵阵异常雷同的喧哗。男同学只来两个，同我坐在角落抽烟。此前洛婴也要我再叫几个男的，比如刘维俊、鲁南星或者冯既光。我说那年三月八号之后，他们也都失联了。"难道他们也搭上了马航 M370？"她惊讶。我赶紧说是彼此失联，一直没来往的意思。她说："你怎么打这样的比方，巴不得人家出点事似的。以前不是天天在一起吗？"我怎么说呢，除了两口子，谁也没义务天天在一起，甚至两口子都没义务。

凑一块声浪渐起的女人堆里，我看见乐静婷，看见欧玉。我记起当年那一幕，模糊却又切近。

"……就是杨媚以前带我们去过的那个瀑布？"

"俐城能有几个瀑布？"

"那次我在水里不知道怎么就晕了，后来听说喝了酒忌下水，容易窒息。"乐静婷陷入回忆时脸上现傻，我更清晰地记起她当年的模样。她又说："当时都说还要再去，却从来没去。其实只要有谁组织，打个电话，我们还会去……"

"那里不是郁磊阳承包下来嘛，搞成瀑布浴场，还装有监控视频。你们去裸泳，他看得清楚。"我对面的毛胡子说。我只记得他姓李。我说："事情还没查清楚。"他闭了嘴。

欧玉说："视频就算是他装的，也不是为了看我们。"

女人们晃着开始走型的身体，喷笑起来。洛婴是不会笑的，作为活动的组织者，她提醒大家今天是为了帮郁磊阳做些什么。"能做些什么呢？"另一个女人问。洛婴叫我先讲讲了解的情况。

我把电话里跟她讲过的掰细了再讲。她们确实不了解，郁磊阳毕业后很少碰见，同学约聚从不来。我能见到他，是我父母跟他父亲都还住在地质五三七队的宿舍楼。宿舍楼建在山腰，没被开发商盯上，保存至今。房改时我父母把宿舍变成私房，这辈子是搬不了。郁磊阳的父亲郁工早就搬出，自建了楼房，后又将楼房改成民宿租出去，掏不少钱把以前住过的宿舍买回来。郁工说，两个人，住六百方米，瘆人得很。这里六十平米正好。

毕业后他出外跑车，见面自然就少。再后来，我看父母，他看父亲，偶尔在那个院里撞面，一年顶多两三回，一般是过年时候。他从没找女友，从来都是一个人，做起生意，生意做大，从不唤一个小弟开路拎包什么的。车是自己开，那辆赭色奥拓成为我判断他是不是回来的证物。见面，我们聊近况，他尽量概括，不像以前跟我有许多话说，甚至会奇突地加一些文学性的语言。寒暄几句，我们相约以后多联系，其实并不联系，像现在大多数人逢场作戏的约定。

有时我想，为什么会这样？我应该主动做些什么，让我们的关系再回到从前？哪怕过年见面，聊天时的语气更熟络一点也好。但都暗自一想，我知道任何补救措施都适得其反。从前像倒进井里的水捞不出原样了。

还有一年春节，他带个女孩回到破院子。女孩年轻漂亮，是他的旅行社的小导游。进院子之前，他把女孩定住讲了一番话，完全是领导布置工作。我敢肯定那是为敷衍或者宽慰父亲。那年郁工心率过速，坐下来就感觉自己分分钟猝死，成天在院子里一圈一圈遛自己，时不时扶墙哆嗦一阵，咬牙不坐。年后，郁工心率稍显正常，他也用不着带女孩装样子。

"……他毕业以后他爸可以帮他搞进地质队，他不干，去帮他叔叔开车，说是全国先跑一遍再说。只几年工夫，他有了一辆大卡，还买一辆奥拓，大卡拉货，奥拓代步。有一年过年碰面，我喊一声郁老板。他说什么老板唷，扔我一条九五至尊，真是我抽过的最好的烟，绵柔丝滑，吸进肺里往外吐心子都疼。他毕业没几年就变得有钱。那时候我还在为月入一千望眼欲穿，不够他一条烟。听我爸说，地质队散伙，他爸郁工手里有以前探矿的图纸，这个很容易变成钱。但郁磊阳自己说，我还用不着啃老。"

"说他一直不找女朋友。"毛胡子又插一句。

"好像是这么回事。有一次我也问他，是不是司机的老婆都在路边？他只说，这种事情，我也是有口难辩。听郁工说相了几回亲，他很客气，请介绍人还有妹子去天中酒店狂搞一顿海鲜。那是他的定点，是个吃货，一叫整桌菜，一样夹一筷头。这么客气，妹子以为还有下一次，从来没有。"

乐静婷又插话："这又是为什么？难道他不行吗？"她语气极坦诚，眼里有天真的疑惑，让别人把笑声闷回嘴里。

"我怎么知道？也许是心里有人，错过了，就没打起精神找另一个。每个人心底喜欢的力量和惯性都不一样。"

"是谁？我们认识？"

"既然错过，说出来有什么用？"

欧玉说："那就是认识的人咯？是不是洛婴？"

我看看洛婴，我们都看看洛婴。洛婴放下筷子说，今天不是来说这个的，没意思了啊。

我想起十来年前那次打电话给她,告诉她郁磊阳是这号闷驴,闷死自己十次,也不会把话讲出来。"……他现在挺有钱的,真的,应该是同学里面混得最好的。"电话里,我本想委婉提及郁磊阳近况,说出又变成最直接。洛婴一时变得愤怒,吼着说占文你什么意思?她把电话挂了。当时她已有男友,就是现在的老公。电话之前的几天,她主动把他叫来和同学们见面,我也在。她对他显然满意,姓庞,外经委的,长相自是不错,开口就说"那次去巴伐利亚""上次去日本"……当时,我心里暗接一句,"这次去你妈的"。那次见面我感觉这回洛婴要搞真的,就认为有必要给她电话,想跟她仔细聊一聊郁磊阳这个人,而她没心思听。

这些年来,事实证明洛婴的婚姻算是幸福,那个讲话虚头巴脑的家伙,哄她十来年,还将一直哄下去,也是难能可贵。如没有上好的心情,洛婴又怎能随时关心每位同学?我又想,洛婴若是和郁磊阳在一起,又指定幸福?

倱城旅游搞起来没几年,是我介绍郁磊阳买下渌水湾那幢七层的烂尾楼,事成我有辛苦费。郁磊阳也对这笔交易满意,说要送我一成干股。"要不折成现钱吧。"我并非不相信他,实在是等钱急用。"到时你不要后悔。"他说了一个数字,但说眼下正在借钱,不能现给。我说不急,也不能太久。三个月后他把一半款额打到我账户,又过半年付完所有,还有付息和酬谢。

那时手正紧,因为女人的事。年轻时,总有一次,你会觉得你和亲爱的女人之间就差一堆钱的距离,这很要命。我把身边的朋友想一想,有能力买烂尾楼的也就他,于是主动去找，看见奥拓知道他在里头。我说你不能老在外面赚，迟早要扎根的，现在佴城旅游的形势大好，旅馆怎么开都不够。去年五一节，有游客街头露宿，于是就发生一起乞丐强奸女游客的事情。昏聩的夜色中，女游客睡至迷糊，把乞丐当成男朋友，竟然主动了一小会儿……这事说明开旅馆多么地迫在眉睫啊，要用钢筋混凝土的盒子把天下的有情人框定，让他们不要搞乌龙。既做好事，又顺便赚得盆满钵满，机会能错过么？

郁磊阳说那去看看。看过以后决定买，付了定金再去找朋友筹钱。那时候我不知道郁工已经私下赚了不少。当天我嘴里讲一堆旅游的大好形势，心里并不这么认为，游客是四处流淌的洪水，谁也不知佴城发生涝灾或是旱灾。幸好，旅游起势以后，就跟前面县领导吹的牛一样，黄金周游客水泄不通，旅馆酒店的床位一直供不应求，可就地起价。郁磊阳的泺业大酒店七层有近六十套房，一个黄金周能赚十几万。我暗自松一口气，又肉疼那一成干股。当年变现的钱都白给了那女人，之后便不知道她去了哪里。我不是诉苦，我是说兄弟们都碰到的破事我也从未独自幸免。

旅游生意全方位，他入了行也不能单打一，后面酒店一楼附设旅行社，本店顾客参团有折扣，或者本旅行社的顾客住店给优惠。这样他便真正入了旅游业，雇一帮导游妹子，长相不差。这时候我以为他可以歪着脑袋挑她们中的一个，起码以备不时之需。我这么问他，他浅浅地笑，反问，是你看中哪一个？

那个瀑布，飞水洞，佴城旅游搞起势后一度成为乡村游的景点。当地农民土法上马，弄得不伦不类，很快把生意做死。之后飞水洞被一个姓乔的老板承包，接下来的两年成为臭名昭著的土匪景点。他们的车停在城里各处，以极低的费用招徕游客，拉到地方强迫消费。价目表有一阴一阳两张，饭后出示的那张，一盘野菜卖一百多块，一煲蛇汤两千打底。游客一次次把舌头像蛇信一样吐出来老长，必然不从。乔老板手底一帮马崽出面"维持秩序"，每个人的神情，都是"我的地盘我做主"。在那山谷地带，110的电话都拨不出去，游客一次次把钱掏足，自赎其身。这地方曾经百年匪患，现在不敢公然为匪，但不少家伙浑身流淌的仍是土匪血。游客纷纷举报，乔老板一次次摆平，所谓没有金刚钻不揽瓷器活。

有一年严打，乔老板及手下被定名为"乔大炳黑恶势力集团"，公捕公判会时作为成果上台展示。当年他们在景点"维持秩序"，每人都有专属造型，发型也绝不"撞衫"，像焰火晚会上的摇滚天团；现在都削光头发统一着装勾起脑袋，看着全是老实孩子。瀑布荒废在那里，小水电站也早已撤掉。没人接盘，一是那里已然声名狼藉，二是乔大炳迟早放出来。若见有人接盘，乔大炳脑袋一抽，也许满心都是自己女人被狗搞了的伤感。

郁磊阳偏要把那个景点接下来，也不马上运营，装修搞了差不多一年，就像装自家别墅。弄好以后，竟然不是景点，而是浴场，名字也改为"花洒瀑布"。他对瀑布改动的力度极大，整体环境重新设计施工，天坑的顶部装有穹顶，一摁电门，进口的透明篷布罩随时开闭。瀑布水温可调控，冬天出热水，一年四季经营。花洒瀑布主打的一个项目，是单日下午专供女宾，男士禁入，里面可以裸泳。这有别于其他浴场，男的泳衣女的比基尼，千篇一律，味如鸡肋地相互打量。投入如此巨大，宣传也铺天盖地。好几次，我走在路上被人横塞"花洒瀑布"的小广告。"美女，你多久时间没在大自然的怀抱里自由裸体了？"主打的广告语是这样，画面是裸女和锦鲤一同遨游水底。在广告背面，郁磊阳自封为"瀑布守门人"，郑重承诺了安全与舒适。这些年我在俚城写广告词也攒下口碑，他不可能不知道，但没叫我。印在广告纸上那些屁话，我听着倒牙，据说效果不错。用一个广告公司老总的话说，你不知道怎样的鬼话能够钻进游客结构错乱的内心。

瀑布守门人有专用的LOGO，郁磊阳找人用动漫处理了自己头像，着重凸显他的憨态可掬，是为增强女客的信赖。配图是他肩扛火箭筒，对付坐着飞机前来偷窥的色鬼。火箭筒像是六零式，飞机是《飞机侠乐迪》里的一款。他守护她们变成一尾尾锦鲤，水中自由翱翔，或在瀑布下面任飞泻的水流按摩，力道遒劲。这跟家里的花洒绝不一样，水飞流直下三百多尺，其中蕴蓄的能量，以前是用来发电的。

我相信这都出于他的本意。如此大的手笔，一枚针眼摄像头就可能彻底砸锅，他比任何人都了然。

"……是的，情况有了新的进展，报案的反倒成了作案的。"

我眼光还铺在电视屏上，日本格斗士晋级，正"强奸"

一个长得像廖凡的泰国拳王。这小个日本男人,迟早一天信心爆棚,想把泰森放翻在地并"强奸"一回。

"到底怎么回事?"

电话里,我大概跟洛婴讲一讲。郁磊阳被带进去询问,只说摄像头不知被谁安装在那里。这玩意佴城没有,应是网购,郁磊阳的网购记录被调取,的确没有相应的购物单。相反,警察查到报案人报案时所在位置,摄像头一对比,很容易将人找出来。其人姓肖,无业青年,爱好在各网站发布视频,多次违规。在肖某的网购记录里,明白地显示着购有这款摄像头,原装正版的一桩"贼喊捉贼"。稍加盘问,也是肖某偷偷安装在浴场内一处不易觉察的崖壁。瀑布之下,毕竟有这么大的空间,一枚依赖锂电池、无线发射信号的摄像头,很容易藏得不露痕迹。但郁磊阳细心,第一时间就发现问题。

"肖某怎么能进去?"

"除了单号的下午,男士也可以进,买张票的事。"我告诉她,现已问得清白,肖某蓄谋此事,先进去几次,探好位置,再找一个傍晚来客稠密之时动手安装。保安把肖某带到办公室,郁磊阳叫保安出去,两人单聊。"这事情,你知道我知道就行。你不要给我惹事。"郁磊阳跟肖某这么说。肖某一开始不认账,郁磊阳说那就只好报警。"刚才看见你拆包,接收器还在你的背包里面,警察来了,再打开你的贮藏柜。好不好?"肖某质问:"更衣室里安装有摄像头?"郁磊阳保持着微笑,说我们有别的措施,不侵犯隐私,但也不会漏过恶意的行为。"我跟来这里的女客保证过的,这个你应该知道。我的行为合不合法,等下警察判断。"肖某将接收设备交出,郁磊阳便将其放走,算是私了。郁磊阳自以为这样处理,会有相安无事的回报。没想,过了几天,肖某在网上报警,说花洒瀑布浴场安装有摄像头。

"……这怎么告得响呢?"

"问题是,事后他没有将摄像头拆除。当然,也没有将接收设备安装在自己电脑上,没有任何视频拍摄和观看记录。警方刑侦手段现在非常专业,事情调查得很清楚。"

"那他又是为什么?"

"他说是还没来得及,但拆摄像头就几分钟的事,这么说糊弄不过去。"我顿了顿,又说,"还在调查,我和你一样想不明白。我们并不了解他,不是么?"

"你都不了解我怎么了解?你们还是邻居。"

洛婴又提出见面聊,我说不必要,这事情那一堆同学帮不了。作为一个专盯政法新闻的比记者还低一级的通讯员,我不能为他做些什么,只知道眼下唯一帮得了他的,就是他本人能否对此作出合理的解释。

他和我们不太一样,虽然认识三十年以上,也不敢说了解。摄像头应该拆,他没有理由不拆,但他没拆。

我和公安有联系,算不上有关系,没法和他见面。作为通讯员我也要采写法政新闻或通讯,比如乔大炳无法无天的那段日子,接到消息我去到飞水洞,简直就是匪巢,一帮马崽就在我眼皮底下"维持秩序"。我能干的,无非用长焦远远拍几张照片,趁他们发觉前离开,写了情况通报交上去。

没有任何反应，我也没有再去理会，暗骂自己几句"有个卵用"了事。

当时我想，换是郁磊阳，他干我干的事，遇到同样的情况会怎么处理？

我们读小学是八十年代末，整个县城乱糟糟，街上成天有架打。我们曾被霸凌，就在酱油厂背后的巷子，上学必经之路。人人要交过路费，一角钱管一个星期，每次收一个月的份额。"一星期一角，一个月三角钱，会算吗？每个人都给优惠。"他们的大哥是卢召实，绰号阴孩，全城人都知道阴孩惹不得，过路费认了，三角钱倒也不痛不痒，还说人家流氓都懂聚少成多的道理，不容易。那时候院里小孩相邀一起上学，都交过路费，就他没交，第一次是说没钱。"好的，明天到家里撮一斤米，听到么？"很多小孩不敢问家长要钱，他们变通为交大米，小孩可以偷偷从家中米桶里撮。阴孩手下一个光头扯着一个足以把自己装进去的布袋，里面全是一斤一斤收来的米。第二天郁磊阳叫我们先走，我以为他交过路费怕熟人看见。我们不在一个班，中午才知他挨打，打得不轻，自己捂着，放学去到卢召实家，找他老父亲。他认得卢家是哪个门。"……我管不了，我怎么管得了他？他连我都打。"老卢冷笑。那以后他似乎故意避开我们，上学放学各走各路。第二月他又挨打，又去找老卢告状。第三月依然如此，伤得更惨，买了几块钱的膏药和跌打油才将伤势捂好。其实，他的零花钱比我们都多。第四个月，老卢操一把榔头站在巷子口，目送着小孩一个个经过。他跟阴孩发了话，要是他的小弟还收过路费，他就用榔头敲自己脑门。阴孩心里明白，自己的一身狠劲和泼皮功夫，都是遗传来的。

　　他本就不怎么找人玩，就喜欢独来独往。在那个小孩放养的年代，他安心宅在家中，成绩比我们强一头。五年级，也就是他抵制过路费一年以后，郁工和老婆闹离婚，郁工的问题。他跟母亲去广林县，往后有两年多我没见他，过年也没见。他转学回来是初二，跟我一个学校，另一个班，但成绩大不如前，全年级一百五十名之后。他母亲给广林酒厂处理锅炉故障时，遇爆炸意外死亡，尸体都凑不了整。这事情当然也闹得人尽皆知。郁磊阳的成绩一落千丈，我想最主要的原因，是他自己认为读书没什么意思了。

　　他再回到佴城，平时碰面远远地打个招呼。有一天第三节课的课间，他主动找我聊天。那个课间有半小时，广播体操停掉了，我忍着不上厕所，一直陪他说话。第二天第三天他还来我所在的班，我便注意到他眼神总是落在别的地方。"你是看上我们班谁了？"我问他。中午的时候他找我一路回家，告诉我，是的。我一猜就是洛婴。那时候长得好的女孩少之又少，我们班基本就洛婴长得亮眼。他叫我不要讲，"看她几眼就好"。

　　到初三他成绩又好起来，我知道这是必然，时间会稀释许多东西，他读书的底子还在。高中时他进一中，我和洛婴不出意料地去了城郊松溪庙中学。他经常过来，我也负责把洛婴聚拢来，他肯掏钱请饭。那时候掏钱请饭是少数人能做的事。洛婴当然知道郁磊阳的心思，顾及同学情面偶尔也来，对他并不感兴趣。我就批评他，你啊其貌不扬，难搞定。他说你讲我相貌平平，讲我貌不惊人都好，不要讲其貌不扬。我说不是一个意思么？"其貌不扬，就是长得丑。我长得丑么？"我一查辞典，真是他说的这样。

高中时大家都在蹿个头，郁磊阳奇怪地停止长高，只是长横，对此他也不以为意，没有发奋图强投入锻炼管理身体。他好吃，说自己胃口肯定是进口的。洛婴变得对交际感兴趣，她人气旺，成绩又上不去，经常组织大家搞一些很青春很阳光的活动，比如郊游、野炊或是读书会。她最爱汪国真，转眼随着风向变成余秋雨。郁磊阳不喜欢这两个人，我也差不多。但大家乐意团聚在美女身畔，郁磊阳更是积极的参与者。她对他态度不会很差，也没变得更好。她开始和校外的家伙谈恋爱，男朋友用野狼摩托将她从我们眼皮底下接走。她屁股后头绑了音箱，摩托一路飙着歌开远，飘来的声音有时候是 Beyond，有时候是郑智化。

"换一个吧。"我这么劝他。

"为什么要换？"

"都这样了，你也看到。"

"我没什么的，"他说，"我也就是经常看看她。"

职专时我们又撞到一个班，不得不说，我非常意外。后来知道他的志愿只填了本科和服从分配，似乎对自己去处有先见之明。"《上升的一切必将汇合》，"他晃了晃手里奥康纳的小说集，又说，"老天自有安排。"高考落榜，我心底那点隐隐的失落迅速被他的态度荡平。"真的，来这里不挺好么，该玩的时候狠狠玩三年，都不好意思有什么压力。"他还说，唯有在最后批次录取的破学校，青春才不被耽误。

洛婴用开桑塔纳的新男友甩掉旧男友，新一轮严打以后她又恢复自由之身，这些经历没让她阳光开朗的表情打任何折扣，还是热衷于把大伙组织起来一块活动。头个学期班主任脑子进水，指派我当班长，半年以后全班公开选举，我被洛婴替换，这才松了口气。除了读书不行（反正全班谁也不行），她在其他方方面面都表现出模范带头作用，是个热心肠的人。虽然我觉得她讲话做事，她的嗲嗓门总有些假里假气，但听习惯了就好。当时我们月生活费三百左右，她家条件不错，四五百都有。杨媚的父母每月只能掏一百五和一袋大米。她主动表示结对子帮扶，两人的钱合在一块用，并由杨媚保管。"……我不是一个精打细算的人，我要向杨媚同学学习怎么精打细算地过生活。"她获表彰时，在校会上作这样的发言，下面有人嘬起冗长的唿哨。一旁的校长脸一变，抢话筒喊话："哪个杂种吹的哨？有种站出来。"

杨媚成为她的跟班，形影不离，两个人都算美女，走在路上都有回头率，但在我看来，小姐和丫环的区别也是如此明显。临近毕业时，去帮杨媚家插秧只能是洛婴的主意，杨媚起初还不答应，是洛婴做通她的思想工作。洛婴说即将分手之际，更要加深彼此的友谊，"难道不是么？"

杨媚几乎一碰面就盯上郁磊阳，微妙且妥洽地示意，不让别人知道。我看出来，是我跟郁磊阳走得近。职专僧多粥少，往届生，还有刚到来的男生都用焦渴的眼神打量女同学，都想先下手捞一个女友，往后三年日子好打发。杨媚也是被重点追逐的目标，她谁都不睬。开学才一个月，国庆节，她主动约的郁磊阳。

"你不至于嫌人家家庭条件吧？要这样，兄弟请容许我默默地鄙视你。"我提醒他不要错过机会。

"我还是每天看几眼洛婴,就安心了。"

"洛婴这么多年一直不理你,有这必要么?她好像就喜欢街上那些妖怪。"我说,"杨媚倒是有眼光,这么多帅哥当中,百步穿杨地盯住你这么个货。有眼光的人必然汇合。"

"我说过要洛婴理我么?我就喜欢看洛婴没心没肺的样子,每天看到就好。"稍后又说,"我怕看杨媚的眼睛,她眼神毒。"

"不好这么夸自己,分明是欲拒还迎。"

"戴哥,我跟你讲过反话么?"

张队是洛婴叫来,坐我对面抽烟,脸上挂起职业性的冷漠。张队我自然认得,平时有事也不是他跟我对接,我未必请得动。洛婴在俚城混得很开,说谁她总有办法联系上。"你和世界上任何一个人中间,顶多隔着七个人。"这是聚会时她爱引用的句子,几十万人的俚城,在她看来自是小菜一碟。

"这个事情不大,也查明了,肖老四贼喊捉贼。问题是……"他习惯性停顿一下,"现在这事情竟然上了网,我们搞这一行,最怕这个。要是不上网,不用给上面一个交代,郁老板的事其实不算个事。"

跟张队同来的启明也说:"现在我们就要一个解释。大家对这事感兴趣,都知道郁老板没有撤走摄像头。"

"郁磊阳什么都没说?"洛婴问。

"知道是你们朋友,怎么说呢,他态度有问题。起先他连肖老四都包庇，只说不知道谁安装在那里，但我们在他办公室查到接收器。虽然接收器没有启封，没有连接上电脑，但这已经说明他在撒谎。"

启明补充："我注意到，报案是网络匿名，还说郁老板每天在办公室偷看，这有点画蛇添足。他既然是洗浴时无意中发现摄像头，又怎么知道谁在哪里偷看？再一查报案是在网吧里，肖老四以为这样很隐蔽，其实一查ID再对监控就能把人找出来。不出所料，他的网购记录里有这一笔，型号对得上。"

"郁磊阳自己怎么说？他总要说些什么。"

这是个烤吧，他们都穿便装来，可以搞点酒和烤串。电视里正播我一直追的综合格斗，现在是两个女人先垫场热身。一年前，这档节目每期都把女人的比赛放到压轴，想以此强调男女平等的观念，但收视率断崖式下跌。男女有别，要说平等不在于打拳。稍后，日本格斗士会和一个韩国拳王争夺次轻量级金腰带。

启明说："他先是说事忙，忘了拆。后来他承认，接收器摆在办公室，给他一种很奇怪的感觉。他每天免不了想起这事，只要将接收器插入电脑，就会看见画面。他说他需要这种感觉，每天想到，每天忍住。"

"是的，他说这就像一种挑战，一种折磨，他喜欢一天一天扛住这样的折磨。他相信自己扛得住……"

"他是不是被你们打了啊，讲这么古怪的话。"洛婴一急，嘴巴更快。

"小洛，你这么讲不对了。我们也有摄像头，现在都是文明执法，透明执法。"

烤鱼和烤串这时弄上来，还有汽锅蒸什锦螺。我啪啪地打开啤酒，先灌了自己一口大的。啤酒要冰，第一口总是最好，上顶脑门下冲屁眼。第一次去瀑布那天的事情瞬间又随气泡涌上脑门。

杨媚从豁口走出，朝我们来。
"别过来，我们也裸泳。"刘维俊这么说，我们一齐笑。
"有什么了不起，让我看看长短。"她已走到我跟前。我第一反应是杨媚是不是喝多，这实在不是她的语言风格。但她到底什么风格？
"……想不想看里面？"
我们互相觑几眼，以检验是否听错。不可能六人全都听错。一时很静，她的声音更清晰地冒出："要把握机会。"
"不好开玩笑。"郁磊阳说。
"谁跟你开玩笑？有谁不想看？"她手一指，指着进入瀑布那条小路的另一侧。通向机电房的那根巨大的水管，从山顶一路斜下，上面潭里的水走水管发电，盈余的才化为瀑布。"爬上那里，看得很清楚，她们绝对发现不了。村里男人都这么搞过，女人也都知道。"

那时候，我还在关注小说里性描写的段落。据说，学校里某个家伙藏有一本人体艺术画册，给人看了封面封底，往里翻要用白沙烟换。

转眼间，我们每个人都像金庸小说里的高手大战三百回合，呼吸一齐沉重，需要调整。罗湛脸太瘦，甚至暴出青筋。当刘维俊脖子率先一歪，朝杨媚手指的地方张望，所有人也都顺势扭头。定睛一看，山的腰际，水管旁边是有个窟窿。"现在，我守门。"她换一种循循善诱的表情。

"你喝多了，坐下来洗洗脸。"郁磊阳去拽她。她身体一抖，将他甩开。

"你硬了。"有人说。"你也一样。"有人回。他们开始往那边走，步态必然机械且吃力。"你们要搞什么？"郁磊阳递我一个眼色。我抢几步挡在道上，而他们，不是被我挡停，倒像是僵尸被法术定格。

"一群白痴。"杨媚把手插进裤兜。她湿漉漉的长裙有裤兜。

"郁磊阳，凭什么听你的？"鲁南星说话喷起酒嗝，也喷出委屈。

"我们都是同学，不是吗？"

罗湛说："你不看自己到一边去，不要管别人。"轮到郁磊阳扭头，罗湛不知哪时绕到他的身后。罗湛跟郁磊阳一样矮，很瘦，晚上在校外打通宵牌，白天趴课桌上睡。同学三年，罗湛基本算是陌生人，这次不知谁把他叫来。

两人不知怎么就动起手来，我扭头时，他俩滚在地上，自然是罗湛把郁磊阳骑在身下。"不要打架……"我过去想把罗湛拽开，这时，刘维俊打橄榄球似的一个斜扑，将我弄倒，并压我身上。这么大一堆肉，压得我嘴皮都往里凹。好不容易拧转脑袋，脸颊贴地，不远处郁磊阳的脸也贴在地面。我俩都只能腾出一只眼相互张望，瞳仁涣散眼白辽阔，眼色都使不出来。罗湛正在反别他一只手，冯既光别另一只。刘维俊不这么搞我,他只是压住我,要命的是他胯下之物顶着我屁股,这时硬得起劲,仿佛还在拔节。

"不要这样。"我又挪了挪,才能艰难地发声。刘维俊没吭声。我试探着动几下,看他会不会松动,这样我自己钻出去。"不要动!"刘维俊咬着我耳朵说。"不然呢?"我问他。他说:"我喝得稍微有点多。"

郁磊阳呛咳几下,大声地嚷,叫他俩放手。"要呛他几口水才好。"罗湛这时还打商量。冯既光说:"都是同学,不好吧。""就这么搞。"鲁南星赶紧过来,拎起郁磊阳双腿,三人把郁磊阳抬起,往前几步就到水边。仍是罗湛,拧着郁磊阳脑袋往水里浸。

"罗湛我肏你妈!"我趁我还能发出声音,就要发出声音。刘维俊也不多话,躺在我身上搞一招鲤鱼打挺,砸夯似的,我脑袋里火星蹿出一片,叫声都闷在嘴里。隐隐听见,罗湛指挥若定。他说:"你快上去,别浪费时间。"

他们把郁磊阳脑袋准确地摁在水里,时不时拎上来换口气。电视里面经常有类似的情节,国民党反动派或者日本鬼子捉到地下党八路军,都喜欢这样搞。缺氧这种事,最考验革命意志。鲁南星稍后返回又替下冯既光。

郁磊阳脑袋不知被浸了几回水,再拽出水面巨烈地呛咳,像是肺泡迸裂。

"不要这样搞他。"

"死不了。"

刘维俊心神不定,老是说:"怎么还没轮到我?"这时,里面传出女生杂乱的喧哗,仿佛出了状况。杨媚不得不往里面去，扭头丢来一句："抓紧时间！"当她跑进里面，又大声朝外面喊："你们要自觉啊！"

罗湛适时地替下刘维俊，先反别我的手，刘维俊才从我上面腾空。一丈之外，鲁南星和冯既光把呛水呛到昏厥的郁磊阳扔地上。他趴着吐水，苦于吐不出来，身体一阵一阵痉挛。"你他妈放开我，"我说，"快给他拍背，让他吐水。"

"死不了。"罗湛仍然说。他一手别着我，一手点烟。后来我发现他手头松动些，顺势一扯，竟然扯脱。我要走过去。罗湛身形一长，忽然抽我一耳光。我没反应过来，又挨一耳光。"你也爬上去看。"他说。我看着他的小个，一拳朝他面门砸去，身体却止不住趔趄，不知怎么被他撂倒。他踢我的股沟，踢在刚才刘维俊顶过的地方，有种撕裂的疼。当我翻身，他们都围过来，罗湛发话叫我别起来。我想了想，就没起来。稍后，罗湛蹲下来。我以为他又想到新花样搞我，他只在我胯裆上面一摸。"也硬了。"他们异常开心地笑起来。

我这时怎么就硬了呢？

"还有时间。"罗湛说。

我爬起来，罗湛接着踹我屁股。我踉跄地往那边走，仿佛并不情愿，之后又往水管上面爬。水管很粗，表层涂有沥青，能够直接踩上去。我听见郁磊阳在身后猛一阵暴咳。云层一厚，这时山谷暗如黄昏，我盯着水管上面的窟窿变大。刚才被刘维俊几乎搞昏，我不知道里面喝醉的女生现在是否还在裸泳。我有怀疑，接着我便看见：乐静婷刚才溺水，洛婴正在施救。乐静婷的溺水延长了待在瀑布下面的时间。洛婴搜寻着记忆施救，变换手法，把嘴凑上去，她情急之下没来得及穿衣服。欧玉身体也发软,正穿衣裤,要杨媚帮忙。我最后一个爬到这窟窿眼,没人催我。我看见洛婴胸脯的起伏,但她慌乱间没记准人工呼吸的步骤,本应往别人嘴里吹气,她用力往外吸。她俩一个躺着,一个趴着,胸脯按同一节律起伏。乐静婷忽然暴哕,洛婴及时把脑袋一偏。

我体内正翻江倒海,几乎同时哕起,憋不住"哇"的一声。她们发觉动静,欧玉和杨媚都循声张望。我赶紧低下脑袋,瀑布流泻把别的声音都削得若有若无。

"……事实上,他什么也没看。"

张队说:"但这样的理由,讲出去,有人信么?"

启明习惯于补充:"他强调自己只是需要自我控制的感觉,就算这是真话。当时我问他,你不能否认,一旦插上你就能看到画面。这种可能,你能说没有?"

"他怎么说?"

"他有些颓丧,点点头,稍后又说不会,决不会。他一直镇定,这时候也有些歇斯底里。"

"也许他说的是真的。你们要相信他。"

"相信?要是相信嫌疑人自己讲的话,我们不要干这一行。"张队叹一口气,"小洛,我们哪有不帮忙?但他的解释这么不靠谱,我们退出,工商的人马上接手,限令整改难免。那是更大的麻烦。"

电视里,我的新款偶像,日本格斗士好似一条麻绳,从背后捆住了体积大他许多的韩国拳王,一条腿锁紧对方一条腿,把脸别进对方的反手拳够不着的地方,再源源不断地用拳挠人家肋排。虽然每一拳都轻，但我知道，他离金腰带只是倒数秒的问题。

我松一口气，眼光放回对面的警察，知道郁磊阳无法由自己讲出缘由，无法讲故事一样，讲述他为什么成为瀑布守门人。也许在他们看来，这两件事并无必然的联系。

让我头疼的是，怎么让这哆嗓子歇一歇，以什么理由打发她先行离开。而我又要怎么讲述这事，毕竟我要提及当时的我。我再次记起罗湛的瓦刀脸，陡然清晰。他踢着屁股叫我加入他们一伙，真是狠招。他那时候就想到，要用每个人的脏裤头堵进他自己的嘴。

那个午后，当我从水管上面下来，郁磊阳坐地上，一手撑地缓缓站起，把外衣外裤搭肩上，拿脚找鞋，并往外走。这时没人拦他。我呆了好一阵，冲他跑去，却不知是要跟上他还是叫他别走。我心里涌起的是别的情绪。当我手搭上他的肩，他抽搐般地甩开，冲我说："别碰我!"他钻进栅栏门，消失在机电房。

我一直怔在那里，慢慢回过神来，知道我失去了这个朋友。或者，我们还能见面，还能讲话或者同桌吃饭，但有些东西无法复原，就那么眼睁睁失去。随时间推移，我叫我忘记当天的事，在我每一次记得最清晰的时候。当然，最清晰的从来不是我在窟窿眼里看到瀑布下面的一切，而是郁磊阳甩开我时，他脸上的神情。我也需要自我原宥，从这角度出发，经过这些年，我日益地明白：我哪曾失去什么？我们从未失去任何我们配不上的事物。

氮肥厂

现在，但凡小丁回忆起住在氮肥厂的日子，首先脑袋里会蹭出那个姓苏的守门人，以及他在空旷、灰暗并且嘈杂的厂区内来回走动的样子。大家说老苏是个倒楣鬼，但老苏脸上一天到夜都挂着笑，比别的所有职工的笑脸堆起来还要多，还要欣欣向荣。倒楣的老苏以前在县政府当守门人，难得有笑的时候，一到氮肥厂，他就开心起来，仿佛这氮肥厂是他一个人的天堂。

老苏的左腿虽然比右腿短了十几厘米，但能够凑合着用；右腿看上去显得完整，其实是条累赘。于是，他走路的姿势就成了这样：左腿永远摆在前头，右腿作为一个支撑点，只在左腿腾空时勉为其难地撑几秒钟；左腿往前挪了几公分远，我们的老苏身体借势往前倾，就把右腿顺带着拖动几厘米。其实还可以讲得形象一些：就好比男人单膝跪地向女人求婚，女人却掉头走了，男人则保持着这一跪姿向前追赶。大概就是这个样子吧！

当老苏行经眼前，小丁好几次听见岳父老陈说，我看着眼睛都蛮累。小丁揣摩到，老陈往下还有一句没说出来的话：他老苏何事能活得这么快乐，这般滋润？

这也是氮肥厂几十号职工共同的疑问。1977年的氮肥厂厂区，触目是一片暗灰的颜色，围墙、厂房、烟囱、蓄水池……造气车间开工时，蓄水池里那圆柱状的气柜就会上下夯动，收集气体并将气体泵入压缩车间。建厂那年，圆柱体的气柜分明是涂着赭石色，这才两三年时间，就灰得和蓄水池池壁毫无差别，在氮肥厂，这种死灰仿佛可以传染、渗透、蔓延……小丁记得，住在氮肥厂的日子里，顶头上那片天穹大多数时候也成了这种颜色。但天色毕竟灰得轻淡一些，犹如氮肥厂在一方水面上的镜像。

在这号环境中，老苏脸上的笑容就尤其显得突兀了。他独特的走姿进一步加重了这种突兀之感。职工们歇气的时候会走到厂坪里，抽一支没装过滤嘴的纸烟，看看老苏一脸喜色，不晓得应不应该羡慕这个人。老苏时不时会哼哼曲调，用心去听能听出来，是《三大纪律八项注意》。小丁有次就说，还《三大纪律八项注意》呐，毛主席写头稿时有一条"大便下茅坑"，这老苏可从来没把大便对准了茅坑里拉。

小丁这么说，就有些强人所难了。老苏大便的时候，屁股免不了是要往左边倾斜。小丁这么说，是因为他看不惯老苏怎么一天到晚笑呵呵的。1977年的时候，在氮肥厂，似乎谁都没有理由成天到晚地傻乐。

老陈刚调到氮肥厂当厂长不久，通过调研认识，氮肥厂作为临时政策的产物，投产以来一直都在亏损——用不着什么调研也能晓得这厂在亏损，其生产成本高于生资公司的牌价。这是明摆着的事实，就犹如老苏两腿都瘸一样，是明摆着的事实。

老陈把小女儿和女婿小丁安插进氮肥厂以后，就着手写文章打报告，摆事实讲道理，请求上级部门酌情关闭氮肥厂，并转产上其他的项目。

如果老陈不是那么急于搞垮氮肥厂，就不会把老苏这个废人弄到厂里来。

老苏原本不是个废人，自从他落成现在这个样，谋生就全搭帮向副县长照应了。向副县长从前娶了老苏的姐姐，作为姐夫，他有义务给老苏弄碗饭吃。老苏被安排在县政府大院看门。看门就只能看门，扫地的人还得另请。他有一只胳膊也残了，像煮熟的挂面一样成天耷拉在肩膀上，只有一只手能用——其实他看门也看不好，他以半跪的姿势走过去，要拖沓几分钟才能移到门边，用仅有的一只手拉开一扇门，然后再移动着拉开另一扇门。幸好那时车不多，只有上面领导检查工作时才会坐吉普车来到政府大院。俚城的几位正副县长出入大院，一色的二八锰钢单车。

有几次，上面的领导来到门边，左等右等等不及了，烦躁了，就跳下车来帮着老苏打开那两扇门。

老苏很内疚。虽然那些领导回头就被随从们写了一篇亲民啊随和啊关爱残疾人啊之类的文章发在地市报上，老苏还是很内疚。他是个蛮有上进心的人，遇到困难，就会发挥主观能动性，去排除困难。他脑袋挺灵便。那两天，他始终在纸上画来画去，鬼画桃符，别的人看不出个所以。两天后，他买了几股麻绳、几只定滑轮和一个绞绳的轴把子，用时两个多小时，就把县政府两扇沉重的木门改造成了自动门。摇那轴把子的时候，人感觉不是很费劲，老苏可以一边抽着烟一边把门摇开。当他要关门的时候，就反向摇动那轴把子。

门一旦弄好，各个机关的守门人都跑来睨几眼。不看不晓得，一看都恍然明白过来，兪，原来是这样的啊。他们回去折腾一番，把门都折腾得自动起来。

但向副县长一直盘算着要把老苏调走。老陈拿着一沓关于请求关闭氮肥厂的报告去找向副县长时，向副县长就把这层意思讲给老陈。办公室里当然不便说，向副县长拉着老陈去招待所吃饭，碰了两杯，向副县长就说想拿老苏和氮肥长的门卫对调一下。

……其实，老苏是个蛮好用的人，脑袋里拽得出一把一把鬼主意，人又蛮听话，像给你当崽当孙一样听话。向副县长一派推销员的口气，然后又说，他的情况你晓得，摆开了说，虽然我一个党员不好讲鬼信神，但我这妻弟确实有点霉，有点衰。老陈你晓得的，早几年一帮副县长里头，仿佛我是势头最好的，眼看着……日他妈，自从把老苏带到身边以后……

我晓得我晓得。老陈看着向副县长有些伤心了，赶紧举杯过去和他再碰两碰，然后知冷知暖地说，我都晓得。

向副县长追着老陈问，帮不帮我这个忙？要是我能扶正，我肯定投桃报李，帮你关掉那个衰厂。他敲了敲桌子上老陈写的那沓报告。

换就换好了,卵大个事。老陈这往自己口里抹一杯酒,有些解嘲地说,老向你是要运气,我啊,倒正需要点衰气咧。就不晓得老苏这个人到底有多衰。

向副县长说,各取所需,各取所需,呵呵哈哈。两人干掉了剩下的酒。

就这样,老苏从县政府来到氮肥厂。

到氮肥厂没两个月,老苏就彻底变成了一个快活的人。当氮肥厂的职工们头一次看见老苏一张苦瓜脸挤出笑来的时候,都觉得很稀罕,就像看见了昙花一样。老苏的笑容是很打动人的,试想,老苏这样的人都能对他惨淡的人生报以一笑,那别的人,再垂头丧气的话是不是奢侈了些呢?氮肥厂的职工都从老苏的笑容里得来些感悟。那年头,人们还是蛮愿意在生活里有所感、有所悟的,先进人物报告会时常有得开。但从老苏那里,得来的感悟还更多一些。

再过去几个月,大家看见老苏每天都没完没了地面带微笑,感觉又不一样了。他们想,老苏凭什么笑得这样起劲?老苏的笑,把整个氮肥厂的氛围都改变了。这似乎不太正常。运动时期虽然结束了,人们的警惕性还是蛮高的,觉察到不正常的气味,就免不了去追本溯源。

小丁有时候也会琢磨着老苏的笑容。他对老苏的笑容没有太大热情,也不是漠不关心。有时闲着无聊,比如说骑单车行在一条空旷路上的时候,他偶尔想,老苏何事这样开心呢,而我何事总也快活不起来?

有时候阳光照在眼前黑油油的沥青路面上,路面泛着幽微的光，映在小丁的眼底。小丁时快时慢地踩着单车，把老苏的笑容回忆得多了，就会得来一阵烦躁。他在心里嘀咕说，先人哎，我四肢健全，老婆蛮漂亮算得上氮肥厂的厂花，孩子长得跟洋娃娃似的蓬松白净，何事还快活不起来？

有一天一个朋友骑在另一辆单车上从后面追来，和小丁打招呼。他们以前是同学。他的同学问，小丁想什么呢，骑车还走神。小丁一想那同学是在政府工作，就问，老苏你记得不？就是以前在你们政府守门的那个。同学就说，当然认得。怎么啦？小丁说，这个人真是心态奇好，都那个样了，每天有说有笑，开心得不得了。那同学也奇怪了，他说，你说老苏现在有说有笑是吧？他以前在我们那里，可从不这样。我都不晓得他笑起来会是什么样子。

小丁说，那就更奇怪了。他一转到我们氮肥厂，就像是跨进了共产主义社会，有享不尽的福一样。

那真是怪事。那同学说，改天我去你那里蹿蹿，看看老苏笑起来是个什么样子。他说些什么呢？

小丁说，他什么都说，你问他怎么弄瘸的，怎么成了个残废，他也脸上挂笑，一五一十地摆给你听。他讲得蛮生动，像英模做报告一样。

那同学翻翻白眼，说，是吗？以前他可是三脚踹不出一个屁来的呀。你说说，他怎么搞成了现在这副样子？

老苏确实是面带微笑地告诉每一个前来关心他的人，他怎么搞成了现在这样。早几年他还是个完全健全的人，身体板实，做起活来样样拿手。七三年的时候他谈了一个女朋友。那女的是城郊筌湾村的人……

笙湾村？是不是现在被叫做寡妇村了？老苏刚说起这个名字，别的职工就大概明白了，会是怎么一件事情。前几年发生在笙湾村的事，还是人尽皆知的。没想到老苏也掺和进去了。

……对，就是那年秋后的事。老苏舔了舔嘴皮，抽起别人递上来的烟，还用嘴唇把烟杆子濡湿一些。

那年秋后，老苏去找他的未婚妻，正碰上笙湾村的男人们庆丰收，一齐去河湾里炸鱼，闹一闹气氛。

笙湾是个特别小的村落，十几户人家，男人加起来二十几个。那天，几乎所有的成年男人都去了河湾。他们从乡供销社拉关系搞得两坛炸药，拿去炸鱼。第一坛炸药被点燃导火索后放进河湾，等得一刻钟，没有响动。于是他们把第二坛炸药扔进河湾。很快，这一坛炸药在水底下开花了，水汩汩地翻涌上来，很多鱼漂在了河面上。笙湾村的男人们乐开了花，他们一个个脱得精赤，像一条条大白鱼一样钻进水里，捞起炸死或炸昏的鱼，用柳条穿着。

当他们全都潜进水里的时候，刚才哑巴了的那坛炸药，这时突然也开了花。

老苏喷着特别地道的烟圈，说，那天我去晚了些，刚走到她屋里，她就把我推出来，要我去河湾捡鱼。她说她家里就她一个老爹，水性又不蛮好，捡起鱼来肯定要吃亏的。我到地方的时候，别人已经捡了不少。我脱光衣服，刚一入水，那坛炸药就炸了。算好，我还没潜进水底。要是早入水十秒钟，我肯定也死在那里了。

别的职工就说，啧啧，不幸中的大幸，老苏，你还是一个蛮有运气的人。

老苏苦着脸说，这还叫有运气？我入水的地方正好是爆炸的正上方，一股水柱把我掀起来老高，可能有丈把高，搞得我整个人像是飞起来一样，腾云驾雾……

那蛮爽的嘛。有人说，老苏那么大的一堆，竟然能够飞起来。啊哈，老苏两只脚一长一短地飞了起来。

老苏辩解地说，不是的。那时候，我的两条腿还一样地长。掉下去以后就昏死了，醒来的时候，人躺在医院里头，手脚都不能动弹了。喏，出院就成了现在这样。

别的职工拍拍老苏的肩头，安慰地说，老苏呵，往好处想，能捡得一条命在，就不错了。

我晓得我晓得。老苏说，我这人，经过这事情特别想得开。李小莲一脚把我蹬了，我眼都不眨一下。老苏吧唧了一大口烟，那烟没有滤嘴，一下子燃到了手指捏着的地方。老苏把手指拿开，还争分夺秒地吸进去两口烟子。

别的职工说，老苏你是个角色。我们是不是叫厂长老陈开个英模报告会，抓老苏上去把这些事摆一摆？老苏可是保尔·柯察金式的人物呵。

老苏就憨厚地说，哪里哪里，别灌我米汤了，我这人呐蛮有自知之明，哪敢跟那个保尔比呢？我比他一根卵毛都比不上。

小丁记得那一年老是停电。前几年停电不是这样频繁，七三年氮肥厂建成以后，停电才变成了隔三差五的事。倁城的人都把停电怪罪到氮肥厂头上，说是氮肥厂设备起动时耗电量太大,常常把变压器烧坏。有一次,刚一停电,一帮子人汹涌着往小丁家走来,说是要抓老陈去坐班房。他们有个家属正在做手术,突然停电,导致了病人死亡。

老陈走出来拦在门口,说,你们放屁,医院是一号线的电,跟氮肥厂没关系。

这样,老陈就挨了一顿饱揍,那些人不由分说冲上前来揍了老陈。公安局来了以后,老陈也指认不出是谁。他说,同志,不是一个,是他们一堆。

结果那一堆人都被放走了。

老陈很窝火,他更加坚定了决心要让氮肥厂关张。氮肥厂是当年的政策产物,全凭某个领导一句。那领导在某个会上学着毛主席的范儿,大手一挥,跟台底下的人说,每个县都得有小氮肥!这句话一直刷在氮肥厂厂房的一面墙上,用鲜红的油漆写上去,还用黄油漆勾边。但佴城是个缺煤少电的县份,根本不适合搞氮肥。

老陈甚至把转产项目都找好了,他觉得把氮肥厂关闭了以后,可以在原址上办一家烟厂。佴城特产的白肋烟在全国都有名,这就是优势。要搞氮肥,佴城就只有一把把的劣势可言。

但上面管工业的副县长很不同意。这个副县长认为,要是搞氮肥,大家不会偷这东西放屋里去。要是搞卷烟,氮肥厂这帮子烟鬼一边搞生产一边抽不要钱的纸烟,一天抽到晚,那还得了?

氮肥厂的职工几乎都同意老陈的意见,倒并非想抽不要钱的纸烟。稍微有些头脑的人都看得出来,老陈的意见是符合现实情况的,也肯定能扭亏为盈。反对老陈的人,可能只有老苏一个。但他不会表露出来。

老苏知道,如果氮肥厂关闭,烟厂办起来的话,他肯定得卷铺盖走人。老陈把他弄来的用意,他已经听别人说了,是要借他身上的一股衰气尽早地搞垮氮肥厂。一旦烟厂建起来,老陈可以随便找个理由,比如说,加强保卫工作严防偷盗啊之类冠冕堂皇的理由,把他踢出去。

老苏现在很留恋氮肥厂,他甚至想如果能老死在这个地方,也蛮不错。

别的职工从老苏脸上永恒的笑容里,逐渐看出些名堂。因为氮肥厂里,近期还有一个人也容光焕发了起来。人们免不了把另一个容光焕发的人和老苏联系了起来,顺着思路理一理,把两人摆在一起做些比对,仿佛就有一些端倪显露了出来。

另一个人是个女人。当然,要是也是个男人,那和老苏摆在一起就没什么戏了。必须是个女人,她就恰好是个女人。小丁记得那女人滚圆滚圆,像是墙上挂画里的苏联女康拜因手那样壮硕。那年以后,氮肥厂的人们给女人取了个名字,就叫"容光焕发"。这听上去实在不像一个人的绰号。但要知道,当时老苏已经获得了一个绰号叫"防风涂的蜡"。这听上去也不像绰号,两个不像绰号的绰号摆在一起,就全明白了。

容光焕发的脸确实很红,像是永远处在经期一样。老苏的那张脸也是整个氮肥厂里最最黄的,蜡黄蜡黄。

容光焕发本名洪照玉,是管蓄水池和气柜的工人。她那工作在氮肥厂里是最轻松不过的，就是每一个钟头看一眼气压表，时不时拧一拧气压阀。她作为一个因公死亡的职工家属招进厂里，找来找去，除了当守门人，也就只能做一做这最简单的活计了。说白了，看在她那个死鬼男人的面上，国家供养着她。她这人有点"抗美援"——这又是佴城独有的说法了。佴城方言里面把痴、呆、傻一律不加分辨地叫做"朝"，但直截了当说出个"朝"字似乎有些伤人，于是大家就说，这人有点抗美援。

她在男人死后没几个月，生下一个遗腹子。据说这个遗腹子葱头蒜脑白白胖胖蓬松得很，看上去没有一点抗美援的迹象。但是孩子长到三个月的时候，洪照玉一天晚上翻个身，把孩子压死了都不知道。所以，她不但抗美援，还很衰。

佴城人的观念里头，抗美援不是你的错，爹妈得负主要责任。但你要是很衰，给别的人招来灾殃，那就很不是个东西了。

洪照玉就是在孩子死后发胖的，不可遏抑，每天都会胖上一圈。她的食量也不大，但人硬是胖了起来，像是一团老面遭遇适宜的湿度温度，最大限度地发酵了。那时候难得有几个人胖起来，都认为胖是福相。但搁在洪照玉身上，就显得矛盾。

她能算是有福相的么？

现在，洪照玉不晓得为何事，容光焕发了。氮肥厂的职工这才发现洪照玉其实长得还不错，笑起来，两个酒窝幽深得就像是被谁剜了两刀。她的笑容提醒别人想到，这个女人，已经守寡好几年了。这几年里她总是很阴郁，想找个人说话，别人总是拿她当祥林嫂看，勉强地听一听，一脸厌弃。现在，她这个人的精神面貌发生了彻底的改观，背后肯定藏着什么事。

氮肥厂的职工很快把老苏联系上了。于是，这两人，一个是防风涂的蜡，一个是容光焕发。职工们都能很熟悉地模仿《智取威虎山》里的腔调，"防风"两个字一字一咬很是清晰，而"涂的蜡"三字像冰糖葫芦一样串起来念，又快又含糊，听着像只有一个"踏"的音。

老苏再往厂坪里走过的时候，站在厂房阴影里的男人们就会跟他嘬口哨，打招呼。老苏不敢逆了他们的意思，要不然他们会提起他的双手双腿玩打油锤的游戏。他拢过去，那些人就拍拍他的肩，暧昧说，防风踏，脸色越来越好了呀，采阴补阳吧？

老苏一脸无辜地说，你们说谁？

别跟我们装一脸抗美援的样，你其实蛮狡猾。那些人说，躺在容光焕发身上，是不是像躺在正宗的美国沙发上面？

老苏从人家兜里掏烟，嘴上仍说，你们说什么，一点都听不懂。

别人就在他后脑壳上敲一下，说，得了便宜还装乖。老苏一脸傻笑，吸着烟，移动着步子离开那伙子人。

这些都是大家口头上讲起来的，就算讲疯了，凑在一起全讲的是这回事，也查无实据。但说得多了，大家就越来越相信有这回事，仿佛既成事实了一样。于是，氮肥厂里的一帮子老光棍还有些艳羡老苏。容光焕发在容光焕发以后，打扮上了，涂脂抹粉。本来厂长老陈最看不得这个，一个职工，上班时间，擦什么脂抹什么粉呐？把氮肥厂当成文工团了是不？老陈是个很严肃的人，严肃得都有些拧巴了。

一帮子老光棍们不眼馋洪照玉整个人，只眼馋她胸前那几斤几两油水。七几年的时候，所有的书里面但凡画到女人，胸前都是一马平川的，除了《妇女保健手册》等仅有的几本书，画女人的胸部多少还有些起伏。而俾城的女人们，也印证着书上的插图，一个二个干瘪平板，一枚像章是她们胸前唯一的亮点。

洪照玉是个例外，也可能正因为她这个人比较抗美援，所以发育起来才不受"革命"形势的干扰，不和别的妇女整齐划一。氮肥厂的光棍都认为，谁弄了她，就像是躺在正宗的美国沙发上，就是享受苏联老大哥的待遇。

但光棍们只是说说，没有谁就真的打起她的主意来。

这种传言早晚落到了老陈的耳朵里。有一天，他趁女儿不在，把女婿小丁叫了来，问他，最近，都听见别人说什么没有？我是说，关于老苏，都听见什么说法？

呃。小丁舔舔嘴唇，欲言又止。他其实蛮喜欢过嘴巴子瘾，成天拿老苏和洪照玉打哈哈，见到洪照玉，也免不了往她胸前狠狠地杵两眼。但现在面对是岳老子，他得把这些话憋着。他说，好像是有些说话，我也不很清楚。

老陈就循循善诱地说，现在小莲不在，没关系，听到什么就跟我说说。

既然老陈这样坦诚相待，小丁也就没什么不能说的了。

而且，他发现跟岳老头摆这些苟且之事，格外得来一种惬意，大是过了回嘴瘾。

哦，原来是这样。我把他照顾进来守一下门，借他身上的衰气。搞来搞去，整个厂就数他一个人活得滋润。这真是咄咄怪事。老陈听完之后，身体往后一仰，依然是一派深思熟虑状。在他面前，桌子上，摆着一摞摞的材料，都是请求关闭氮肥厂的。老陈沉默了一会儿，然后说，这事我看纯属造谣。你想呐……

老陈看见外孙站在门边，眨着好奇的大眼睛。小丁就说，爸，没事，这崽子什么也听不懂。小丁拿手在儿子背后掀了一把，要儿子站远一点。

于是，老陈就讲，你想呐，这两个人，老苏和洪照玉，他俩即使要搞事，怎么个搞法嘛？

小丁照岳父的思路一想，就呵呵哈哈地笑起来。还真是那么回事。老苏要跟洪照玉搞那种事的话，他们应该采用哪种姿势以及哪种体位呢？要知道，老苏只有一只手一只脚能够勉强用用，这一手一脚都位于身体同一侧，还不能很用力。他身上再也找不到第三个支撑点。这样，当他伏在上面，想干坏事都干不出来。小丁拿出自己的两只手，左手看成是老苏，而右手就成了洪照玉。小丁把两只手掌挨在一起摆来摆去，摆出各种各样的形状。

要是，洪照玉在上面呢？小丁只消这么一想，浑身就激灵灵打颤。洪照玉起码也有一百大几十斤了吧，而老苏因为前几年大失血，一直都干瘦枯萎，一张面皮好几年都抻不开，皱巴巴的样子。要是洪照玉压着他，一不留神，还不得把老苏像捂她儿子一样捂死了呀?

小丁想,这可太危险了。他跟老陈说,爹哎,你讲得在理。他们两个即使要搞事,有挺大的技术难度,可不比你要弄垮这氮肥厂更容易。

老陈点了点头说,是这样的。

蓄水池和气柜这两样东西,在氮肥厂的职工嘴里,也衍生出了性的意味。气柜是圆柱体的,顶部有二三十个平方米的面积;蓄水池套着气柜,也是圆型的。蓄水池池壁和气柜之间,只有半米的距离。造气车间开工的时候,气柜就不停地在蓄水池里上下夯动。这样的情形,哪能不在氮肥厂一帮光棍嘴里繁衍出性的意味?这着实太象形了。

氮肥厂的职工们,有时候喜欢把男人叫做气柜,把女人叫蓄水池。某些人早上一上班,彼此看着对方憔悴的脸色,就会问,你这气柜,昨晚在你家蓄水池里夯了多久?

有好多词汇往往都在小范围内流行,就像菜票一样,在一个单位里能当钱使,出了这家单位,用去擦屁股都嫌小。气柜和蓄水池只在氮肥厂的职工嘴巴里才活络起来。他们每天都看着这两样东西。蓄水池高达五米,气柜升起来,最多可以升到九米高,再上去,就会脱离蓄水池。

每当看见气柜在蓄水池里有节律地、底气十足地夯动的样子,氮肥厂的那一堆光棍难免会心生一些烦躁情绪。

守蓄水池和气柜是整个厂最轻松的活,全由些上年纪的妇女干,洪照玉算是最年轻的一个。她们分成三班倒,每班八个小时。而检查、维护、保修是由小丁去干。基本上是五天一检，检查之前，要先抽干蓄水池里的水，再放个绳梯下到底部，这里敲敲那里敲敲。气柜是笨重耐磨的物件，从来都没出过问题。

那天有人跟小丁说，听见气柜夯动时的声音不对劲。小丁说，怎么个不对劲？那人说，响声没有以往那样匀称，结结巴巴地，隔一两秒钟，就会"咔"地响一声。你晓得的，以前没有过这样的情况。小丁回忆了一下，觉得以前似乎没有这样的情况。

造气车间生产的时候，小丁顺着蓄水池池壁梯级爬到池顶，看到气柜在近在咫尺的地方铿铿锵锵地起伏着。当天，气柜最高可以升到三米多，造气还是蛮足的。升到最高点，气柜又会回落下来，每个回合大概有半分多钟的时间。他听到了那人所说的那种声响，但用眼睛看不出什么异常。当气柜落到最低点，和蓄水池池壁顶端在一个平面的时候，小丁就跳到了气柜上去。然后，气柜顶端那二十多个平方米的平台，升了起来，把小丁托了起来。他觉得他像一个领导，环顾了整个厂区。那是造气车间。更远一点，是压缩车间，最远的那间，是合成车间。合成车间的墙上写着：每个县都得有小氮肥！那个惊叹号，被厂里某个绘画爱好者添了寥寥几笔，就呈现出男性阳具的模样，雄赳赳气昂昂，仿佛也想跨过鸭绿江去。

没有办法，谁叫氮肥厂有这么多的光棍呢？工会又不能一一解决掉他们。

在气柜上稍稍站得有一会儿，小丁就发现确实出了状况。气柜升降得并不平稳，西侧总是升得快些，使整个气柜发生倾斜。倾斜到一定程度，就卡住了，迫使东侧有个跳跃性的上升。两侧升到一个平面之后，西侧又开始抢跑似的上升。而下降的时候，也是西侧降得快一些，东侧老处在一种被动的局面。气柜过于巨大，若不是站在顶端，不可能发现这种微小的状况。

小丁叫造气车间在换班时停工一个小时。他放干了蓄水池的水，下到底端，很快查出故障的原因。

东西各有两根定轴，轴套子焊在气柜上。当气柜上下夯动时，轴套子也就沿着定轴上下滑动。小丁发现问题出在轴套上。西侧轴套和定轴之间的垫胶调得挺松弛，而东侧的垫胶则和定轴挨得很紧。小丁三下五除二地排除了这一故障。

但过不了一个星期，又有一个职工找到他反映，那种咔咔的异响又出现了。小丁再次下到蓄水池顶部检查，发现故障和上回一样，只不过上回是左松右紧，这回反了过来，像是要找回平衡一样。小丁看得出来，这是人为制造的故障。

小丁爬出来以后，那个职工问他怎么样了。

没事，一点点异常的响动没事。小丁说，我说没事就没事。

其实，他发现了这个故障，什么也没做。当时，他脑子里突然想到了一个人，接着想到了另一个人。他恍惚间把这些事串起来，又联想到了别的什么事。

当天晚上，小丁有些不安神。他爬到离蓄水池几十米远的一只烟囱上去，潜伏在月光照不见的一侧，看向气柜顶端。小丁晓得，他的等待不会落空。他忍受了两个多小时的蚊叮虫咬，还按捺着不去抽烟，怕暴露自己的所在。终于，有两个人爬上了气柜的顶端。他们把一张席子摊开，然后就在月光下脱去了衣服，露出两副极不和谐的身躯。然后他们做爱，夯来夯去。

小丁一点也不奇怪。当那两人做起爱来，他也就抽起了烟。他晓得，那两人现在心无旁骛，不可能看向自己这个方位。

当小丁彻底弄清了是怎么回事，就不得不佩服老苏这家伙真是有头脑。现在，困扰过小丁的那个问题很轻易地解决了。老苏和洪照玉即使要搞事，又怎么个搞法嘛？

回答很简单：让气柜的轴套松紧不谐调，使整个气柜颠簸起来。借助这颠簸的力量，老苏自己不要花费力气，就能把偌大的一个洪照玉夯得死去活来。

啧啧，真他妈的聪明。小丁仍然待在烟囱上面，赞叹不已。他看了看天色，月亮亮得一塌糊涂。整个厂区，都是平房，除了小丁，没人能看得见，没人能想得到气柜上面有这样的事情正在发生。

然后，小丁又为自己的聪明而暗自得意起来。通过一些蛛丝马迹，他就洞穿了那两个人的秘密。但他一个人待在烟囱上，很寂寞，还有些无聊。他想，我得把这事情告诉谁，让他和我一起爬上来看这西洋镜。随即，小丁又想，我可不能轻易就便宜了谁，他起码要请我吃一顿饭，或者请我去看两场外国电影，才能把这事告诉他。

但小丁没把这事告诉别人，他独自守着这一秘密，一有空，就爬到烟囱上，看着那两人如痴如醉地夯动。过得不久，小丁听得出来，那咔咔的声响愈来愈大，气柜也颠簸得愈来愈厉害了。他晓得,一定是老苏把轴套上的垫胶又做了一定的调整。看样子,两人就像吸鸦片烟一样,瘾头在不断地增大,而剂量,也不得不随之加大。

小丁发现了问题,只是会心地一笑。那时候厂里的职工都还残留了一点主人翁精神,听见响声不对,会反映给小丁。小丁不断地跟那些人解释,我晓得,这没关系,我心里有数。

那一晚下着暴雨,小丁又看见老苏和洪照玉相约着往蓄水池上爬去。老苏穿着一身黑衣走在雨中,当时小丁已经下了班,在自家外面的走廊上。他抽着烟,并没有看见什么,但分明感觉到夜色中有老苏的迹象。小丁折转回房里,问老陈借了身雨衣,往蓄水池的方向走去。他跟老陈说,爹,我还得去查查蓄水池,最近那里老有些响动。

你去吧。老陈对女婿以厂为家,一心扑在工作上的态度蛮赞赏。

这次,小丁没有去爬烟囱,而是直接爬上蓄水池,爬到头平行于池顶的位置。那两人果然又开工了。两人在大雨里喘着大气,互相调动着情绪。黑色的雨衣很好地隐藏了小丁,当气柜落到最低位,他可以看见两人。但转眼间,气柜又升起来了,把两人隐没掉。

小丁还听见那两人说话。他们开始动起来的时候,洪照玉就说,苏哥,我想叫几声,我很憋啊。

老苏就说,玉妹子哎,想叫就叫吧,趁着下雨,想叫就叫出声来。我喜欢听你的声音,比广播里的声音还要好。

是吗?洪照玉肯定是甜美地笑了一下,小丁无法看见。

然后，洪照玉像一只鸟一样高一声低一声地叫起来，无比快活。听到这样的声音，气柜仿佛都颤动得更为有力了。小丁听见那种咔咔咔的声音，在耳朵里面串连起来，余味悠长。

大雨把洪照玉的声音严严实实地盖住了，或者说，像一块海绵一样，把洪照玉的声音全部吸收了。

小丁趴在那里又听了一会儿，觉得自己很多余，就爬了下去。这时候，他忽然很想念自己的老婆。

有一天，小丁莫名其妙地梦见了老苏和洪照玉。这两人，在小丁的梦境里交臂叠颈合抱太极图，还讲起了情话。

前一天小丁上的是晚班，早八点下了班，就在家里补瞌睡。梦见两个人讲话的情况，还不多见，奇怪的是，他梦得很清晰，两人说出来的字字句句，都那样清晰。

他梦见老苏说，玉妹子哎，他们都说你抗美援，其实，在我看来，你是最聪明的人。那些自以为聪明的人，其实一个二个都很抗美援……

老苏又说，玉妹子哎，我晓得，他们表面上对我好，经常发我烟抽，其实骨子里是喜欢看我笑话。我跟你说，他们越是想看我的笑话，越是想看我们的笑话，我们就越要过得很快活，比谁都更快活……

老苏还说，你其实比谁都漂亮。我不骗你，你确实很漂亮。每个人看法都不一样，在我的眼里，没有谁比你更漂亮……

洪照玉什么也不说，她像一张美国沙发一样躺在老苏的身子底下，一长一短，一短一长地呻吟着。

再次梦见老苏张开口的时候，小丁听见一声巨响。小丁就醒了，醒来以后小丁万分地奇怪，他想，老苏的嗓门有这么大吗？

　　外面很热闹。他听见很吵闹的声音，所有的职工都聚在厂坪上。小丁晓得是发生了什么事，赶紧爬起来往外面去。怎么啦？他逢人就问。走几步，小丁看见了岳父一脸的喜色。小丁问，怎么啦？

　　这两个衰人，给我带来的却是福气。老陈把手中的笔狠狠一扔，兴奋地说，我不要再去写什么狗屁报告了，他妈的，氮肥厂这下是彻底完了。

　　小丁又问，怎么啦？

　　很多职工都围过来，争先恐后地告诉他怎么回事。他们说，小丁，你这个猪真划不来，错过了一场好戏……

　　接下来他们就说起了这场好戏。

　　气柜突然爆炸了，往天上笔直地冲去。他们初步估计，是气柜卡住了，但造气车间还把气源源不断地送进来，下面的调压阀，没有得到及时的调整。气浪把气柜整个掀了起来，一掀十几丈高，像火箭一样被发射了出去。

　　当气柜被掀到最高的点，往下回落时，底下的人们就得以看见，气柜顶上还有人。

　　——按照自由落体的原理，要是空气阻力忽略不计的话，人应该和气柜同步往下掉才对啊。但事实上，气柜顶上的人像是被空气托了起来，浮在半空中，以很慢的速度往下坠落。

　　厂坪上的人们都看见了这一幕。那是个很胖的人，胖得像一只氢气球，所以才飘得起。

有人眼神好，看清楚了，就尖叫起来，喔唷，是容光焕发。

接着，洪照玉旋转了180度，人们又看见了另一个人原来和洪照玉粘在一块儿。现在，那个人翻到了下面，洪照玉在上面。那个人可能比重大一点，两人抱在一起，在飘浮的过程中，自然而然就发生了翻转。

喔唷，那苏什么……眼神好的人一口叫不出老苏的名字，没几个人晓得老苏的名字，只能说，防风踏哟。

两人都光丢丢的。他们的衣裤，就像一面面风筝一样在半空抻开了，被风吹到了厂坪以外的地界。两人的腿大幅度踢蹬着，以游泳的姿势浮在气流当中，减缓了下坠的速度。再往下落一点，人们得以看清那两人的表情。洪照玉的眼神是惊惶的、无助的。老苏则很镇定，半空中，他把嘴巴嗅到洪照玉的耳根，喊喊喳喳地说着什么话。

他们告诉小丁，当时半空中的老苏脸上堆满了微笑，像是在吹枕头风，亲昵得都有些淫秽了。他无疑在安慰那个女人。

两人各自的重力加速度不一样，再往下落，就无可奈何地分离了。老苏坠落得快一些，洪照玉落得慢些。人们非常惊奇，若不是亲眼目睹，谁又会相信这样的事呢？

人们齐刷刷地仰头望天，并惊叫着，喔唷，扯脱了，扯脱了……

现在，人们都走向那两人的残骸，七嘴八舌地讨论着应该怎么处理这件事。

小丁走在所有人的后面，燃起了一支烟。他想，刚才的梦，说不定是真的。他又猜测，在半空中，老苏定然是说，玉妹子哎，已经这样了就不要害怕，他们越是想看我们的笑话，我们就越是显得无所谓，显得快活，非常非常快活……

小丁这么想的时候，耳边真真切切地响起了老苏说话的嗓音，伴之以洪照玉汗涔涔的喘息、呻吟。

随着这样的声音，小丁忍不住抬起头往天上看去。天上是一团团的云。不需细看，小丁就知道，在所有的云里头，肯定有一团云像洪照玉，在离那团云不远的地方肯定还有另一团云，活脱脱就是老苏。

合槽

　　老汉发现自己死活嚼不动锅粑了。到他这年纪牙齿基本凋零，嚼不动锅粑纯属正常，嚼得动才是不小的意外。但这些年，老汉以嚼得动锅粑自豪，牙齿只剩下一颗，牙槽上却已结出厚厚的茧，代替了锉牙。出门吃酒筵，老汉故意找锅粑嚼给别人看，换来人家啧啧赞叹。有的老汉看他嚼得来劲，也要试试，嚼上几口便赶紧捂住腮帮。看他们不行，老汉便喷笑起来。但自己怎么说不行就不行了？

　　家中就剩两老，没养猪，也没喂狗，锅粑吃不了剩在那里，白瞎了不少粮食。老婆子当然有办法："用米汤把锅粑煮成稀饭，不就行了？"

　　"我又不是狗！"老汉一听老婆子的建议，几乎愤怒。在古道溪，狗都是用米汤煮锅粑喂养。乡下人大都不吃稀饭，担心干起活来手脚不够力气，只那些偶尔进山的城里人爱吃米汤锅粑粥。老汉又说："再说我又不是城里人！"他乐意和城里人撇开关系，在他看来城里人总是怪模怪样，喜欢大惊小怪，走田埂上深一脚浅一脚，总像是要掉下去。

其实还有一样说不出口的原因。老汉年轻时就听老辈人说，年轻时为干活不喝稀饭，上了岁数更不要喝稀饭，一喝就不想吃干饭。稀饭越喝越稀，身上越来越绵软乏力，离蹬腿的日子也就不远了。

儿子将电话打到坎下老虾米的杂货铺，老虾米代为传呼，老婆子就跑下去接。儿子说过两天要回来一趟，问家里还缺什么东西，一并买来。老婆子习惯性说不用，接着又说："你爹现在也嚼不动锅粑，锅粑剩了一脸盆，可惜。"

"那好办。"儿子爽快地说。

儿子带来一个高压锅一个电饭锅，说这两种锅都可以煮饭，都不起锅粑。老汉说电饭锅不行，省了几把米，费了几度电，是干蠢事。儿子说那好办，高压锅留下来，电饭锅拿回城里退掉就是。他晓得，电是要花钱买，老汉为了省钱宁愿不看电视，晚上只亮一只瓦数最低的节能灯。收电费的每次爬到高高的灯笼柱头上面查看电表，大都只有两三度，以后就懒得按月上门，每半年抄一次，好歹收得几块钱。老汉舍不得买电，但烧柴不心疼。山上的柴不算钱，冬夜他烧起火圹，要看着火苗飙起两尺高才暖和。

当天儿子用高压锅做了一锅饭，果然，扒穿了白饭找不见一点锅粑。儿子一走，老婆子不敢用高压锅做饭。这一辈子，她只会用铁锅煮饭，鼎罐焖饭，一听高压锅呲呲呲喷气，就赶紧捂耳朵，觉着那东西随时会爆响。

"我不用这口锅。"老婆子说。

"皮子痒了？"老汉摆出吓人的模样。老汉年轻时就爱揍老婆，揍得狠，全村排到头几名，直到认定她这辈子都不敢犟嘴，再者儿子大了喜欢插手管事，老汉才停手。

"打死我咯！"老婆子眉毛一横摆出打不怕的样子，稍后又说，"有本事你自己煮饭。你关着房门随便煮，我要出去你莫拦。"

老婆子动了真格，老汉就不吭声了。年轻时他身板硬手脚重，但这几年显然一年不如一年，而老婆子软软的身子骨更经得住日子煎熬，再过几年，肯定是老婆子扶他走路。再说，他也怕高压锅冒气，喘得这样急促，他听得窝心一紧一紧的。

老汉进了城，赖在儿子家里不走。

"我养你那么多年，现在要你帮我换口牙都不行？我要是早晓得今天有这样的结果，还不如养活你那个放马桶里淹死的姐姐。"老汉年轻时讨头个老婆不生孩子，等那老婆死后才找到现在的老婆子。老婆子也是二嫁，生头个女儿兔唇，身上也有畸形，老汉狠了狠心把那条累赘解决掉，过几年生下这个儿子，老婆子再不能生了。老汉揍老婆子，老婆子哭喊着说你揍也揍不出来，这都是你的报应。

"你莫讲这些让人听见。好事啊？"儿子也是无奈，他并非想拂逆老汉的意思，已经带了老汉逛遍城内那几家牙科诊所，别人的答复都一样：做不了。他们一见老汉这么大岁数，不敢帮他弄牙，怕他一不小心就死在牙椅上。弄牙齿本身是死不了人，但上岁数的人事事难测，半截入了土，一点小差错都可能成为引发死亡的原因。俚城人常说"七十不留宿，八十不留餐"，就是这道理。甚至，人们都怕和岁数太大的老汉打牌，老汉赢了容易脑溢血，老汉输了又会心肌梗塞，输赢不得脱乎。这老汉嘴皮瘪着，一脸橘皮皱，一看就是分分钟会死的样子。

儿子跟那些医生讲好话，塞烟，人家照样不干。他们晓得，现在好话说得一箩筐，万一老汉有事，这儿子的脸立马就会拉下来。

"你这次不把我牙齿搞好，我在你这里不走。"老汉打定了主意，他很少进城，既然来了，就不想白来。

"你自己看到的，人家医生都不肯给你做……未必，我还要带你到省城去？"

"也行，我只管有一槽咬得动锅粑的牙齿。"

老汉活了八十多岁，晓得要干成事情，必须耐下性子把该磨的人磨软。自己儿子都磨不软，出了门如何对付别家的人？

儿子虽在一个小有油水的单位当科长，住房却小得很，单位另外购了块地搞集资房，但搬进新居不知道要到猴年马月。老汉比画过，儿子这套宿舍只抵得上老宅的灶房加猪圈。儿子有一对双胞胎女儿，都纷纷长大了。这么小的房子挤一家四口，老汉就只能睡客厅的沙发上。头天老汉还小心翼翼，因为他一直不给媳妇好脸色看，媳妇见老汉来家里也丝毫不带笑脸，用鼻子哼了下就算喊了公爹。第二天，老汉就想，不行，既然要磨我崽，哪能在他家讲客气？想到这一茬，老汉扭了扭脖子，"噗"地一口浊绿的痰就黏在了地毯上，地毯中央织了一个扭着胯反弹琵琶的妹子，现在胯上挨了这口痰，死的心都有。妹子扭着身子的模样，像是要找哪个缺德鬼拼命。一个孙女刚好从房内出来，尖叫了一声，不敢相信地看着爷爷。老汉满不在乎回了孙女一眼，孙女便往父母房里蹿去。

这种事，孙女一跟媳妇讲，儿子今晚想上床睡个安稳觉，恐怕没那么容易。老汉又想，闹起来就好。这些单位培养出的小领导，不被人闹几回，就不晓得解决问题。

"你们算是来对了，这种情况，全省都只有我们医院处理得了。"省康贝牙科医院那医导面对老汉和儿子，得意地微笑，"我们这里有个医生是德国的——不是华侨、华裔，纯日耳曼的种，等下你们可以看到。你年纪再大，他也敢帮你弄牙齿，人家有绝活。"

老汉赖在家里不肯走，儿子无法，抽空开了车将老汉拉到省城。通了高速路，两个半小时就到省城，老汉甚至不肯信。他从没来过，以前只听老辈的人说，走水路到省城，停停走走，少说半个月。他说省城哪有这么快就到？儿子无法，载着老汉去看火车站的火炬。这个老汉认识，家里用的火炬牌肥皂，就是以这个为商标。

"信了么？"

"狗日，是省城。"老汉激动地让儿子给他和火炬合影。

"话讲在前头……要是省城的医生都不敢弄你牙齿，我看这事就算了。"

"依你！"老汉表情都摆僵了，要儿子赶快拍。儿子心里就想，人往高处走，总归是有道理。省城气场大，自己老爹这么横一个人，到了省城立马不敢嚣张。

康贝牙科医院的海瑞斯是个洋老汉，干事麻利没什么废话（有也没人听懂），掏出个探头伸进老汉嘴里一照，旁边一台电脑上立即出现老汉口腔内部的三维结构图。那医导翻译官似的站在一旁，解释说："这种技术可以不接触牙齿就弄出完全吻合的假牙套。"

海瑞斯审视着电脑上的三维图，忽然飙了句中国话："牙槽还是不错，两块完整的马蹄铁。"医导马上又纠正："海瑞斯发音不准，牙床，不是牙槽。"

"没关系，我们那里就是说牙槽，不说牙床。"

"呃，倒也形象。说床，老农民就以为躺上去能睡觉。"

双方很快谈好了价钱，一口假牙打完折六千八。老汉舍不得交付电费，但儿子出钱装假牙他不在乎。花的是儿子的钱，省下的是自家的锅粑；再说，他知道儿子有的是鬼主意，花了钱就到处搞发票，从公家里报销。儿子刚要交定金，老汉又问："做副假牙嚼得动锅粑么？嚼不动我就不做。"

"怎么了？"

"嚼不动锅粑我装假牙做什么？"

海瑞斯听不懂老汉的乡音，耳朵一扬，医导就翻译给他听。医导的德语肯定只学来一点皮毛，这么简单的意思，他要动用手语配合。儿子心里暗喜，德国人最认真，行就行不行决不勉强，人家是带着国际主义精神过来行医，不死乞白赖赚你几个小钱。等会儿，只消这洋老汉说出个不字，自己老爹就彻底死了心,嚼不动锅粑,也就成了命里注定。没想,洋老汉将意思听明白,眼珠倏忽一亮,蹩脚而又自信地说:"完全没有问题!"接下去,他放机关枪似的说了一通外语。

医导终于听明白,翻译说:"要想吃硬东西,光换一副假牙也靠不住,这不是假牙硬度有问题,而是咬合关节,咀嚼肌,呶,就是这个地方……"医导指了指自己腮帮,又说:"就像给你一架最好的机关枪,你没力气扣动扳机,也是杀不死人,对不?但你们今天来这里,绝对来对了,德国刚开发一款产品,电动牙。只要用遥控器一摇,电动牙就自动咬合,还可以调节咬合频率和力度,力度调够了,别说是锅粑,开铁壳核桃都不成问题。"

儿子迷惘地看着老汉,没想老汉接受新事物的能力很快。他说:"这个好,就要这个。遥控更好,就像电视机换频道。"

"费电!"儿子提个醒。

"这电费老子出得起!"老汉忽然大气了起来。

假牙加装电动和遥控装置,费用肯定又要往上涨,医导说不光是加装,因为电动,假牙的材质也要随着升级……"少说废话,你说多少钱吧?"儿子忽然感觉讲话有点累,要个痛快。他知道对方说得没错,做一口假牙,要是老汉还咬不动锅粑,以后少不了会再来找自己麻烦。一不做二不休,多花一点钱,就当是破财消灾。

又是一番讨价还价,最后讲到九千八百八。讲定价钱,儿子赌气似的说:"算了算了,什么九千八百八?九千九好了，二十块别找。"

"不行，我们这里按规矩办事，一分钱都不多收你的。"那个方头方脑的收款妹子，却是个极讲原则的人。

电动牙半个月后由省城发到儿子单位，儿子驱车赶回村子让父亲试试好不好用。德国货就是不一样，牙槽上的牙齿颗颗饱满，粒粒洁白，摸上去能感觉到一丝锐利。

"口张开！"儿子一手拿着假牙，一手拿着安装说明书，把老汉弄到屋内光亮处，但不够亮，老婆子揿着手电让一柱光插进老汉嘴里。老汉一旦把嘴张开，脸上的橘皮皱都尽可能地伸展，所以他嘴张大的幅度让儿子吃了一惊，往里安装假牙也比预计的容易。德国人做这个就是精致，老汉硕果仅存的那枚牙齿，假牙上相应有一个孔将它套起来。当儿子稍微用点力气将真牙塞进孔里，向上一托，"啪"地一声细响，就严丝合缝地套上了。

"咬一咬，试一试。"

老汉鼓动着腮帮空空地咬了几下。他说："有——点——紧！"

"一开始紧，慢慢就松了；一开始就松，你还难得用力气咬紧。"儿子摸出遥控器，将频率调至中度，将咬合力度也调至中度，再一揿启动钮，老汉嘴巴猛然被抻开，接着上下两排牙难以自控地叩动了起来，每两秒钟叩动三下，发出"橐橐"的响声。老汉一下子没反应过来，用手去捂腮帮，儿子就扳下他的手："没事没事，电动牙已经开了，就是这个样子。"老汉紧张地往下翻动眼球，但一个人顶多看见自己的鼻头和胡髭，怎么用力，也看不见自己的牙齿。儿子一看老汉想说话，手忙脚乱地揿断电源，假牙里的电动装置敏锐地停止工作，老汉的嘴巴停在半张半合的状态。

儿子提醒说："爹，忘了跟你说，一开按钮它自己咬起来，你千万不能说话，一说话咬断了舌子，何事得了！"

"我——晓——得。"

"说话时关遥控，用你正常牙力，不说话再开遥控吃东西，晓得吗？要重新养成吃东西不说话的好习惯。这个遥控器你要多摸几遍，越先进的东西，越要学好控制。"儿子将遥控器每个按钮的功能一一解释给老汉听，手把手教他怎么用。如果电动牙处在工作状态，遥控器上有个小灯珠会忽闪，只要遥控器和假牙间距不超过一百米，操作都是有效的。要是分隔太远，遥控器的灯珠不会亮，假牙也将失去电动功能。

"电池要装在哪里？"

"哪还要装电池？爹哎，神州七号不是用火柴点燃的，你晓得不？这东西像手机一样，专门配得有充电器。我等会儿再教你怎么充电。"

"我哪么晓得嘛，我手机也没有。"

儿子将遥控器交到老汉手里，让他自己摸一摸试试看。老汉不敢吭声，甚至将舌头卷成一卷尽量塞进舌根，再操起遥控器慢慢摸索。随着换挡，假牙时疾时缓地咬合着。操作其实很简单，老汉稍过一会儿就有了些心得。他调好频率力度，拿一截胡萝卜探进牙缝，两排牙齿就像铡刀一样轻松将胡萝卜铡成许多碎块。老汉用舌头小心地搅动碎块，就像拿着大铲在碎石机的斗里拌料。没过多久,胡萝卜就被磨成了细糜子,老汉一仰脖,喉头汩汩地响了几声,全都咽了下去。

"我晓得,这就是往嘴里装一台粉碎机。"老汉关了电动,兴奋起来。经过这一会儿的磨合,关了电动,假牙似乎也没有刚才那么紧了,能把话说得连贯。劲头一上来,他就去灶房找锅粑,找出一块冷锅粑往嘴里塞。他将咬合力度调至最大,结果用力过猛。冷锅粑又脆又硬,被假牙轧几口就碎成粉末,从老汉嘴中不断喷溅出来。老汉刚掌握如何控制电动牙,却又忘了怎么把嘴皮子闭紧防漏。老汉一憯,一摁遥控器没关上,频率反倒加快,两排牙森然咬合,老汉想呼喊又不敢弹舌头。

儿子赶紧去抢遥控器,老婆子却猝不及防笑了起来,老汉牙齿合上了她还没能收住,一岔气笑闪了腰。

嚼锅粑忽然又不成问题了,岂止是嚼锅粑,现在嚼排骨开核桃都不是问题,外国进口的货,就是好,洋老汉并没有吹牛皮。老汉一颗裔心不晓得哪一窍堵上了,仍然开心不起来。他嚼着锅粑,拿眼睛环顾老屋,没一样值钱的东西。他怎么也没想到,活了一辈子,自己最值钱的家当竟是一口假牙。他等着哪天去人家屋里吃酒,白喜也好,红事也罢,一有酒筵,村里一帮老汉就会围一桌喝酒,比着嚼锅粑或者撕扯棒骨上比橡皮筋还弹的肉根子,都是保留节目。山里的老汉个个不服老,聚在一起喝酒总要吹牛,吹到不可开交要一分高下时,随便找个事情就能比画开。

天气渐冷，是办喜事的时节。

那天坎下老虾米嫁孙女，老汉就去了。自从换了假牙，这还是第一次出门吃酒筵，老汉把嘴巴闭紧，一路走去双手不自觉就背到了后头。路随着那条溪流延伸，初冬时节，老汉觉得溪水的响声显著欢快。

到地方，老汉照例挤在中间的那一桌，周围坐的都是他们子孙后代。老汉们相互打招呼，你来了，你也来了；气色不错嘛，今天你不喝半斤我不放你走……只有这老汉闭紧嘴巴不吭声，只顾闷坐着，不想让人注意似的。越是这样，别的老汉越是把目光聚过来。他们纷纷说，杜老丁你何事搞的？嘴巴皮被白饭粘了？牙齿被蛋清铆上了？舌子被唾沫星子焊死了？

老汉想躲躲不过去，嘴皮子微微张开一线，一道白光就把那些老汉的眼睛晃了一下。待到一槽新牙完全亮出来，别的老汉就按捺不住想用手摸一摸。都说这口牙真白，简直白死了。

"装假牙了？银的？"

"德国的。"

"有什么用？"

"吃东西。"

"我还以为能开啤酒瓶。"

老汉不作声，他心里想，岂止是开啤酒瓶？心有底气，嘴皮不用瞎忙，等会儿吃开了，谁敢挑事，再让谁下不来台。老汉的左手一直插在裤兜里（右手要拿筷子），有人往桌上摆大碗的菜，老汉低下脑袋先试了几下，电动牙一如既

59

往地灵活，调多大挡咬得有多响，一关电门瞬间又能收住。

老虾米正好坐过来，他陪这一桌。"杜老丁，是你弄出响声？"

"一口新牙，吃饭前要磨一磨。"

"屋里有砂轮。"

"用不着，自己磨顺带练咬劲。"

"打老婆手上使不出劲了？"

"我家老婆子最听我话。你在家放屁不响，我帮你抖威风。"

老汉们也就剩这点乐趣，酒还没喝，先拌起嘴，拉开了大干一场的架势。几盘几碗都摆齐了，老汉们开始喝酒，先不吃饭。各自喝了三四两，有个女孩提着饭甑过来给他们盛饭。依着顺序女孩抓起老汉面前的碗，老汉赶紧把那只碗摁住。他说："不吃软饭，吃锅粑。"

老虾米看出杜老丁是有备而来，专门要搞气氛，于是他去到灶房小心翼翼地铲下整块锅粑，端在手上也是一口锅的样子，倒扣过来又像斗笠。"够么？"老虾米问。老汉不答，将锅粑稳稳地托在手上。"咔嚓咔嚓"，老汉咬下两块，锅粑边缘就有了杯口粗的缺儿。别的老汉都听见清脆的响声，老汉自个儿听到的响声更大更脆劲，他倏忽变年轻了。他掰了一块锅粑问谁要，别的老汉早被先前两声脆响镇住，哪敢接招，齐斩斩地摇头，说你吃你吃。于是这一桌成了老汉的个人表演。老汉不再推辞，左手悄悄地在遥控器上加了力度，加了频率，假牙马力十足干起活来。嚼锅粑不是问题，但往喉管里咽磕得慌，老汉说口干，旁边的申老汉要帮他倒颜色可疑的饮料水,按说是"果粒橙",老虾米买来的这饮料,瓶身印着"果力橙"。

"要啤酒!"老汉说。

拎饭甑的小女孩一蹦几跳地跑过去拿啤酒,老虾米急急扭头过去冲小女孩说别开瓶盖!啤酒交到老汉手中,他悄悄关了电,把假牙定格在半开,立马就变成一只瓶启。啤酒瓶放进去开盖,假牙是没问题,老汉手上却不够劲,几乎滑脱。啤酒瓶打开,一点泡沫泪出来,就有别的老汉开始叫好。老汉喝上一口啤酒,嚼上几口锅粑,不急不慢地表演起来,别桌的人往这边探头,稍后纷纷围了过来,一人动,全都动,个个有经验的,跑慢了就挤不进去。有个老汉感叹,外国的假牙比国产的真牙还好。另一个老汉啐他,你晓得个卵,不是外国的,杜老丁明明说是德国的!德国的,你懂吗?

老汉表演了半个时辰,整块锅粑全都进到肚子里,啤酒也喝下几瓶,起身回家,走路脚打晃,肚皮也晃。老虾米赶紧招呼一个后生扶着老汉。老汉看着被月光一点一点亮开的回家路,连日来内心的闷堵忽然全没了。他想,一分钱一分货,九千多块钱果然不是白瞎,值价了。

那以后老汉逢有酒筵就去,别人一般不叫他,但儿子和村里人都有人情往来,纵是在城里不能亲临,也打个电话叫人垫付礼金。老汉听到哪里鞭炮响就赶去,别人只能好好招待,吃好喝足,还要将他送回来。老汉那一槽假牙,在老虾米家的酒筵上就人尽皆知了,以后到哪里吃酒,总有人主动跟他说,杜老伯,杜大爷,还能嚼锅粑么?

"哪么不能嚼？一口牙两万多块钱咧，要是嚼不动锅粑，我把他们医院拆了。"老汉忍不住吹，他心想，说九千多和说两万多，信的照信，不信的始终不信。

"两万多？你儿子真有钱。"

"哪有，他扯个发票，单位里报销。"

"单位这么好？"大多数人只有感慨，心想，养崽还是要舍得下本钱，盘到城里当官，一个官起码抵十几号跟牛屁股的。

饭菜上桌，就到老汉表演的时间。老汉吃了几回整锅粑，现在看到锅粑就没胃口，但表演仍在继续。他也知道，乡场上耍把戏的下江佬不能回回变出兔子，底下的人看腻了不撂钱，所以，有时候下江佬就会变出个猫头鹰。

别人脑袋不转，见了老汉还是铲块锅粑递过来。老汉也不拒绝，他想到一招：把两根筷子平行架在碗上，手伸到嘴里一掏，整副假牙就卸了下来。老汉将假牙搁在两根筷子上，一张瘪嘴念念有词。别人以为他在念咒，其实是道障眼法，老汉左手依然搁在裤兜，现在他苍老的手指一摸着遥控器，就变得灵活，将那副假牙操控得随心所欲。

"我这副牙，自己就能吃东西。"老汉卸了牙，说话漏风，但周围的人都支起耳朵听，不漏了一个字。他们大概也想学来咒语。老汉揿动电门让假牙自个动起来，周围便冒出一片啧啧的惊叹之声。稍后，老汉掰下一块锅粑，往牙缝中间喂，假牙自个"咔嚓咔嚓"切碎了锅粑，纷纷掉进碗里。碎了小半碗锅粑，老汉自己不想吃，脑袋一转，就舀几瓢鸡汤倒进碗里，搅和几下变成粥的模样，然后递给旁边的老汉。

"你吃。好吃,有德国味道。"

这个老汉不敢吃,换个老汉偏要试试,吃了几口连声叫好,说就是比自己牙齿嚼出来的香。这么一来,更多的老汉都想尝尝,这老汉只好先在碗里盛好鸡汤,再在碗上重新架筷子,继续轧碎锅粑。德国汽车底盘重,但德国假牙底盘轻飘,架在筷子上不稳当,一不小心就一个跟头栽进汤里。老汉将假牙捞起来,接着搞,搞不了多久还是掉下去。

有人看出名堂,说杜大伯,你可以用左手捏住假牙。

"这个不能捏住,一捏咒语就不灵。"老汉知道,左手伸出来,关电门的时候又插进去,别人就知道他的老底。

腊月初的一天,五庙村一户姓杜的人家办喜事,老汉的儿子送了礼,老汉翻了几座山头去吃酒筵。主人家知道这老汉有一槽会表演节目的假牙,也欢迎他到来,请他坐到整个院坪最显眼的位置。老汉在自己村子里表演好多回,村里人慢慢见惯不怪,但一到五庙,吃酒的人将老汉里三层外三层地围起来。老汉又恢复了一开始表演的状态,喝了很多酒。他甚至想,要是收门票,两块钱一张有没有人围着看?一块钱一张票呢?

那天的酒喝到很晚,天空飘下冰毛毛,主人家不敢送老汉回家,安排他睡在自己家里。当天晚上,走村串寨过来吃酒筵的客人,还有不少也没回去。乡里乡亲,也用不着太多客气,主人家在二楼楼板上排开大通铺,回不去的客人像窖红薯一样,横七竖八躺得满地都是。主人家说:"只有这条件,对不住大家了,明天接着吃!"大家都回:"挤在一堆还暖和一点。"

次日天色大亮,老汉用手捂着眼睛醒来,发现有什么不对劲,先确定是脑袋上出的问题,再从脑门顶往下点着器官逐个检查,终于发现是嘴巴不对,嘴里空空荡荡,冷气畅块地往喉管里钻。老汉一摸,一口假牙不见了,再往兜里摸去,也没找见,那只遥控器还好好揣着的。老汉一着慌,扯起嗓子尖叫一声。他自以为是尖叫,其实嘴皮不关风,别人听着钝钝的,尤其显得悲惨。他那么一叫,在场的人都睡不好了。

主人家听到楼上有状况马上赶来,知道老汉两万多块钱的假牙被偷,也不报警,要楼上的人都别动,一个一个地搜。乡里乡亲,没人知道侵犯人身自由这回事,纷纷摆出配合的样子,仿佛谁不配合谁的嫌疑大。搜了一圈,当然是一无所获。老汉被人抬回家里,躺在床上就下不来了。老婆子吓得手脚无措,还是老虾米想到,赶紧打个电话通知老汉的儿子。

在相距不远的陡岩村,贼老汉进到自家屋子,踢醒正在床上做梦流涎的儿子。贼老汉这个儿子,是村里有名的懒汉,三十老几的人了还找不上老婆,成天只想躺床上睡。要是五里地外有个漂亮女人等着他偷,他也嫌路远不去。懒儿子睁开惺忪的眼看看老爹,问有什么事。

"什么事?自然是好事。"贼老汉一脸兴奋。贼老汉本来也是规矩人,昨晚也去了五庙村吃酒筵,睡在杜老汉身边。想到那一口假牙值两万块钱,他晚上一直睡不着。恰好,那老汉睡觉时嘴巴张得老大,这不是故意逼着人当贼嘛。贼老汉稍微试探了一下,那口假牙就卸了下来,还夹紧贼老汉的两枚手指,舍不得松脱。贼老汉心想,合该我撞上财喜。假牙偷到手,贼老汉也不急着走,趁着下楼解手,将假牙小心藏妥,继续上楼挤进大通铺,不过挪了个位子。要是趁夜逃走,等于是不打自招。贼老头这才发现,自己当贼倒是人才,年轻时候怎么想不到?现在老都老了还干缺德事,也是自家懒儿子逼的。

贼老汉让懒儿子在床沿上坐端正,这才掏出假牙给他看。

"假牙?"

"不是一般的假牙,德国晓得吗?……希什么勒晓得吗?……毛胡子马克思总认得吧?这个你敢不认得,毛主席爬出棺材收你……这副假牙是正宗德国货,值两万多块。"

"凭什么值那么多?"

"不用放在嘴里,它自个儿就能把东西咬碎。"贼老汉在酒筵上见到杜老汉表演,但自己弄了一阵,没发现开关在哪里。懒儿子来了兴趣,叫他爹当场试验一把。要是这牙齿自己能咬碎东西,懒儿子就想,以后吃饭,咬劲都省了。贼老汉就说,我没文化,弄不来这洋玩意,但城里人都有文化,他们一看就知道怎么弄。贼老汉又说:"你拿到城里去,找个人卖掉。既然值两万多,你卖个五千六千,马上就有现钱。"

"你自己怎么不去卖?"

"我年纪一把了,进城吓着人,别说卖东西。你年轻,长得也像个人，卖这东西卖得上价。"贼老汉有胆子偷，却没胆子进城去卖。一进城，自己就缩头缩脑，找人问路都要发发狠劲才张得开口。又说："卖个五六千，你给我几百块喝喝酒，别的都归你。几千块钱，只要会划算，你可以弄个女人回家。"

"为什么要弄个女人回家？"

贼老汉恨恨地看了儿子一眼："你这不孝的东西……有了女人，弄一弄，你就晓得是男人都离不开她。"

懒儿子到底心动了一下，打算去，倒不是因为女人。纵使懒，他也想躺在床头多吃几回肥肉片。要是这口假牙能换来几千块钱，他往后一长段时间就不担心碗里缺荤油了。"你把车费钱先给我。"懒儿子当然不愿走路，走进城至少两个小时，搭车要七块钱。贼老汉骂一声败家的儿，摸摸索索在裤腰里掏钱。给十块还嫌不够，懒儿子脑子不慢，他说："万一一下子卖不出去，我回来怎么办？"

懒儿子对县城还是比较熟悉，以前跑去干小工，一天捞个几十块钱，但时间一长别人都不跟他搭伙干活，雇主也看出来这家伙最会磨洋工。懒儿子走到中心天桥下面，他晓得这是个热闹地界，卖假证的、卖假发票的、卖传家宝的、卖碟片的、卖枪支的、卖强盗货的，拉皮条的、代孕的、代收呆坏账的，离婚取证（证据）的、收费铲仇的……你不小心路过不会发觉，稍稍站一下，这些人就在明亮的光线下影影绰绰地、接二连三地出现。你看一会儿，会觉得光线似乎没有事实上这样明朗，你怀疑现在已是傍晚。

懒儿子一想我这假牙也算强盗货，通常应该夹在腋窝下卖，但自己好久不洗澡。一口假牙毕竟是要往人嘴里塞，夹在腋下，想买的人闻到自己身上的人民币味，肯定掉头就走。于是，懒儿子在垃圾桶里找出一只塑料袋，把假牙装里面。

他将身子隐在一丛万年青树球后面，有人走过来他就现身，冲路人低低地喊一声："假牙要吗？"一开始他出现得有些突然，搞得几个路人愣了一下，然后绕开他放快步伐往前面赶。有些人似乎受惊，或者掩着鼻子逃窜。懒儿子总结，不能突然现身，搞人家个冷不防。他索性站在马路边，让路人老远就看得见。走近了，再和对方搭话说。但似乎也没有效果，又待了两小时，拦下几十个路人，但没有任何人搭腔，都是直接绕开他走掉。

天快黑的时候，他拦住一个穿黑衣服的男人，这人年轻，三十来岁。要卖假牙，懒儿子一般不找这么年轻的。年轻人牙口好，每一枚牙晃出来，都能当瓶启用，该放钱的皮夹却夹满女人照片。但天黑了，懒儿子有点饥不择食，遇到年轻的他也招呼一声，心里是买彩撞奖的侥幸。黑衣男人果然不理睬他，但走过去十来米，黑衣男人又扭头往回走。

"你刚才说，卖什么东西？"这人刚才听见懒儿子的吆喝，不太确信自己听见了什么。

"假牙。"

"假牙？我看看。"黑衣男人眼睛忽然亮了。懒儿子赶紧抖开黄色塑料袋，昏黄的天光不会阻碍这年轻人的视线。

"真是一副假牙哎。"

"那是的。"

"哈哈，神经病！"黑衣男人撂下这句话，快活地离去。

懒儿子已经饿得不行，走了两里地撞见一家铺子，要了两块冷饼，找椅子坐下来，把饼囫囵吃进肚里，店里的白开水管够，水一发，肚皮就有了虚假的饱胀感。店主是胖男人，和气生财的样子。懒儿子准备掏钱，一闪神又将塑料袋晃出来，问店主："假牙要吗？"

"什么？"店主扒开塑料袋往里头看一眼，再抬头，眼光就有了一丝怜悯。"走吧兄弟，不收你钱了。"

"这牙齿会自己动，值两万块。你要的话给五千。"

店主脸色"唰"一下又不好看了。他说："走吧。听不懂人话？"

那晚上懒儿子找一处烂尾楼睡觉。幸好他有经验，纵是天气冷也不至于感冒。次日他也不赶早，心里想，财喜不催忙人，何况是卖这种古怪东西。捱到九十点钟他才赶到天桥底下，这天太阳还暖和，他无端觉得运气要比昨天好。果然，刚站了十来分钟上，就有个穿皮夹克，一头自来卷像是长了癞痢的男人拢过来。"兄弟，你卖的是什么？昨天你都站一下午了，还没卖出去？"懒儿子看得出来，这人准是长期在天桥下面卖强盗货的，把这当成了他的地盘。他老实交代："卖假牙。"自来卷呵呵地笑，但也没表现出大惊小怪，提出要看看，还把假牙拿在手上把玩了一番。

"德国货，也就是最好的货。"懒儿子知道碰到地头蛇，看他脸色和气，又解释说："这种牙自己能动，嚼东西不费力，但我不晓得开关在哪里。你们城里人应该晓得。"

"我们城里人当然晓得。"自来卷这里捏捏那里掐掐，把一副假牙摸了个遍，又说，"这里有个孔，应该是充电的，可能没有电了。有充电器吗？"

"没有，应该配得到。"

"应该配得到，和我手机上的孔差不多。"自来卷掏出手机比对了一下，蛮有把握，又问："你想卖多少？"

"值两万，卖五千。只卖五千。要是不行，再少一点。"

自来卷不太肯信地看着假牙，拨了两支烟，两人对着抽。他说："要卖不出去，五百行不？"

"……不，不能再少了。不够本。"

"来这里卖货，少跟我讲本钱。"

抽完烟，自来卷就帮他卖假牙。两人达成协议，要是卖得出去，不管卖得多少，都是各分一半，卖五百就各自二百五。懒儿子心里也算计，这玩意十有八九卖不出去，砸在手里还倒贴路费。自来卷长期干这个，有经验，说不定还有固定客户，只要卖出去，多少都是赚头。自来卷果然有经验，只要盯上个路人搭讪，别人总是停下来和他说上几句，自来卷也适时地把腋下那口假牙亮出来。懒儿子在几丈开外监督着自来卷卖东西，虽然暂时还没有卖出去，但他对自来卷有信心。不相信自来卷也不行，他一个老手都卖不动，自己就不消提了。同时又发起愁来，周围绿地里出没一些人，都是自来卷的熟人。要是自来卷卖掉了假牙不给钱，又该怎么办？

过了中午，自来卷走过来拉着脸。假牙没卖出去，也不夹在腋窝，自来卷一手将假牙抛向空中，另一手又接住，反复抛来抛去，像马戏团里的猩猩。他把假牙还给懒儿子，并说:"你走,不要在这里卖假牙了。"

"呃,不麻烦兄弟,我自己卖。"

"赶快走!在这里活命的人多,但都是正常人。你来一搅,人家晓得天桥下面跑来了神经病,生意就不好做了。"自来卷还是好言相劝,他把调门稍稍抬高,立马就有几个人围拢过来。别人的脸色可不像自来卷那样温和。

老汉丢牙以后到医院躺了半个月,送回家里依然不能下地,就这么躺在床上。医生诊断说老汉心脏有原发性早搏,打针吃药也弄不好,只能静养,不可以剧烈运动,更不能着急上火发暴脾气,猝死哟。

老汉回家躺床上,一手拽着假牙遥控器不肯放,时不时摁它一下,当然是一点反应也没有。老婆子为他好,趁他睡着以后想把遥控器藏起来。老婆子心想,老汉要能把那口假牙忘掉,说不定就能下地走动。但老汉睡不踏实,有时睡梦里还想着捏遥控器,一捏捏了个空,马上醒过来,又是咳喘又是叫唤,老婆子只好赶紧把遥控器塞回老汉手头。老汉摸着遥控器,像是婴儿叼着了乳头,立马变得平静,甚至很快又睡了过去。

到年底事多,儿子想方设法找出空档回到乡下,守着父亲。他有种预感,老汉可能过不了这个年了。背着父亲,他也和母亲打商量:"要不,再找人做一副假牙,就说是找到了。"

"不行,你再做一副,他万一看出来是新的,更加心疼,说不定……"

"那能怎么办?"

"我守着他,也这么大年纪了……"老婆子说着说着滴出眼泪。儿子要替她擦,她又说:"没事没事,哭上几回人就想通了。"

"顺其自然。"

"还能怎么办嘛?"

有天老汉醒来,听着外面乌鸦吱喳吱喳的叫声,像是预感到有事发生,来了神,手支起身体慢慢靠在了床头板上。他习惯性掏出遥控器,一摁,那颗沉默已久的指示灯抽风似的忽闪几下。老汉一口痰卡在喉头,说不上话,又摁。只一会儿的工夫,那指示灯就不再亮了。老汉想大声地喊,但痰吐不出来。老汉想用力,但只是脑袋尽量地拱出床沿,身体内部使不出半分多余的力气。"叭"地一声掉下床来。老婆子听见声音跑进房间,怪叫一声就去扶老汉。老汉想告诉她,假牙就在附近,偷假牙的人刚经过屋门口,但他什么也说不出来,一急,眼球就开始翻白。

稍后不久,老虾米就给老汉的儿子打去电话,说你爹不行了。最近打了几次电话召回儿子,都说快不行了,儿子赶来后,老汉一口气又顺了过来。这一次,应该是真不行了。

老汉捏遥控器那会儿,贼老汉确实刚从他家屋门口经过。

那次懒儿子卖不掉假牙,从县城回家,就把假牙扔给他爹。"你自己卖吧,我不卖了?"贼老汉问怎么了。懒儿子说:"你自己卖吧,我过几天到精神病院接你回家。要是那里好过日子,你就不要出来了。"

"怎么了？"

"怎么怎么了？偷东西都不晓得偷个好卖的。有的东西贵，但卖不出去，卖不出去，你说再值钱也是扯卵淡，懂吗？就像……"懒儿子想打个比喻让他爹开窍，一下子没想出来，就懒得再想。又说："你说城里人能让它自己动起来，但城里人也弄它不动。"

贼老汉抚摸着那槽假牙，心想我明明看着它动的，年纪是大点，眼会有点花，但这种奇怪的事不会看错记混，这副假牙真的在一个碗上，在两根架起的筷子上自个儿动了起来。虽然杜老汉说是念咒语，但贼老汉活了这么大岁数不会上当，晓得肯定哪里有开关。城里人也不会用？贼老汉仍是不甘心，手指头在假牙上反复摸索，期待着假牙忽然动起来。摸了半天，手指把几枚牙齿都摸暗了，上下两排牙还是紧紧咬着，摆出对人不理不睬的模样。

假牙就随意扔在柜子里，柜子巨大，衣服放里面，碗筷也放里面。到腊月的一天，贼老汉自己牙齿忽然疼起来。他一槽牙还剩三枚，扯点草药压不住疼，就想到去不远的镇上找摆摊的牙医老詹看看，要么抹点药，要么直接拔掉。他有几枚牙都是在老詹那里拔掉的，收费不高，以前三五块，现在物价上涨，也不过二三十块。往镇上去的时候，贼老汉忽然记起柜子里那槽假牙，拿出来塞进兜里。他忽然想，这么贵的牙齿卖不出去，不如装到自己嘴里，想吃什么，趁着还有时间好好地吃。当然，如果出门，这口假牙还是要卸下来。

镇子不远，一路经过几个村庄，步行四十分钟就到。贼老汉一路走去,经过第二个村子古道溪,忽然记起来,杜老汉就是在这里住。他有个当官的儿子,现在是不是又装了一槽假牙?贼老汉又想,财不露白,这种话到哪时都不为过。杜老汉一把年纪还这么张狂,让他吃点教训也好。

"……这个,能不能装到我嘴里?"贼老汉坐在那张像是结满水垢的牙椅上,眼睛观察周边动向,手从兜里掏出假牙。这天不逢赶集,镇子上来往的人不多,偶尔一辆车驶过,腾起的烟尘就像在人与人之间拉起了帷布。

"呃,是一槽好牙。"老詹拿在手里打量了一下,他是懂行的人,看假牙的眼光就像来乡下铲地皮收古董的贩子。老詹另一只手操着压舌板扒开贼老汉的嘴看了看,拿着假牙稍加比对,便说:"不合槽。你有三颗牙,这槽假牙,是给只有一颗牙的老头定做的。"

"行家!"贼老汉解释,"捡来的。不如你把我这三颗牙都拔了,能不能装这副假牙?"

"拔光了牙,还是不合槽,不能装。"

"这东西很贵,便宜点卖给你要么?"

"是好东西,但只合一个人的牙槽,我拿着卖不出去。你晓得,每个人的牙槽都长得不一样,就像指纹。要是发了命案,只找到一颗脑袋,警察就会看牙齿和牙槽,判断死人的身份……"

"你们牙医尽爱讲吓人的事情……一百块钱,要么?万一碰到一个合槽的,你就能卖好多倍。"

老詹微笑着摇头。贼老汉还是不死心,咬了咬所剩无几的牙,摊开巴掌:"五十要不要?"

"你到底是来弄牙的,还是卖牙的?"

"弄牙!"

贼老汉那颗牙已经被蛀断,剩半截桩,眼下松动得厉害。老詹给贼老汉拔牙,十二分地小心,他晓得这个岁数的人,容易并发些意想不到的症状,不是闹着玩的。幸好是在农村,要是城里这么大年纪的老头想拔牙,老詹绝对不敢接活。费了个把钟头,老詹才把那枚残牙小心翼翼地刨出来,贼老汉像是挨炮弹炸过的牙槽,此时又添一个坑,却没渗出血。

"五十。"老詹收拾着器具,报了价钱。

贼老汉将手伸进裤兜,掏出的仍是那副假牙:"今天我没带钱,只有这东西。"

拔霸王牙!老詹很少遇到这样的情况,但他是个脾性很好的人。面对这样一个无赖老汉,他又能说什么呢?

这次报病危非常及时,儿子赶回家接住了老汉最后一口气。老汉有什么话梗在喉咙里,到死也没说出来,死的时候眼睛翻了白。响鞭早已备好,老婆子一哭,老虾米就在院子里放响。儿子听着母亲的哭泣,既悲伤,又隐约透露着解脱之意。周围邻居,血亲族人都赶进来帮着搭灵棚,殓师和道士很快请到家里。

尸体抬到板子上以后,儿子见老汉的嘴瘪得厉害,导致整个脸部几乎变形,先赶来的几个亲戚都说差点认不出来。儿子就跟殓师说:"能不能找个东西,把我爹的嘴撑满一点?都要上山了,这两天还是弄得像样一点。"

"我试试。"

殓师马上想到镇上的牙医老詹,但他和老詹没联系,就打电话给徒弟。徒弟住在镇上,殓师要他去找老詹,问有没有现成的假牙可以卖。他记得,那些牙医总会搜集一些假牙或者残牙,要么漂亮,要么稀巴烂,统统摆在玻璃柜里展示,以此招徕顾客。徒弟敲开老詹的门,把师傅的意思讲出来。

"刚好有一副。"老詹难免奇怪,白天刚接收了一槽卖不出去的假牙,晚上就有人要这东西。真是天意!他掏出假牙跟殓师的徒弟说:"一百,就一百块钱。要过年了,这东西我也懒得带回家,便宜处理。"

"我要问问师傅。"徒弟做不了主,打个电话给殓师。那一头,殓师也要征询主家的意见。儿子就说:"就是把嘴撑起来而已,一百太贵。三十干不干?"

老詹还了一口,说至少五十。五十我就不亏了。

儿子想了想,还是觉得划不来。他冲殓师说:"你帮帮忙,用木头削个形状,把我爹的嘴撑起来,还不是一样么?"

殓师说:"那倒是,反正等下我打扮妥当,你家老汉的嘴是闭着的,是木头是牙没人看得见。"

"那就这样说定了!"

徒弟是个呆板人,师傅在电话里说不用,他转身就离开了老詹住处。老詹稍过不久就后悔了。他心想,三十就三十,总比卖不出去强。他拨了个电话,那边回话说用不着了。假牙本想用给一个死人,现在死人的嘴已经用木楔子撑起来了。

老詹有些无奈，想到马上能回家，嘴角又挂出笑来。他不是本地人，他家离这里很远。年关将近，他也没心思做生意，收拾东西想早点回家。要是春运时段一到，幸福的回家之路就变成了逃难。

次日，老詹离开租住的屋往镇子东头的车站去，外面下起了雪，成年人躲进屋里，小孩却特别活跃，在雪地里发挥着想象力使劲折腾。路边堆起不少雪人，鼻子是胡萝卜，眼睛是木炭，嘴巴是一弯眉豆。小孩只顾将雪堆大，懒于雕琢出轮廓，雪人大都堆得粗糙，呆头呆脑。终于，老詹看见一个雪人轮廓分明，较有模样，只是嘴巴位置上一片空白。老詹忽然想起那槽假牙还放在提包里。

他拿出假牙，一把嵌进雪人的嘴部。雪人就是雪人，什么样的假牙都能和它合槽。嵌进那一槽白森森的假牙，这雪人立马就有活灵活现的神采。老詹觉得是自己给了雪人一条命，脑里翻开久远的记忆，心头腾起尘封的欢悦。

遗址

　　如按原路线返回,高速还没有最后贯通的那三十公里,五天前是"水毁路段",现在大概率没有修好。虽然,戴占文用地图一搜,那一段道路没有标黄标红。有时候也不能过于相信地图,就像有时候地图过于精准,也用不着为此惊异。

　　不走三韦高速,上以前常走的岚海高速,里程多一百七。只有岚海可走时,戴占文往返于韦城与伥城,也感觉便利,三韦开通,岚海线就过于漫长。他往返两地多年,一开始坐火车,十几小时,夕发朝至。调来韦城第二年,外公外婆随时报病危,他几乎每月请假回伥城,作"最后的告别",每一次都有惊无险。一晚,母亲又打电话报外婆病危,嗓音都是哭腔:"这回是真的,怎么也熬不到明天中午。"坐火车已经来不及,他还没买车,只能找朋友借。好在三韦高速刚刚开通,计九百二十公里。他是晚八点出发,一夜不停地嚼槟榔，次日十一点赶到家，外婆看他一眼就去了。

家里人说："占文，毕竟你是外婆带大的，她就等着见你最后一面哩。"

回韦城他就买了车，第二年他把老婆和女儿接到韦城一块住，此后每年寒假暑假，一家三口要在两地往返两趟。九百二十公里不轻松，女儿映彤晕车，中间要歇一夜。他关注三韦高速的消息，三韦在伲城和韦城中间拉了一条直线，不像岚海拐了一个近六十度的弯。一五年三韦高速仍未全程贯通，在通和县，有几十公里要下高速，仍比走岚海来得快。没想那几十公里过于颠簸，映彤回家就发病，寒假结束也没有好转。妻子伍碧珊叫戴占文先回去上班，自己留下把女儿照顾周全。他独自返回，仍走岚海线，感觉如此漫长且煎熬。

一个月后，伍碧珊仍没带映彤来韦城，电话里平静地说，离婚吧。

戴占文闭目思量许久，大概猜得着，哪里出了问题。这年月不同以往，两人稍微有些难相处，往后离婚都会是一种必然。甚至有个说法：不用任何理由，有谁不想凑一块过了，就应该离。戴占文是认可的。

又变回一个人，独自驾车往返两地。因一次垮塌事故，三韦高速那几十公里一直没法合龙，但走这条线怎么都比岚海那边快。

返韦城前一天，地图里一查，戴占文发现忽然多出一条线路，且是"最佳路线"。新的路线走瑞恩高速前往朗山，下高速走三十余公里再上沙马高速，直接绕过通和县，再连接上三韦高速。

朗山县戴占文当然熟悉，无它，伍碧珊和映彤现在就住那里。这条路只能是新开通的。

戴占文循着新路线去到朗山，下高速，手机地图显示附近村与镇的地名，或者被林志玲的声音播报出来，戴占文当然熟悉。这不是往桂岭镇方向去的么？

他路边停车，抻大地图，桂岭镇果然就在前方。

戴占文第一次去桂岭是零三年的夏天，因为伍国良的邀约。

那时候他说是自由撰稿，在别人眼里就是一个闲汉。伍国良同时还邀了黄水洪和廖全岩。他们四人四月份一块去省城读作家研习班，算是同学，邀好了定期一聚。伍国良七月初就发来邀请，说聚就聚，由他安排。黄水洪和廖全岩答应得比戴占文爽朗，但到约定的时间，只有戴占文赶去朗山和伍国良碰面。另两人是有单位的，身不由己。伍国良跟戴占文解释：我俩多好，没有单位，想聚就能聚。

伍国良只是没有正式工作，平时在桂岭镇北端的贾坝水库当库管员。戴占文去时是汛期，每晚拎着蓄电灯跟伍国良一块巡查堤坝。堤坝两点三公里长，大斜坡，两人走上面空空荡荡。将堤坝来回巡一遍，用时一个多钟。说是巡堤查险，严防管涌，伍国良说自己干了十来年，贾坝水库从来没出事，每年枯水期还有加固。巡夜总有别的收获，比如说打青蛙，每晚能用柳条串一大串。堤上多是铜蛙，皮色蜡黄，肉质枯瘦，但爆丁下酒是好物。

戴占文去了伍国良那里，感觉是去到另一个世界。乡野之乐，戴占文在伻城也找得着，爷爷仍活在鹭寨，那里还有一票亲戚，戴占文偶尔回乡小住。但鹭寨已经现出一种萧条，年轻人几乎走空。桂岭不一样，朗山是整个地区最偏僻的一个县份，这里还有足够多的年轻人，神情安逸地把日子过下去。

伍国良的口头禅是：我这人，没什么话说。事实上，只要跟戴占文在一起，伍国良的嘴几乎一刻不停。在作家研习班，伍国良话多得有些缺心眼，根本不在乎别人听不听。他酒量不好，偏喜欢喝一点，喝上二两直接进入无人之境，别人一开腔他就插嘴，硬生生把话头接过来。别人没法说，只能听他说，默默喝酒吃菜，冷不丁假装接电话离开房间。周围的人全都噤声，伍国良索性闭上眼自顾说道，即使没话，他还背自己写的散文。每一次背诵略有出入，并不妨碍戴占文耳熟能详。伍国良发表的散文不多，甚至说很少，见于当地日报副刊的只有三篇：《贾坝的天空》《当我真要离开父亲》《天下大美在桂岭》。

戴占文将其称为"伍三篇"。

……你或许会说，桂岭有你说得这么好，我怎么一点不知道呢？我只能说，亲爱的朋友，那是因为你还没来过这里。不管你来不来，桂岭都会在这等你，我也会在这等你，请你喝这里的米酒，跟你讲桂岭永远讲不完的故事。

这是《天下大美在桂岭》最后一段。有时，房间里别的人都走了，剩戴占文一人，想走也走不脱。不管文章写得如何，只要反复诵读，就不会全无作用。伍国良描写桂岭的美景，笨拙而空洞，日后伍国良邀去桂岭小住，戴占文竟有一丝向往，心里暗忖：我这是怎么了？

巡堤时，两人找适宜的地方坐一坐，背身往后一躺，斜坡像是沙发。夜空异常巨大，黧黑，风响，星群鲜亮得仿佛跳跃不定。堤上蚊虫多，伍国良手执艾香不停挥动，这种气味让戴占文无端想起久远的事情。他还很小，没有空调，夏夜非常难捱，几乎所有人都铺凉床睡在路边，大人轮流执艾香驱蚊。

伍国良爱说话，也充斥着过去的气息。聊天说话曾是最主要的生活方式，没有电视的夜晚，都是在老人絮叨声音中度过。来到桂岭与伍国良单独相处，戴占文才发现，自己乐意听伍国良的喋喋不休。一块读作家研习班时，碍于黄水洪、廖全岩他们都嗤之以鼻，自己也不好表现出独自喜欢。谁又不会受集体环境的暗示，隐藏自己真实的心思？

在桂岭，伍国良嘴巴永远闲不住，戴占文成为唯一的也是最好的听众。听着听着，戴占文竟自睡去，醒来，伍国良仍然在说，仿佛只要有人躺在身边，就强于一个树洞。慢慢地，戴占文发现伍国良的诉说中隐藏了一条时空隧道，能够屏蔽"当下"或"现在"，把自己发送到过去某一具体场景。过去未必更好，但那时候每个人似乎都相信将来会越变越好，直到哪一天，忽然都不太信了。戴占文乐意跟一个话痨相处，在他嗓音当中回到过去，半梦半醒之际，重新捡拾到某些已然消失的悸动。

伍国良仍然背他的"伍三篇",戴占文习惯耳朵里随时灌些声音。他也越来越相信,天下大美在桂岭,虽然桂岭事实上是一个闭塞且破败,谈不上有何风景的乡镇。之所以相信,是因为在别的地方,不可能有另一个人跟他连篇累牍地赞美每一寸毫不起眼的风物,赞美每一阵风吹草动。

伍国良不想一辈子当库管员,这工作没有转正的机会。他想成为国家正式的干部,唯一途径是写作。戴占文又不好说,这有些难。伍国良年纪奔四十去了,写作也不突出,作品仅发表于地方日报的副刊,而且都是豆腐块。

当初黄水洪说得更狠:伍国良的水平,放初中生里头也不拔尖。他还打听到,伍国良参加研习班,是市作协严主席力推,要不然三篇豆腐块都不好说是发表。当时黄水洪刚获北京一家文学期刊的奖项,嘴里一说就变成"国家奖",风头正健,获得进修资格。伍国良的出现,让他感觉像是碗底埋蛆。据说严主席与伍国良情同父子,或者,正是严主席的鼓励和帮扶下,三篇豆腐块才得以上副刊;甚至,帮他发表之时,就预留一个进修名额。

一次吃饭,黄水洪直接问伍国良,既然老主席这么帮你,不止让你来学习吧?伍国良一脸憨笑,没说什么。黄水洪追着问:"往下是不是要帮你解决工作?"伍国良依然地笑,如同默认。黄水洪朝戴占文吐了吐舌头。

共同学习的四十天里,黄水洪对伍国良一路深扒。另一晚喝酒,黄水洪又当面抛出一个听来的说法,跟伍国良证实。严主席有先心病，嘴唇一年四季焦乌。八十年代文学最红火时，他借助作家身份娶到歌舞团台柱子，美女不惜与家里人断绝关系也要嫁给他。结婚后，严主席不像先前允诺的，写出有全国影响的作品，甚至随着身体日益衰弱，提笔写字都变得困难。一晃，两千年左右，老婆不出意外有了外遇。严主席无力抗争，只能默默流泪了事。于是某一天，伍国良掖一把杀猪刀去到严主席家里，冲他说："严老师，把那个人名字报给我！"严主席眼泪又迸出来，啥也不说，忽然张开双臂，两个男人紧紧抱在一起。从此，彼此的关系，自然非同寻常。

黄水洪讲出来，戴占文只是纳闷，两个男人的这一堆事情，怎么会被别人知道？再看伍国良，虽有尴尬，仍然在笑，仍是默认。

黄水洪又问："伍哥，那天严主席真要把人名讲出来，你又能怎么样？"

伍国良不吭声。

"我知道是谁。"

"谁？"伍国良脸色陡地一变。

"算了，这事情……又不是亲眼看见。"

"到底知不知道？"廖全岩一旁插话，"人家敢动刀，你都不敢动嘴。"

黄水洪手便一指："不是别人，就是廖全岩！"

伍国良脖颈有些僵硬，用力一扭，看一眼廖全岩。这时廖全岩笑抽起来，笑出了眼泪。伍国良脑袋拧过去，黄水洪也笑得直喘。

"……你们这些人!"伍国良脸色好一阵才缓过劲。

两人在桂岭单独相处,戴占文不忘提醒:"伍哥,要想搞一份工作,进县文联或者文化馆,这三篇肯定不够。"

"怎么才算够?"

"除非你一出手就写下名篇,像王勃写出了滕王阁,像骆宾王写出了鹅鹅鹅……那就用不着谁解决工作了。要解决工作必须有量,发副刊是好事,本地领导就会看见你名字,频率不能太低,至少每个月要搞一篇。"

"我不像你,哪有这么多写的?"

"一篇两三千,一天一百个字,编一条短信而已。一个月还下不来一篇?"

"我这几篇,你们看不上眼,对我来说太不容易。"伍国良把表情杵在黑暗中,"说白了,还是我爹拿命保佑才写出来的。"

"有这么严重?"

有没有,都在伍国良的嘴里,伍国良拎住新的话题,又有好半天的发挥。伍国良从小爱写,无奈只读到初中,十几年里发狠练笔,想混个通讯员都没搞成。四年前,他父亲得肝癌,并不惧怕,还说时机到了。他掐指算过,马上就死,牌位依序摆进祠堂,正好占据几十年一遇最好位置。既得绝症,又有心想死,很快牌位想摆哪摆哪。守祠堂的伍兴泉老伯年岁大,一年四季守三季,冬季就搭火车赶去深圳住进儿子家里,那里能避寒。伍国良在冬天枯水期不用巡堤,那以后就去守祠堂,每年冬天守三个月,当是给父亲守孝。独自住进祠堂,伍国良突然发现自己能写。从构思到打稿到反复修改,三个月时间弄出一篇文章,而且都得到发表。所以,一经写出,他自己也顺口背得出来,不是刻意。

"离开你们伍家祠堂你就写不了?"

"真写不了。我不想一个月出手一篇?"

纵是慢工,活并不细,发表还是靠严主席打招呼。严主席没当主席的时候,就是朗山县文化馆的创作员,辅导业余作者写作是本职所在,那时两人就认识,只是严主席没把伍国良直接拎到发表水平。

那天提到祠堂,改天就往那里去。出了桂岭往东去,走七八里才到,那地方名为道坑,据说是朗陵(朗山至迁陵)古道的起点,伍家的祖上是踏着这条古道寻到这片地界落地生根。祠堂由一堵土墙围了两亩地,往里走有一间正厅摆满了先人牌位,两侧有厢房可以居住。这可能是戴占文见过的最简陋的宗祠,如果不是离桂岭较远,指定会是宗族的义庄。当天伍国良带了两兜卤菜去,找伍兴泉老人喝酒。老人耳聋,喜欢说话,也是滔滔不绝,伍国良难得当一回听众。戴占文一旁暗自好笑:出来混总是要还的。

伍国良作为导游,能将伍家祠堂讲解个把小时,讲到兴奋处,还将父亲牌位拿下来。"我们伍家的牌位是有窍门的。"他演示了一下:牌面和底座可以分离,牌体中挖有一个槽,可以藏重要的物件。他父亲牌位里塞着一张奖状,七零年修龙塘河水库当选市级劳模。那是他父亲得过的最高荣誉。

到冬天,戴占文又去桂岭小住半月,晚上住进伍家祠堂。外面风声劲响,屋子里劈啪生着柴火,也是古远的滋味。两人喝酒写作，戴占文说我来督促你多写一点。伍国良请教，戴占文把纸笔拿过来一写一个段落。伍国良有些难堪，说我是叫你指导我，不是要你帮我写。再说，我怎么写也不是你的这个味道。

伍国良好客，戴占文多住几日，心里过意不去，毕竟，伍国良月收入才三百多。有一天他往伍国良父亲牌位的空槽里放五张红钱，等以后某一天伍国良忽然找出来。戴占文即将回俚城，伍国良把五百块塞过来，脸上起了一片愠色："占文，你这事搞坏了，怪不得一连好几天，我父亲晚上托了梦骂我。"

桂岭距朗山十七公里，不远，路永远在翻修，好车往那起费不起轮胎，往返载客都是龙马牌农用车。伍国良所在的水库就一辆柳微，借车还要借司机，并不方便。头一次，他花了一百二十块钱包车接站。戴占文知道，这对于月薪只三百的伍国良意味着什么。到冬天，戴占文在朗山站下车，搭龙马赶往桂岭。一路基本都是站，一手攀住车棚，随着车的颠簸浑身晃动，下了车有一会儿站不稳。

零四年春节过后，戴占文再去桂岭，就不住贾坝水库。伍国良在镇街有了房子，进新房置办酒席。他家本来住古道溪，几乎是个荒废的村落，但凡有点能耐的人都搬出来住。伍国良一个月几百块工资也有积蓄，老婆走村串寨做小生意，再去亲戚朋友里面借一遍，两口子在镇街下段买来两分地，建起房子，一楼弄出两个门面。

五月份戴占文又去了一次，伍国良老婆跟朋友一起进城卖服装，他一个人不开火，经常去大哥家里吃饭。戴占文来，一齐带去，桌上添一副碗筷。大哥叫伍国瑞，屋建在镇街中段，占地半亩，临街六七个门面。两人同姓同宗同字辈，以前并无往来，伍国良住到镇街，两人掐字辈称兄道弟。伍国良跟伍国瑞介绍，说这是我同学，一块写东西，但比我写得好，人家一篇能写出好几万字，获过台湾的奖。伍国瑞说，获台湾的奖？政府那边不会惹事吧？伍国良说，是写小说，虚构，也就是瞎胡扯，不惹事。伍国瑞把酒杯一抬，说那就好。

吃完饭，伍国瑞问打不打牌，戴占文说只会"三打哈"。伍国瑞就笑，他最喜欢这个打法。戴占文牌技一般，起初想着上桌陪一陪，少输一点就好。伍国瑞打牌只想当庄，以一敌三，经常喊到五分，别人没法往下叫。喊到五分，意味着别的三人一分没得才能赢，哪有这么好的事？伍国瑞有时候把牌抓好，要的牌没补上，嘴里哼一句"妈了个逼的"，牌直接一扔，每个人赔十块。一夜下来，即使小彩，戴占文也多了两三百块。这个大哥，好牌也往坏里打，简直是给人发钱。

第一次见到伍碧珊，是一天傍晚时分，她推门进来，拎着一个旅行包。几个人照样打牌。伍碧珊叫了一声爸。伍国瑞说，叫几个叔叔。伍碧珊叫了一声国良叔，又说，我又不认识！就闪回自己房间。第一面，戴占文记忆是清晰的，倒不是伍碧珊多漂亮，而是她和伍国瑞长相如此相似，却又如此不同。伍国瑞长脸龅牙，伍碧珊也略有龅牙，看上去却是一种调皮。

那年伍碧珊十七岁,戴占文已经二十八,只能是叔叔。

伍国瑞还嘀咕,怎么又回来了。伍国良顺一句,钱花光了嘛。

伍碧珊在两百公里外读幼师大专班,很少回家。次日戴占文看见伍碧珊和几个男孩女孩在镇街逛荡,无所事事,却也怡然自得。有几个小孩打扮得正宗杀马特。杀马特的鲜亮总是与乡镇的破敝景象相得益彰。

此后戴占文每年都去桂岭小住,照样去伍国瑞家里打牌。偶尔看到伍碧珊,几年下来,拼凑出这女孩迅速成长的印象,身材细高,并逐渐有了乳房。再看见她与镇街那一堆杀马特玩在一块,戴占文偶尔有些心疼。

零八年夏天,伍碧珊读五年才搞到大专文凭,伍国瑞想把女儿弄进县政府的机关幼儿园,没搞好,好一阵情绪不稳,打牌输得更多。伍国瑞冲着伍碧珊摔门往外走的背影絮叨,只能是几个牌友听得真切。伍国瑞说工作没找好不说,以后要管紧一点,不能和街面上那些混混搞对象。

伍国良说:"哥你心思不在,容易出错牌。"

"妈的,碧珊老跟街上晃来晃去那些崽子玩一块,管都管不住,你说我哪有心思?"

这时,伍国良正好接话说:"有一个现成的,人不错……"
伍国瑞哦了一声。

"不知道碧珊会不会嫌人家年纪大。"

"大多少?"

伍国良笑一笑。

伍国瑞看看伍国良,又把目光捋直,看了看对面,问:

"占文你真的没有找对象？多大了？"

"二十八。"

"比我家碧珊大了整十岁，倒不是问题……你觉得碧珊怎么样？"

当时情景是有些突兀，戴占文不知如何应对，表情就有些瘫。伍国瑞接着看牌，稍后又说："别怪我挑剔，男人嘛，总要有个工作才行。"

伍国良早就提醒：占文，写得再好，自由撰稿，听上去总不是个事，要找一份工作才行。戴占文当然知道，在县城，有国家编制才是"有工作"。开店当老板即使赚钱不少，都不算"有工作"，但"工作"哪是这么好找？

"……是不好找，所以更要找，你发狠写。"伍国良说，"我叫严主席多关注你，他现在很受上面领导器重，说话有分量的。"

戴占文喜欢和伍国良待在一起，并不意味着他相信一个人掖一把菜刀去搞搞公关，就能得到一份"工作"。伍国良身上有一种近乎虚茫的乐观，与此同时，戴占文又怀疑伍国良终能达成所愿。他明白，自己喜欢跟伍国良待在一块，不就为了沾染他那份乐观以及随之而来的力量感么？

事实上，戴占文的父母从未放弃努力，若没给儿子搞好"工作"，在亲戚朋友眼里既是儿子无能，更是父母失职。好在戴占文写作还顺畅，不断发表，又刚拿下省里一年一度的青年文学奖。这些成绩，自己不提没人知道，父母拿出上访的架势，让这些事迹沿着各种路径钻进相关领导的耳朵眼。戴占文即将三十二岁，成为县文联的创作员，和严主席当年一样。

伍国良第一时间打来电话,声音是兴奋又夹杂埋怨:"占文,我搞了好多年没搞成,你手脚快,一下子就进了文联。"

"你也快了。"

"少安慰我,我心里明白,写东西哪能跟你比。"

"你只是写少了点。"

"不说这个,那次打牌的时候,国瑞大哥表的态,你还记住么?"

"……什么啊?"戴占文几乎一刹那就记起来说的哪回事。

"他说话算话,现在你有这份工作,他就同意开这门亲事!"

"开这门亲事",这样的说法,听着竟有些古意斑驳。戴占文爽快地问:"碧珊是什么态度?"

"碧珊你不要操心,还是个小孩嘛,有我教训她哩。"

离婚后,戴占文自是没来过桂岭,一晃好几年,新马路已经铺就。天气这么热,炒砂路面轻微的胶着和撕扯给人一种舒适。

桂岭很快就到,戴占文有点猝不及防。

既然先开了亲,再恋爱似乎来得容易。碧珊当时也是乐意,她看他时的神情,那种兴奋还有喜悦隐约现于眼角眉梢。他估计,是伍国良又一次成功洗脑的结果。

两人第一次单独约会是在朗山县城,他不知道说些什么,她也无话,于是两人默默逛街。走到瓦缸街,碧珊突然有了回忆,说初中是在县城读,生活费从来不够花。一个周末她在这条街撞见父亲,父亲身边有个女人,却不是母亲。她和父亲劈面相逢,父亲还来不及掩饰跟那女人亲密的表情。本来,各自扭头各走一边,装没看见最好,但碧珊突然有了促狭心思,迎面走过去。走近了,她跟他说:"爸,我没钱了。"伍国瑞很痛快地掏出皮夹,掏出一张红钱,想了想又掏了一张。

"拿了钱你怎么说?说你不会告诉妈妈?"

"你真不会说话。我就说,谢谢老爸。"

两人第一次一块喷笑,稍后碧珊还强调:"我爸对我妈挺好,真的。"

戴占文不得不夸:"是个狠人。"

戴占文解决了工作,连带地进入了恋爱。伍国良的工作问题,严主席一直倾力在办,不断释放好消息,同时,又说质疑的声音也不是没有。文章优劣,领导未必看那么明白,产量的多少却能一眼瞥见。严主席跟上面领导一个劲夸伍国良文笔不错,"放在下面一个水库实在屈才";领导总是这么来一句:"既然这么能写,出了书没有?叫他给我签一本。"

出版并不难,严主席在统筹一套丛书,全市遴选十名作者,每人一本。伍国良产量太少,最近发狠多写几篇,统共不过三万字,离一本书有些遥远。严主席着急,甚至跟伍国良说,你能不能写诗啊,来得快点?形势所迫,伍国良试着写诗,看似容易,实际上没半个月快把他逼疯了,只好依旧写散文。

戴占文和碧珊相处一年结了婚，跟着老婆改了口，管伍国良叫叔叔。"叔叔，现在都是一家人，要我做什么只管说。"伍国良终于把头一点，再写文章找戴占文"斧正"，戴占文修改起来不含糊，虽然感觉重写一遍还更省事，但这话不能说。此后伍国良发表提速，每月一篇见于副刊。两三年下来，攒巴攒巴，伍国良手头有了八万余字的量，配些照片，勉强够得上四个印张。这是严主席规定的出一本集子的下限。还差一点篇幅，正好放一篇稍长的序言，伍国良打算叫戴占文写。戴占文已调去韦城，电话里说："叔叔，写这个要讲辈分，你要找严老师。"严主席又说："国良呐，你这几年写作出了成绩，怎么回事我还不知道？要找占文写一篇才对嘛。"最后严主席撒开手脚写序，戴占文洋洋洒洒写后记，伍国良把先前添加的图片悉数撤走，四个印张也撑得满满当当。

因为前面一套丛书"在读者当中产生了热烈的反响"，严主席又弄了一套文丛，四个印张作者自掏一万二，每多半个印张增加一千块钱费用。伍国良有些犹豫。戴占文帮着凑五千，还说这钱值得花，因为"你手头有一本文集，严老师再不帮你搞定工作，就是他的无能了"。

"不好这么说严老师。"

"只要你不是他弄出来的，你就不要以为什么情同父子。"

伍国良接过一沓钞票，喉结余几下又说："现在咱俩算是一家人，这钱我收下，以后还你。"

手机地图显示前面有一条二级道，可以从外侧绕过桂岭镇。快到桂岭，戴占文忽然见地图上二级道有一大段变成赭色。"前面道路施工暂时封闭，已为您规划新的路线……"手机里台湾美女柔和地提醒。新的路线必须经过桂岭镇街，那一条他曾经熟悉的街道，没有别的选择。他跟着前面的车，将方向盘往右一打。前面拥挤，应是集日。

他想，未必那么巧，阴差阳错往这里来一趟，还撞得上伍国良。

戴占文调去韦城第二年，把老婆和三岁的女儿接过去。他给映彤办入托手续的时候，严主席突然打来电话。

"……我都说不了他，你要跟他讲一讲。他工作的事，正在节骨眼上，小不忍则乱大谋！"严主席声音恳切而又急迫。

"电话里讲过的。他这人你知道，认准的事情不容易被人说动。"

"当面讲才好，你哪时能回来？"

"我尽快……也要到下个月，国庆节有假。"

"你俩是多年兄弟结了亲眷，说话更近一步，拜托！"

"严老师这话见外了，他也一直把你当亲人。"

"哪能不是哩，他有事，我比自己儿子出事还急！"

在此之前，二级路规划下来，不偏不倚把伍家祠堂整个划在红线区以内，拆迁成为必然。桂岭一带的伍家虽不是显姓，也有两百多人户，十几号人奔进县城，在各单位上班，有的混上一官半职，在桂岭地界也算有头有脸。拆迁祠堂的消息让他们炸了锅，当时聚集开了会，说要坚决抵制。伍国瑞是聚会召集人之一，对于这样的事他总是积极参与。不光自己找关系，伍国瑞还叫戴占文把"认识的最大领导联系一下"。戴占文没找过领导，也不认为自己能干这事，起先电话不打。伍国瑞又一个电话打来，提醒说"这可是第一次找你办事"。接下不光要打，还叫碧珊在一边监听，电话到底打出什么效果。碧珊往旁边一坐，眉眼里全是古怪的欢乐，说老戴你打呀，我听听你怎么敷衍我家老跳。"老跳"是伍国瑞的绰号，桂岭方言里头，大能人的意思。

戴占文帮不上，伍国瑞固然失望，但他自己也没有硬挺多久。拆迁工作一搞，最先摆平的就是进城上班那些能耐人，他们必须听从上级安排。再说，无非是个祠堂，划一块地重新弄一下，保准比原先更气派。

戴占文调走那年，贾坝水库也打算裁员，消息刚下来，伍国良便主动离开，否则也是一样结果。伍兴泉年纪太大，一直待在广东，此后伍国良专心看守祠堂。这几年能够稳定发表，被他自己一说，都是看守祠堂得来的福报，父亲和历代先人保佑着他这天资驽钝的写作者。拆迁队进入桂岭，有工作的能耐人率先退场；起先在镇街喝了血酒砸了碗，"誓死捍卫伍家宗祠不挪半寸"的一帮青皮后生，也顿作鸟兽散。没想，这时伍国良独自跳出来，说只要他在，祠堂一块砖一片瓦都不能动。拆迁组的问他凭什么，他说我有一条命哩。他说狠话时，声音往往压低，脸皮拧得像是三股麻正搓成一根绳。拆迁组不急着消耗实力，这时候，发个话，伍姓兄弟主动去劝说伍国良。几拨人去了，都被伍国良板着脸撵出祠堂。

伍国瑞也赶去当说客，问伍国良："你要看清形势，不要螳臂当车。你说，你一个人撑得到几时？"

伍国良挠挠头皮说："我也想知道，一个人撑得到几时。"

"大家都想通了，你为什么就想不通呢？"

"可能你们想通得太快，我就有点跟不上。大伙明明说的祠堂不能拆，姓伍的人要团结起来，保不住祠堂辱没祖宗……怎么三下五除二都服软了？一不小心，就只剩我一个，我再不发狠，等于姓伍的全军覆没。"

"你这是赌气！"

"要说是赌气，我也认。我就一个人干到底，不拖累你们。"

"你哪时有这脾气哩，先前我还没看出来。"

"一直这样，总比别人慢半拍，但能坚持到最后。以前在贾坝开会，能不来的不来，喜欢溜的赶紧溜，一不留神，台上领导还有几个，台下只有我一人，想走都走不了。"

这事情，戴占文最先是电话里听伍碧珊讲的。伍国瑞劝伍国良的情形，伍碧珊是当笑话讲。听到后头，戴占文说："叔叔说他开会跑不了，应该是化用我的说法。贾坝水库开会，哪有领导都在台上，台下只跑剩一人的情况？"

"那你又是什么说法？"

"正是我和他的事情。"戴占文噗哧一笑，接着说，"当初我们一块读研习班，他讲话别人都溜了，只剩我一个，想走也走不了。没有这交情，我跟他关系哪能这么好？"

伍碧珊并不奇怪："你讲过的很多鬼话，国良叔都记下来，随时跟人引用。我都怀疑，是他想嫁给你嫁不了，才把我忽悠进去了。"

"他那么实在的人，能忽悠谁？"

"不是忽悠，那又是什么……洗脑吗？"

按严主席的嘱咐，戴占文也要打电话劝说。劝说别人，从来不是他的能耐，再说严主席、伍国瑞这些好嘴都说不动，他又能怎样？电话打过去，一片嘈杂的声音，伍国良似乎吆喝别人搬什么东西。稍后两人说起拆迁的事，伍国良直接说："占文，别的事我听你的，这事你不要操心。"戴占文提到工作，伍国良又说："工作哪能不想要？但事情有个轻重缓急，我现在不能卖了祖宗换工作吧？"同样的话，伍国良这一阵不知回答了多少遍，轻车熟路。

戴占文很快无话，问那边正在搬啥。

伍国良说："书哩，今天到了。"

"书你堆到祠堂干什么？"

"拆迁队的来，正好用得上。动武我有一条命，要论说事讲理，我书都能写出来，能比他们差么？"

"书竟然有这样的作用？"

"反正，一千五百本哩，堆起来有那么多，看着就有气势。"

"记着签我一本。"

"十本！给个地址，我寄过去。"

"不急，我必须亲自来取。"

国庆节戴占文有事没能回去，或者，他不会专为伍国良的事跑一趟。

再见到伍国良，日子翻到下一年的春节，戴占文去桂岭，自然要跑去祠堂看伍国良。伍国良除夕回镇街吃了一顿饭，马上又去守祠堂，祠堂现在是他的"上甘岭"，坚守不弃。当然，条件要比"上甘岭"好，据说伍姓人家见他一人守住祠堂，三番五次逼退拆迁队，大为振奋，过年时杀猪宰羊，敲锣打鼓往祠堂里送。这时戴占文赶去祠堂，里面是以前从未有过的热闹，好多后生也住里面，要跟伍国良一同守护列祖列宗。伍国良的气质也和以前不一样，眉宇间焕发一股英气，说话吐字铿锵，不再絮叨，现在他发话就是跟那些后生下命令。

"你的队伍壮大了嘛。"

"十几个人来七八条枪。"伍国良张臂拥抱，这习惯显然是近期养成。稍后又说："正要还你钱哩。"戴占文说不急，伍国良却说这书好卖，基本上卖完了。戴占文一时愕然，他写作这么多年，从来没听说一个地方作者自费出的书竟然好卖。伍国良带他往里走，屋里面只剩四五包原捆的，百来本。

戴占文说："一千多本呐，真卖完了？"

伍国良脸上止不住得意："不是我要求，姓伍的兄弟都来买。定价二十几块，他们扔五十拿两本，扔一百拿四本，销得很快，搞得我都不好意思加印。"

前面堵上了。

戴占文熟悉桂岭镇街集日的拥堵。映彤出生后的一年多，由外婆每天带在身边，在这里度过。那一阵，伍国良经常过来抱一抱映彤，电话里说："占文，你不来勤快一点，映彤说不定先学会叫外公，再叫爸爸哟。"他两口子一有空就赶去桂岭，碰上集日，他也抱着女儿站在窗户后面往外张望。映彤喜欢看街面上的热闹景象，外婆便在一边说，跟碧珊小时候一样。

纵有心理准备，堵车仍比想象中严重，几乎一寸一寸往前挪，似乎有谁规定他要把曾经熟悉的街景再次细细打量。他又看到伍国瑞家那幢楼，一溜铺面，门头灯箱大都更换，生意同样热闹。再往前走两百多米，会到达伍国良家的楼房。严主席意外病故以后，伍国良把找"工作"的念头放下，安心做生意，据说是用自家门面开一家杂货铺。本来他想开书店，桂岭还没有一家书店，老婆非常明智，及时掐灭他这愚不可及的念头。

再堵，也只这一点距离，戴占文一时心思涣散，过一会儿他才发现，自己记忆在往前捋。以前两人在这里日夜相处，在堤坝上一聊就是半夜，哪曾想有一天竟没了联系。

几年前戴占文调去韦城，只能是因为写作。创意写作那几年在各个大学都弄得红火，戴占文得以调入韦城大学文学院，专事教学生写小说。伍碧珊作为家属安排进入附幼，却说不适应，老是被园长批评。干了两月，伍碧珊没跟戴占文商量，把工作辞掉，每天在家睡觉，还说自己有点抑郁。床头柜上新添了舍曲林、度洛西丁，但似乎并不是按时服用。

车终是挪到伍国良家的楼前。戴占文不免往杂货店瞥去一眼，心里说，不会这么巧，被他看见吧？但他一眼看得见伍国良，正坐在柜台后面，看手机。手机横放在桌面，应是播放着电视剧。有人进店买东西，微信付款，伍国良只要算一算价钱，身体用不着动弹。

车子堵死有三四分钟，终于可以往前走，戴占文松一口气。开出百十米，又一次堵死。

有人在敲他车窗，他一扭头，除了伍国良哪还有别人。

"你嫂子看见你了，我赶紧跟过来。好不容易来一趟，怎么不吃个饭？"他显然把称谓斟酌一番。他的老婆，戴占文原本是叫嫂子，后来变成婶娘，现在又一次换回嫂子。

"要找个地方停车，真是不好找。"

"前面卫生院有停车位，我带你去。"伍国良拉开门，坐在驾驶副座。之后，他这么能说的人，忽然不说话。车子往前开，进到卫生院大门，戴占文侧目看着伍国良喉结泪动，仍然没有声音出来。

那一年，伍碧珊声称自己抑郁以后，成天躺在家中，一句话不说，戴占文回家，有映彤在还好，小孩的声音会打破某种僵局；如果只有他俩，不说话，不出声音，熟悉的房间立时变得有些瘆人。偶尔，他甚至想，要把伍国良的喋喋不休分个零头，分个十分之一给碧珊也好哇。翻过年头，伍碧珊春节后滞留在了朗山，不愿带映彤回韦城，电话里首次提出离婚。一俟提出，就再没有商量余地，戴占文也是惊讶，不知哪里出了问题，像是得了一点感冒迅速恶化成为癌症晚期。慢慢地，他也想通了，绝症往往是没了预兆，得来以后还有医疗可以仰赖，但婚姻没有。半年以后，伍碧珊单独过来，办离婚同时也准备着再把户籍迁回。

不用说，伍国良知道他俩离婚反应很大，又是第一时间打来电话询问情况，言语不无斥责，说这么大的事，怎么不跟他爸提一提，不先跟我讲一声？戴占文只得苦笑。这一招他哪能没想到，伍碧珊更是早有防备，离婚之前一直告诫："这是我俩的事，你可以拿我爸妈压我，他们会干涉我俩离婚，但那只能让这事情拖延，给我俩添麻烦。"戴占文一想，碧珊确也在理，两人的事怎么还盼着父母插手，便及时掐熄这念头。伍碧珊还不忘提醒："也不能跟国良叔讲，他要是知道，整个桂岭都会知道。"

这事戴占文当然不好明说，伍国良问起为什么离婚，戴占文又发现没法明说。感情不和，还担心伍碧珊有抑郁，成天睡家里没准出啥问题，没法交代……到底为什么呢？

这么一聊，伍国良反倒是有些兴奋，便问："占文，听明白了，你是不想离。碧珊年轻，你呢又不是很善于哄人，肯定有什么地方沟通不到位，对吧？"

戴占文自然认可。没法沟通，感情不和，这样的原因或理由，哪一桩离婚里面少得了呢？

"那你想不想复婚？"

伍国良问得爽快，戴占文答复也直接，说哪能不想？毕竟有了女儿，才这么大，离开一天都是挂念。伍国良说那我知道了，我是好事做到底，送佛送到西，碧珊我多跟她接触，现在她回来了，我有的是时间跟她说道。她从小就听我的。

戴占文暗自想：怎么可能呢？零四年你搬到镇街才跟伍国瑞一家认识，那时候碧珊都十多岁了，她小时候没见过你。当然，伍国良把这事主动揽过去，戴占文只能感谢，而且，他怀疑事情会在伍国良那里现出转机。他这才发现，自己对伍国良怀有信任，怀有一种古老的信任。

伍国良先是和伍国瑞两口子沟通，既然戴占文有这样表态，伍国瑞心情有所好转，不再拿他错，还表示会一同劝伍碧珊复婚。看这形势，戴占文心里燃起希望，不知为何，又觉有些无耻。往后，戴占文只在微信里每月付生活费时，跟碧珊多少聊几句，感受她态度有无变化，但是碧珊从不愿多说一句。差不多半年过后，和映彤视频时戴占文得知，"有个叔叔天天和妈妈在一起"。他犹豫了半天，还是给伍国良发一个信息。伍国良回：不可能吧，我再去打听打听。

那以后伍国良就没了消息。此后，戴占文仍是从映彤嘴里知道，那个叔叔也住桂岭，自小跟伍碧珊认识。他头脑中搜索当年跟碧珊在一块的杀马特，当然，时间久远，画面都渣到不行。

年底伍碧珊又结了婚，戴占文懵了几天。回过神，一想也只能叫伍国良打听清楚什么情况，没想微信里忽然找不着伍国良，电话也就不便打过去。

伍国良说家里还没弄饭，赶急随便吃点。路边找了一家"啃得欢"，里面有汉堡炸鸡也有煲仔饭。开车不能喝酒，端上来两杯颜色可疑的奶茶。

一坐下来，伍国良又变回从前，独自开讲。戴占文充当听众，他适应这个角色，也就快速放松下来。一晃几年，两人没有见面和通话。此时伍国良似乎正用一如往昔的表情，用一刻不停地说话把中间这几年填满，仿佛前天还一块就读作家研习班，昨天晚上还一块在贾坝巡堤。

前面几年,伍国良有过刻意回避。戴占文是从黄水洪那里知道,市作协开会,黄水洪见着伍国良,问是不是要把戴占文一块叫来,伍国良脸色尴尬。黄水洪大概知道情况,不好多事。另一次,黄水洪电话说:"全岩还以为你俩闹翻了,找着国良要说你的是非,国良脸一下就拉下来,当时场面还有点吓人。"所以,往下黄水洪往下要问:"离婚的事搁一边,你俩怎么就不能见面?"

戴占文也说不上来,怎么就跟伍国良变成这状况?离婚总是伴随着朋友们的重新站队,他们姓伍的都是一家么?一想也不至于。相反地,据他知道的情况,伍国良倒是跟伍国瑞来往少了,偶尔跟伍碧珊撞面,彼此都没有力气打一打招呼。戴占文想过主动打去电话,或者重新加伍国良的微信,手悬在手机屏上,想一想又忍住,以后再说吧。

"以后再说吧"几乎是他离异这几年最常见的一种心态。

此时,意外来到桂岭,意外的碰面,两人照样还有默契,表面上什么都没发生,言谈依然显出欢悦。这可不是装的,戴占文甚至想过,虽然几年不见,一俟见面只能是这情况。两钵煲仔饭滋味不错,两人不紧不慢聊起来。伍国良说到伍国瑞打牌越打越大,那幢房一百二十万卖掉了,一家人很少再回桂岭。戴占文想感叹一下,却只是啜饮杯中奶茶,龟苓膏很多,塑料一样又Q又弹,在肠道中滑动。

"今天不早,要不要住一晚?"

"不行,明天有个会,今晚一定要赶回。"

"赶到也半夜了,够你累的。"

"开会不是用来打瞌睡的么?"

伍国良一笑:"那我不留你。你用不着原路返回,有一条新路,直接通沙马高速。沙马高速连着三韦高速,直接去韦城。我送你过去。"

"不用送我,可以导航。"

"没关系,我正好要往那边去,到地方你把我放在路边。"

伍国良继续坐驾驶副座,指使戴占文往前开。出了桂岭镇,车一拐往东走,戴占文忽然明白新开通的马路是怎么回事。顺着笔直的新路,几分钟后就来到那个路口。虽然环境变化大,戴占文仍是熟悉。伍家祠堂已经没有了,一条新路轧着那处山的豁口开出来,笔直往南。

戴占文把伍国良卸在他指定的地方,路边有一块两米高的青冈岩碑石,上书九个榜书大字:桂岭镇伍氏宗祠遗址。

"怎么不叫旧址?"戴占文下了车,路边站一站,听一听这一带荒疏的鸟叫和虫鸣。

"这是我提的要求,只能是遗址,而不是旧址。"伍国良说,"有旧就有新,新旧更替是很正常的。遗址不一样,遗址就是原来的地方没有了,再建一个新院子,平时可以使用,但它永远不能代替以前那一个。"

"这只有你懂。"

"我毕竟也出过书的,都是以前在祠堂里写出来的。"

重新上车,出发,伍国良站在路边目送。戴占文开了很长一段,等着有一处拐弯,方向盘一打……有了这个想法,才发现这段路意外地笔直,山地公路很难找这么长一段直路,伍国良得以将自己一直牢牢地铆在后视镜的中央。

虚耗

成桐三十七岁，离异五年，这让他更有理由宅家里面。最近一年，他注册几家婚恋网，找人聊天。他算是老实人，尤其不敢不听成东方的话。成东方说，你碰到这种事，最好的方法就是再找一个，最好再生一个。成东方的口气，仿佛他很有经验，事实上他与成桐的母亲罗亚茹一块过了三十九年，婚姻钢水浇铸一般，没任何裂隙，直到去年罗亚茹因病去世。

按成东方指示，离婚后，成桐经朋友介绍就见面。有过几回，觉得不理想，钱都白掏。每次见面，双方有人陪，一桌上千块，不到这数，对方还怪你不诚心。他不可能一次一次地以这种方式表诚心，虽然一个人，日子还是要划算着过。

一年前，他注册婚恋网，固然跟小广告闪屏有关，也得益于同事小蒙以身作则的推介。上班时间，他手一抖就注册。注册信息，身高体重，兴趣爱好，性格特征，都照实说。照片也是手机随拍，网站里一挂，条件很一般。比如说身高，他填168厘米，而美女基准要求是172厘米，170厘米是三等残废线，要过线。比如说收入，虽然有不菲的外快，他按工资表填，每月扣完到账四千多，他勾"四千及四千以下"，起步档。能接受这种穷鬼的，一般年纪都比他大，照片上黄脸黑斑赫然醒目，看不出是急着结婚还是打定决心独自终老此生。成桐发现自己也是对年轻一点的，照片拍成美女的感兴趣，人同此心嘛。美女一般不理他，偶尔回他信息或者主动@他，都问同一个问题：你说你的宠物是老鼠，是什么鼠？是仓鼠、荷兰猪还是龙猫？他回答，是家鼠。又问家鼠怎么当宠物？你能驯服它们，捧在手上捋毛吗？还是老鼠能给你摇尾巴？他说，就是养在家里，一般见不着，但感受到彼此的存在。对方就觉高深，说你这是拐着弯讲你的婚姻观么？他说我讲的只是事实。也有人问，为什么会养家鼠？他老实回答，因为我父亲最喜欢打老鼠，我看不过去，就喜欢养它们。对方如果有兴趣，问到他和父亲的关系，他也承认，关系不好，虽然表面上看不出来。他又说，我们小的时候，父亲往往脾气不好，凶巴巴的，不是打就是骂。那时候，哪个父亲温文尔雅，对小孩不打不骂，出门都不好意思跟人打招呼。

　　对方也有明白人，说你这是童年阴影，你觉得自己就是一只老鼠，对吧？他忽然有些感动，忽然想约对方见面。对方拒绝。

　　成桐在婚恋网上混了一年，自认为是老油条，喜欢网站内或者换微信聊一聊，不见面。不肯见面，也得益于小蒙的教诲。小蒙自曝在婚恋网上谈了一百多个，经常吃饭，网友请客，她专找贵的点，虽然一直没谈成，身价却一路上扬。小蒙频繁地化妆，外出吃饭，一次次打消成桐找人见面的冲动。就这么网上聊着最好，每个聊它三五天，或者十天半月，对方看出来这家伙只是想找人聊天，感觉没意思，他也不留。人和人聊天，都是起初一段好，"人生若只如初见"，这道理，成桐在不断领悟。而那一头，成东方偶尔打来电话，或者用微信语音聊天，问他是不是在找，他可以负责任地回答，一直在找，没敢疏忽。

偶尔，成桐也想，自己分明不是很想谈，这又何必？这时候脑际会回旋一首古老的歌曲，刘德华的嗓音纵有点败兴，歌词倒把他心思写得丝丝入扣：不喜欢孤独，却又害怕两个人相处……解决的办法，自然是以恋爱之名，网上约聊。他还喜欢看网上的视频相亲，看别人秀约会。有人说看《舌尖上的中国》是让别人替自己吃，看岛国动作片是让别人替自己做爱，成桐顺这思路想，看视频相亲，其实就是让别人替自己尴尬。

成东方打电话说，我这几天就过来，你帮我订票。成桐没有理由不让成东方过来，他只有这么一个父亲，父亲也就他这么一个儿子，现在父亲身体还不错，以后哪天身体不行，他有义务每天侍应着。但在这之前，他愿意父亲一直待在老家，彼此独自生活。父亲本也不想过来，韦城人生地不熟，老家佴城到处都是熟人，年纪大了，说话串门，跳广场舞也一块儿去占地方。但年纪大了怕冷,成东方和罗亚茹以前冬天来过,说是看同学朋友,在成桐家里小住一阵。那些同学朋友每年冬天都往南边走,清明以后又返老家,被人命名为"候鸟人"。俚城不南不北,冬天没有暖气,取暖还靠烤电炉,或者生地圹火,火烤身前暖,风吹背后寒。如果大前年两老没有过来,不体验这边的暖冬,再冷的冬天也只好在家里硬挺;现在有了比较,冬天要当候鸟人。前两年也说要过来,罗亚茹身体忽然出问题,躺床上动不了。成东方跟成桐说,要是那年早点过来,在你这里过冬,你妈说不定多挺几年。罗亚茹是去年冬天最冷的时候去的。俚城的冬天,死人的频率可以参看温度表,到了零度左右,就开始陆续接收亲戚朋友亡故的消息;气温再掉几度,送出去的赙仪起码花掉一两月工资。

成东方马上要来,成桐首先想到是屋里那些老鼠,那些看不见的宠物。那些看不见,却陪他度日的老鼠,让他忽然想到一个词,"虚耗"。有些词,与当下的境遇一碰撞,忽然就生动起来。但成东方看得见也找得见老鼠,他拿手戏就是灭鼠。成桐不可能跟父亲说,那些都是我养的宠物。他奔四十,成东方六十五,按说也到多年父子成兄弟的分上,但成桐童年记忆牢固异常,看着成东方背影,还时不时打哆嗦。成东方呢,似乎也没意识到儿子都快人到中年,老挂在嘴角的话,是"我现在讲话你不听是吧"。于是成桐马上摆出洗耳恭听状。他发现这是一种惯性。

老鼠是在附近大圩公园弄来的。大圩是个野公园,据说十年之前是夹江两岸的荒地,随城市摊开,那一带因陋就简修建步道和观景台,算是公园。水体黑臭,老远闻得见,少有人去。老鼠横行,个个膘肥体大,在步道上倏忽往来,有的还胖得边走边打滚,憨态可憎。有一天成桐盯上一只打滚的老鼠,跟着它,往没了脚踝的草丛里钻。老鼠慌了手脚,连滚带爬还是甩不开人,倒把老巢暴露出来。成桐顺洞口往里撬,撬了一尺半深,现出一窝小鼠,七只,粉嫩得像刚剥好的芋头。前几年,他看见有人在大圩公园挖鼠仔,一端一窝,拿去夜市弄成一道口味菜"三叫"。现在不让卖,老鼠便又横着走。没有卖买没有杀戮!成桐把七只小鼠一只只装进塑料袋,母鼠在不远地方竖直身子发呆。成桐心里还说,反正你能生,因为你们太能生,所以这个地球,人类灭亡以后,终究是你们的天下!

带回家后,他把小鼠放在一只盒子里,饼干捏粉,吃不吃是它们的事。后来死了四只,一个月后,活下来的三只有两指头粗,懂得躲藏,随处一钻,平日里就难得看见。成桐把食物放在固定的地方。水用不着放,它们自己总能找到,简直是最好养活的宠物。半年后,半夜里醒来,他听到细响以及蠕动,知道那几只活过来的家伙,近亲结婚,又繁殖下一代。他住的房间较大,能藏小鼠的地方,他心里有数,很快扒出来,又是七只。他觉得应该有个总量控制,把七只小鼠一字排开,用毛笔刷它们脊背,就像给烧烤刷卤料。鼠仔脚软,爬行主要靠肚皮,像鼻涕虫,地上有明显的迹线。他把排名靠后的四只带出房间,开车带去大圩公园放生。往后,他的乐趣在于定期举行这样的求生比赛,为总量控制,限额日趋紧张,每一窝只保留一只。

成桐独居五年，没找女友，大多数时候都忘了自己胯下之物具有双重功能。他觉得这也没什么不好，不记得是谁说，男人去除性欲困扰，就去除绝大多数痛苦。他逐渐领悟这一点，而以前婚姻生活有一种虚幻，他几乎想不起前妻菁薇的脸孔，只有女儿小沅会在即将入梦时陡然清晰。偶尔得见小沅本人，却发现和记忆里有了巨大变化。偶尔他会做起咸湿的梦，女人面目模糊，他在喷发时候醒来，听见老鼠们弄出密密麻麻的声音。他住的小区极其静谧，已是不成文规定，哪家要放音乐跳舞，两口子想吵吵架，舍长们、管闲事的人们就去敲门，颇有几个爱报警的，哪家不听劝还要吵闹，110当面拨响。夜晚过于寂静，咸湿的梦多来几次，他认定是老鼠闹的响动引发。他其实享受梦遗，在梦里被勾引，被挑逗，自己仿佛也毫不手软，醒来却还保持清白，换条裤衩就清理了现场。而在心里，生发出一种荒远寂寥却又澄澈的情绪。

成桐不知道父亲到来以后，这些家伙还能活多久。他还记得成东方当年怎么对待老鼠，灭鼠简直是父亲最大的人生乐趣。在佴城老家，他家自建房，建在山腰，占地四分，多出来的地方辟成菜园。屋后面是一片矮树林，不大，却见幽深，能保证每年都有蛇虫活物往屋里爬。山上老鼠多，一旦进到他家屋内，就会引发成东方一场狂欢。每一间房，都是给老鼠准备好的屠场，每一间屠场，采用的行刑方式各不一样，老鼠钻进哪一间，就已给自己选定一款死法。

"……呃，老鼠进屋了！"

成东方短促地一吼，脸上血色翻涌，叫成桐打下手，灭鼠行动开始。成桐不敢拒绝，父子俩配合默契：把一间房所有的缝隙堵死，不让老鼠溜走，堵死以后，成东方就叫成桐一旁掠阵。他自己，还要抽支烟压压时间，调节心情和状态。如果老鼠钻进楼下堂屋或是两边侧房，成东方便用一根细竹竿逼使老鼠沿墙根跑动，然后"啪"地一脚踩死。下脚的位置，早已选定，成东方就喜欢那带了准星的一脚，讲究分寸，踩出"吧唧"的响，踩死不踩破，不能让血污熏臭房间。如果是在厨房，成东方布好一个陷阱：灶台缺一角，露出水泥砖中空的窟窿。老鼠沿墙角上灶台，"叭"地一下往水泥砖窟窿里面掉。窟窿由三块水泥砖垒成，两尺多高。成东方还要求稳，找东西堵住窟窿眼，然后优哉游哉烧开一壶滚水。成东方撩开窟窿眼，滚水往里面一浇，马上"唧"的一声惨叫。成东方脸上的纹路最大幅度抻平，甚至哈哈一笑，马上又浇第二道水，又是"唧"的一声。老鼠总是捱不过三叫。死鼠弄走，灶台上照样切菜。偶尔，老鼠上到二楼，如果钻进左侧房，那就省事，整个房间就为老鼠准备，任何家具什物都不往里摆，故意放空。门一关，成东方操起弹弓，以黄豆作弹，绷紧了射出去，黄豆弹在墙皮，砰砰响，墙面全是麻子坑。二十分钟，半个小时，成东方靶子瞎，但耐性好，黄豆管够。老鼠在房间里乱蹿，慢慢想明白，横竖是个死，索性直接往枪口上撞，早死早托生。

又一次，成东方不知从哪看来灭鼠绝招：把一粒蓖麻籽缝进老鼠的屁股，再放它回巢。开始几天没响动，不用急，三四天后，这只老鼠只吃不拉，准保憋疯，在鼠窝里见谁咬谁，六亲不认。成东方捉到一只母鼠，又是图钉钉上板，打算无师自通实施一次外科手术。罗亚茹刚好回家撞见，问他这是要搞什么。平时成东方折腾老鼠，罗亚茹听着心烦，倒也不多管。今天听他这么一摆，罗亚茹脸色立变，她说，直接弄死算了，不要搞得这么变态好不好？要不然，三更半夜，老鼠发了疯到处蹿，你让不让我好好睡？一物降一物，成东方必须看着罗亚茹脸色过日子，不敢继续手术，把老鼠装进鞋盒子。罗亚茹看穿他的心思，主动一脚照盒子里踩，又是一声尖厉的惨叫，两口子腿法都一脉相承。

成东方还有几天就到，成桐心里想到两件事，一是马上买一管管状牙膏备着。

他屋子里只有日产的洗牙剂，像沐浴乳一样摁着喷嘴挤出来。成东方适应不了，前面来时用这刷牙，老觉得是沐浴乳的味道，认为成桐肯定搞错了。其实这与成东方当年独创的一款行刑方式有关。那年，罗亚茹所在的百货公司年底发劳保，滞销的"全家福"牙膏发整一箱。眼看着横竖用不完，成东方马上想到新玩法。又一只老鼠跑进堂屋，成东方耐住性子捉活的，用图钉把老鼠钉在地板上，电话里叫来两个酒友看表演。酒友来后，成东方拧开一管新牙膏，管口插进老鼠嘴，说你们看好喽！"吧唧"一脚，并不踩在老鼠身上，而是以抽射的脚法，把净重125克的牙膏一抹，牙膏皮瘪下去，整管牙膏灌进老鼠肚皮，像是一胎怀有二十只鼠仔。朋友呛笑，忽然想起来成东方以前参加过校足球队，司职前锋，极为勇猛，动作却不甚灵活，不懂得自我保护，腿骨断了两回。接好后，自己还想上场，教练叫他滚。图钉一撒，那只老鼠腆着肚皮翻不得身，哼唧了一个多小时才死。成桐一直记住当天的画面，记住那只老鼠仰面朝天四肢抽搐慢慢死硬的模样。高中走读以后，成桐省下一周的饭费，从广州邮购洗牙剂。寝室同学就此夸他，唯有刷牙这事，成桐竟是个讲究人。

二是怎么处理屋里的宠物，一大堆"虚耗"。

它们毕竟不像猫狗，可放进宠物店寄养。现在赶它们出屋，也不容易。成桐住的是单位集资房，三室两厅一厨两卫，老鼠在这样的空间，有足够它们闪转腾挪的余地。更重要的是，成桐对老鼠下不了狠手。事实上，当年成东方灭鼠取乐的时候，他被迫在一旁掠阵，心中反复想起一个成语：杀鸡儆猴。

成桐五岁以前，成东方在另一个县上班。成桐两岁，高烧过一回，外婆不当回事，随便找几颗药丸灌下去，拖到四十度以上。罗亚茹见情况不对，带去县医院吊几天针，烧退下来。成东方不知道这事，那几年偶尔回俰城，家里待几天又匆匆赶去广林县，没把儿子仔细。等他调回俰城，每天守着老婆儿子，半个月以后发现情况不对。他跟罗亚茹说，桐桐怎么了？罗亚茹说，怎么怎么了？成东方说，看上去有点呆。罗亚茹说，你才有点呆。成东方说，不对的，以前不是这样。你看他手脚，走路拿东西都有点不灵活。罗亚茹呸了一声，说成东方，你是怪我把孩子带坏了？成东方不吱声，继续观察，越看越不对劲。成东方老说，自己以前因为成分问题，考上大学不能读，指望着成桐考上好的大学。现在还没上小学，这孩子走路都不稳，表情呆滞，成东方一颗心悬了起来，担心别说考大学，怕是读小学就变成班上垫底料。

自后，成东方每天盯紧成桐，倒不逼着他提前学习，而是先纠他姿势步态，这些都是明面上，一眼可见的问题。成东方先纠成桐走路，地上划条线要他走一字，每一步都踩在线上，肩膀不能歪。成桐练半年，每一步能踩线。再往下，吃饭时，成东方就盯他拿筷子的动作，怎么看都别扭。成桐纵是能把菜夹到碗里，递进嘴里，成东方并不满意。他说，姿势不对，你的手握成拳了，这不是夹菜，你是在撬粪！成东方示范了怎么拿筷子，成桐越拿越不对劲，成东方一耳光抽了过来，说你拿筷子都拿不稳，以后怎么拿笔写字，怎么考大学？抽了耳光，还不给哭，一哭继续抽，抽到不哭为止。成桐晓得把牙齿咬得铮淙作响，右手越发不听使唤，每样菜都滑溜溜，好不容易夹到嘴边，囫囵一吞，背心泛起冷汗。每一顿饭，都在成东方严密监视下嚼完每一口，耗费两小时，甚至更久。成东方付出巨大耐心，得来却是无边的绝望，觉得儿子蠢笨在不断恶化。练了一年，成桐右手仍拿不稳，成东方试图从头开始教，让儿子换一只手。罗亚茹不干，说左撇是天生的毛病，人人嫌烦，哪有把儿子故意驯成左撇？

成东方想让罗亚茹再生一个，枕头风这么吹。罗亚茹身体本来不好，生成桐时又碰上难产，内体进一步受损，没法再生。成东方一边打商量，一边手脚还不停，结果适得其反，罗亚茹直接让他躺地板上。成东方没办法，将成桐继续盯紧，期盼儿子在自己眼皮底下好转过来。成桐慢慢也熬出来，任成东方在一旁如何咆哮，一顿三碗饭下肚，吃饱再说。成东方骂得多了,偶尔也禁不住跟人夸起儿子。他说,我这儿子,是有点不灵活,还好皮实。不管怎么骂他,他一边听骂一边要吃三碗饭。

终于读了小学,成桐学习成绩不差,第一学期拿第二,自后就一直拿第一。成东方稍微放宽心,看出那场高烧可能烧坏成桐体内一些筋骨,动作不灵便,还好没烧到大脑。成桐自知,他读书做习题,就像吃饭时夹菜,要一筷一筷夹稳放进嘴里;哪一题稍有不懂,便像是夹了豆皮粉条,滑溜溜,背心马上冒汗。初中以后,学科增多,成桐弄不懂的题目也越来越多,那种紧张感贴皮贴肉,如蛆附骨,捏笔答题,手心攥出一把一把冷汗。成绩虽有所下降,但在班级仍位列前茅。他高中考上地区中学,住校,和成东方拉开距离,成绩反倒有所上升。读大学就出了省,考到韦城一所大学,毕业分配留在这里。成东方认为在自己一手调教下,这儿子还算成材。成桐进了单位,距老家伾城足有八百五十公里,首先想到一个字眼,就是"安全"。

成东方说到就到。那天傍晚到的家里,成桐炒了几个菜摆桌上,叫父亲喝酒。电视开着,新闻频道,成东方关心国家大事。这餐饭开吃以后,成东方耳朵一直耸起来,拽过遥控器把电视关了静音。稍一会儿,他就听出来:你这房子十一层,怎么还有老鼠?别做声,我来数,一只……两只……三只,我的天,你怎么搞的?成桐说,可能是老鼠钻进电梯上来的。成东方说,真是精灵鼠小弟,会钻电梯。这么多老鼠在你屋子里,怎么住得安生?成桐说,打过几只,越打越有。成东方冷哼一声:废物!

成东方饭都懒得吃，急着动手，成桐赶紧阻拦，说现在是吃饭时间，小区有规定，不能闹响动。成东方说，那要到什么时候？成桐说，要到明天上班时间。成东方说，留这些杂毛多活一晚。

第二天成桐一早往办公室去，成东方留在家里，成桐单位集资的这三室两厅一厨两卫，马上就变成他杀敌的好战场。

成桐在母校附属的一家研究院上班，研究县域经济，主要是搞培训。这天没轮着上讲座，待在办公室漫无边际发呆。他记得自己小时候，同学朋友的父亲都特别凶，接说成东方不算狠的，主要是动口而不是动手。同学里挨打的很多，比如说蒋平凡，他喜欢把裤腿搂起来，让大家看上面几条条形的烙印，那是他爸把火钳烧红烫上去的。"我爸是国民党员！"蒋平凡说起来还有点得意。成东方每天揪着成桐骂好几回，骂完了还安慰他，看，我只是骂你，并没有打你。他希望儿子挨了骂以后，还要有感恩戴德之心。于是成桐把父辈划分为两类，动口的，动手的。成东方偶尔动手，跟蒋平凡父亲国民党的作风一比，那就算和风细雨。但成东方的暴力，恰就在这种引而不发，每一次打老鼠，都让成桐提心吊胆。他知道，父亲只是尚未动手，一旦动起手来，也是手毒的角色。

有一次，成桐在杂物间扒出一窝鼠仔，赶紧用棉帽揣起，爬到自家顶棚。顶棚是用刨花板苫盖，不受力，成东方不敢爬上去。这时成桐把鼠仔放在顶棚，按说安全，但他忽略了，成东方还喂养着几只鸽子。他养鸽子是为了吃，鸽舍在瓦檐的人字跨底下。天黑以后，成东方架着木梯摸一只鸽子，拔光毛剁丁爆香，最好的下酒菜。鸽子左一只右一只地被成东方干掉，它们却习焉不察似的，照样在那生息繁衍，数量稳定，成东方可以源源不断地下酒。

鸽子可以钻过一个轧花水泥格进到顶棚。成桐揣着捏碎的饼干，再次爬到顶棚看那一窝鼠仔，见一窝鼠仔全都死掉，身上满是细小的啄痕。他有点想不明白，鸽子不是又叫和平鸽么，它们怎能这样干呢？一想，鸽子知道自己被人叫成和平鸽么？它们只不过是成东方的下酒菜。

成东方又想吃鸽子，这回成桐主动请缨，代劳。天黑后他爬近鸽舍，手往里掏，成东方还在下面指挥，要摸一摸，挑一只肥的。他就挑一只肥的，怎么弄死，也早有经验，把鸽子脑袋一圈一圈地拧，一般来说拧两圈，720度，鸽子不一会儿就断气。他拧了三圈，也就是1080度，指头分明感受到鸽脖子一节节细骨头次第散开。成东方说，拧多了哟，要是被你拧断，漏了血，还不好扯毛。事后成东方又有新的角度跟人夸儿子：谁讲我家成桐胆小？他下手蛮狠的。

这天捱到下班，成桐进门见成东方穿着短袖，晃着光膀坐着，知道上午动静不小。成东方往垃圾篓一指，说弄死了三只。我梳理了一下，你这房间有十一只老鼠。怎么搞的，你要是不泼饭菜到地上，用不了几天它们自己也逃荒往外跑。成桐就想到他这么问，说肯定有地方自由出入，它们出去吃了东西，又再爬回来。成东方冷哼一声，说老鼠到外面找吃，跑回你屋子住，为的什么？祖坟埋在这里？成桐懒得答，把死鼠扔进楼下垃圾筒，回家摆好菜盘，把酒斟上。成东方说,也好,我不急着一下子弄完,慢慢消遣这些小杂毛。你自己也倒一点!成桐说我下午还要上班。成东方说,我还不知道?你们一人一间办公室,只要不上课,关起门在里面睡都行。成桐说那就陪你搞一杯。成东方又摆一副碗筷,多倒一杯酒。成桐说,今天是我妈生日还是忌日?成东方换了沉浊的声音,一字一顿:历史上的今天,我认识你妈。

成桐便又想起前年春节,按离婚协议所写,小沅应该跟他过。两老也盼着孙女,都有一整年没见到。但视频里面,小沅表示不想过来,问她理由,她说不为什么。爸爸我怕你!成桐就很奇怪,自己从没打骂她,怎么有这样的结果?刚离的时候,小沅跟着她妈回朗山,隔三岔五主动视频过来,告诉他,爸爸我想你。那时候小沅三岁,说到想念,眼是湿的。成桐在这头强自忍着,他想我是个父亲。视频结束,眼泪迸进出来。一晃几年过去,一年只见几面,父女感情不觉间就淡了。他主动找小沅视频,小沅在另一头敷衍几下,只想早早结束。他还问,小沅,怎么不想跟爸爸说话?小沅说,不知道跟你说些什么。有一次他调整状态,拿出耐心,冲小沅说,你想说什么,我就陪你说什么。小沅问他,你知道我最喜欢的朋友叫什么名字?我现在养了几只蚕宝宝?她还告诉他,我妈都知道。

罗亚茹说,我跟你去接小沅。她小时候我带得多,她贴我比贴你紧。成桐一想,倒也没更好的办法。罗亚茹见车晕,吃了晕车药,坐两百多公里,呕吐了几回。见到小沅时,她装得什么事都没有。小沅见到奶奶,神情果然不一样,主动凑过来,只跟罗亚茹说话。小沅本已答应跟他俩回俰城,中午吃了一顿饭,又改变了主意。她说,奶奶,我已经看见你了,也不想看见别的人,我还是想在这边过年。我的好朋友都在这边,过年那几天我答应要跟她们在一起。

小沅说得很坚决。菁薇早就告诉成桐,她是极有主见的孩子。成桐不那么认为,小沅还不到有主见的时候,她还不到七岁。菁薇说,你看,又来了。

罗亚茹是带着任务来,认定把小沅带回家是她责任,边劝边咳了起来。成桐不得不说说,妈,不要劝了。小沅一愣。把小沅送回她母亲那边,成桐又带着母亲返回。"叮"地一响,菁薇还发来一条信息:你看,离了婚,你毕竟没有以前那样固执了。

回去又是两百公里,成桐担心母亲是否受得住。她默默坐在后排,他知道,母亲眼窝子浅,在流泪,不过,一旦流泪,晕车的情况似乎有所减轻。罗亚茹忽然说,你不要怪她,她现在的态度,只是她妈的态度。她毕竟是你女儿,长大以后她会明白……这样的话,成桐听得不新鲜,朋友、同学、单位同事……三十岁以上的妇女,知道他的情况,劝慰的话几乎都一个腔调。他跟母亲说,我不怪任何人,是自己的原因。罗亚茹说,你只是没有陪伴她,这不是你能说了算的。成桐说,我从小就怕见父亲,现在小沅怕我,应该是一种遗传。话说出口,成桐有些后悔,但一想事实就是这样。五岁以前,成东方在外地上班,生活中只有母亲没有父亲,成桐记忆中那段童年还是充满幸福。成东方来了以后,他的幸福戛然而止,永远有一双眼睛将自己盯紧,将自身每一处缺陷放大，永远有一张嘴喋喋不休。他那时就知道，父亲都看不上自己。后来结了婚，菁薇爱说的一句话是：你根本不相信别人会对你好。他知道，这过于准确，所以他从不承认。

罗亚茹安静许久，忽然又说，我知道以前你爸对你凶，但那都是对你好……说到这里，声音一哑，成桐不用看后视镜，早已熟悉母亲流泪的样子。父亲的责骂母亲的哭泣，都是共同的童年记忆。车载音箱里播的是杜普蕾拉的大提琴曲，他把该曲听完，又说，也许是对我好，但一天被骂七八次，每天都这样，要感受到这种好，还是有些困难。罗亚茹这时候哭出声音，说那时候的情况，我也记得，用现在的话说，叫家暴，但当时每家都是这么过，我们意识不到。成桐赶紧说，是这样，家暴啊，童年阴影啊，都是现在才有的概念，小时候，以为生活本来就是这样。我爸毕竟只是骂我，比蒋平凡的爸好很多，他拿烧红的火钳烫蒋平凡，那几道烙印我们都看到过……罗亚茹说，但蒋平凡现在跟他爸相处很好，你也一定要解开这道心结。

成桐也考虑过这事。蒋平凡现在的确跟他爸关系很好，主要是天天凑一起打牌，而他爸似乎通过输牌，提前对遗产作漫长的交接。他们同学聚会说起过这事，发现一个古怪的现象：喜欢动手打孩子的父亲，大都不爱说话，所以怒火上头直接动手；而有些父亲动手不多，嘴上却叨叨没完。多年下来，当年动手的父亲容易与儿子和解，仿佛儿子早将当年的疼痛遗忘，而动嘴的父亲，和儿子的关系往往处得更僵。大家也不难总结出来，动手的父亲，终将不能动手，而动嘴的父亲，还一直能够动嘴，甚至随年龄变老，一想到时日无多，嘴上更是没完没了。

成桐想转移开话题，罗亚茹显然还沉浸在自己情绪里，说着说着，车内静下来。成桐放响流行的曲子，依然活跃的刘德华先生正用粤语套东北腔，听着有那么点欢悦以及没心没肺。罗亚茹又说，我知道你表面什么不说，心里不想见你爸。成桐说，哪有的事？罗亚茹又说，我身体很不好，会走在前面，而你爸那个人，我了解，我们一块过了快四十年，我死了他不会再找。他怎么找得到我这样体贴他的人呢？以后，你不要把你爸当爸，把他当小孩，让着他一点，这样我才放心。成桐听这话有遗言的味道，不敢怠慢，重重地嗯一声，脑袋想着，年后带母亲找一家好医院全面体检。那天他预感到母亲来日无多，但没想分别就在当年。

"……还有一只，最后一只。"

十一月底，这边还热，为了灭鼠，成东方还光起膀子。成桐推门回家，发现成东方真的老了。罗亚茹走了以后，成东方老得很快。

退休后的这几年，成东方无所事事，本来能打牌，但钱被罗亚茹管得很死。罗亚茹去了以后，他的工资自己拿，再去打牌，因为断了许多年，技法跟不上，也搞不清那些退休金三五千的家伙，怎么一晚上能输掉七八千。他没胆子跟庄。有人拉他去跳广场舞，跳了半月，断了的腿不能受力，为了护好那条腿，老腰扭伤三回。有人拉他去钓鱼，两天钓了三条塘边虱，就打退堂鼓……那自己到底还能干些什么？

日子毕竟是每一天打发过去。后面还是回到灭鼠，但自己家里灭鼠太多，老鼠多少也有感应，这些年钻进来的很少。他终是没想到，可以把老鼠养起来再有计划地细水长流地将它们弄死，就像当年养鸽子吃鸽子。家中老鼠短缺，他主动去帮朋友家里灭鼠。朋友们纷纷住进商品房，门都是多重保险，不漏蚊虫进来，何况是老鼠。通过朋友介绍，他还去到饲养场、苗圃和各种乡镇企业的厂区义务灭鼠。几天忙活，他能弄死一堆老鼠，堆在一起，他看着有丰收的喜悦，别人凑近了捏起鼻子。说是免费，人家过意不去，多少塞他点钱，但自后再不邀他上门。他终于弄明白，那都是人家买朋友的面子，虽然他们顶多混个科局级，但在乡镇企业家看来，也是权贵人物。

总而言之，在灭鼠方面，成东方自认是个专业人士。成桐也相信，老父的到来，自己漫不经心饲养的十来只老鼠，顶多还有三天活路。

剩下的最后一只，总是有些能耐。到灭鼠的第三天，中午下班，成桐拎着菜回屋里，虽然成东方灭的是自己的宠物，但该有的祝贺必须有。其实他已意识到，最后一只老鼠弄死以后，屋子里就只有自己直接面对父亲。往昔的记忆，都还在，他知道老记着这些似乎不好，但又跟自己说，我凭什么将这些事情忘掉？这本来就是记忆里最深刻的东西。当然，成桐更知道自己没这么矫情，没和宠物建立多余的感情。他跟自己说，你从来就不曾热爱，哪会真有什么宠物？

成东方颓然坐着。他说，腰又扭了。成桐说，那只老鼠呢？成东方说，再多留它两天。

吃饭喝酒,成东方不想再扯老鼠,一扯只能扯到这腰是怎么扭伤的,自曝家丑他可不干。成东方转而问成桐,你说你一直在找对象,几年下来,都没有谈成的?你这条件,不至于。你是不是根本就没去找?成桐说,我为什么要骗你呢?他还掏出手机,打开几个婚恋网的App,让成东方看自己和网友交流的情况,看那些女人花里胡哨的照片,看她们提供的信息和择偶条件。成东方看来看去,眼神一点一点惊异起来,说现在谈恋爱和以前真不一样,每个人都把自己挂起来卖,像卖肉。成桐说,要这么说也不错,现在的人跟你和我妈不一样,随便一凑都能过一辈子。现在的人讲究严丝合缝的对接,必须广泛撒网,碰运气地撞到能一起过日子的人。成东方看得仔细,把和成桐有过联系的女人篦一遍,皱着眉头说,这几个哪行哩,看上去比你妈还老。成桐说,爸,要不然我把你也挂上去?你并不太老。成东方说,你妈刚死,不要跟我讲这个。

　　成东方腰一扭,好几天回不过神。他承认自己是老了,腰不争气,每年都会扭伤。又说,剩下最后这只,是一只鼠精!身体全乎的时候也弄不死那只老鼠,现在带伤,成东方毕竟有点怯,嘱咐成桐去买老鼠药。成桐说,现在哪还买得着老鼠药?成东方说,是吗?成桐说,老鼠药是毒药,现在管控得严,一块钱两包是不贵,但没地方买。成东方说,那你们小区,尤其是绿化带里,指定是有老鼠药投放盒吧?成桐说,难道还要揭开盒子偷老鼠药?成东方说,不要讲那么难听,不都是拿来对付老鼠?成桐说,现在家里灭鼠,都是用粘鼠板。成东方脸上就有所期待,说那你买几个过来,我也试试新式武器。

粘鼠板一块钱一个，是粘蝇板升级而来。粘蝇板是用薄纸板做成，粘鼠板是用厚纸板，粘蝇板的胶拉丝两厘米，粘鼠板的胶拉丝五六厘米还断不了。成东方说，这东西应该好用。每间房都放，板上面撒些诱饵。与此同时成东方对整个房间坚壁清野，除了诱饵，那只老鼠没别的东西可吃。为了吃唯一可吃的食物，那只老鼠只得以身犯险，两次踩了上去。第一次是在半夜，老鼠吃掉诱饵，忽然发现脚粘在上面，费好大力气将自己挣脱，粘鼠板上有它的脚印和一撮毛。早上，成东方研究被挣脱的那块粘鼠板，说这老鼠身体大，只要踩一只脚进去，就能吃到中间的诱饵。于是他把两块粘鼠板拼接成一块，面积扩大一倍，诱饵放在正中央。第二次，同样是在半夜，老鼠踩的位置较深，粘得也很牢。成东方存了心眼，晚上都是半睡半醒状态，跟狗似的，一有动静就起床。瞎起几次，终于撞上老鼠踩上粘鼠板。这次他终于看清最后一只老鼠本尊，"足有四两，尾巴特别短，可能是它自己咬断的"。老鼠见人，想拖起粘鼠板逃脱，哪有这么容易，拖着粘鼠板，好比死囚戴着一百斤枷锁想越狱。老鼠跑得不快，成东方轻易撵到近旁，不料自己一脚也踩在粘鼠板上面。他一时收不住脚，腿一抬，粘鼠板就被带起，发出一声撕裂的声音和老鼠的惨叫。粘鼠板仍粘在他鞋底子上，老鼠却被成东方腿脚带出的这股力道撕开，没头没脑地一钻，钻到客厅一只橱柜背面。

闹出这么大声响，成桐不得不起来，生怕事态扩大，扰邻，邻居再把110一打，今晚上就有忙不完的事情。好在动静停止，成东方守在橱柜旁，眼睛盯着橱柜，两手在撕粘自己鞋底上的粘鼠板。成桐动手，拉丝拉了十来厘米，才彻底断掉。成东方说，你我一人一边，把橱柜搬开，老鼠在后头。两人合力将橱柜挪动十厘米，手电筒一照，老鼠又不知哪去。地上留有血迹，倒是和粘鼠板上遗留物吻合。刚才成东方一脚把老鼠撕开，板上留下鼠毛，以及连带的两厘米长三毫米宽的一块皮肉。

……若不是亲眼看见过，我真当这只老鼠是个幻影。成东方喘着气，冲成桐说，陪我喝点夜酒。我真的不行了，一只四两的老鼠，搞得我一百多斤的老汉晕头转向。喝着酒，他一只手一直捂在腰际，显然前面的腰伤未愈，稍一动弹又有加重。

天亮以后成桐就想到去借一只猫。成东方孤军奋战，扭出更大的毛病，甚至躺在床上也未必可知。成桐去单位问同事借猫，谁家有猫查一查微信朋友圈全都出来，他们爱晒猫，胜过晒孩子。但一听是要捉老鼠，都很犹豫，说我家的猫出生到长大，一直关在屋子里，还没见过老鼠长啥样。问来问去，小蒙家的两只猫，一只是流浪猫，有过苦难的经历，想来想去，这只猫见过老鼠的几率最大。成桐将这只猫用猫篮扎着带回家（他还不懂怎么捉着猫走半里路），成东方在屋里看电视，一个过气女星推荐老年鞋，他买过两双。成东方看看篮里掏出的猫，苦笑，说我怎么就没想到猫会捉老鼠？成桐说，捉老鼠这事情，再专业，也比不过天敌。

成桐照样上班，下班赶回就想知道结果。头一天，成东方说，那只老鼠今天一点响动也没有。天敌就是天敌，它有感应。而这只猫，按说只要房里有老鼠，它应该闲不下来，到处去找。天敌嘛，就是这样一种强迫症，不干死对方，就安不下心来。可是，它倒是很安心……成东方指一指那只皮色发麻的猫，它蜷在沙发腿边，睡着睡着又摊开，听见响动又蜷起来。它瞄了成桐一眼，接着睡。成桐就说，它在适应环境，老鼠也不可能一连两天不造动静。半夜果然有了响动，猫忽然狂叫几声，成东方和成桐一起爬起来，以为可以看到事情的结果，但那只猫蜷到沙发底下，怎么逗也不肯出来。再往屋内各处看一看，哪有老鼠的痕迹？成东方说，怪事，猫像是被吓着了。

猫就这样蜷在沙发底下不肯出来，成桐把猫食和水放在沙发前面，人走以后，东西减少，但人在的时候，猫就是不出来。事情的结果，还是靠成东方这个灭鼠界的专业人士作出判断。两天以后，他郑重地下出结论：那只老鼠不在屋子里了。成桐有点意外，查看一番，发现可供老鼠出逃的线路还是有几条：厨房的油烟管道、客厅拉窗的缝隙、厕所的下水道，还有阳台……反正老鼠没有死在屋子里。父子俩还把猫保留了一周的时间，以确定那只老鼠是否还在，即使死在某个角落，有那么几天时间，臭味应该扑面而来。

老鼠确实已经离开，带着伤痕，头一次离开这间它自小长大、从未离开的屋子。成桐还想，家鼠变成野鼠，它是否忽然发现世界天宽地阔了，而留在房间里只能是虚耗此生？他一点不怀疑那只老鼠的生存能力。成桐把猫还回去，隔两天，小蒙还抱怨，怎么搞的，我家小猫现在很抑郁，你要请一顿饭才行。成桐说，要是你不介意，咱俩顺便相个亲怎么样？

成东方本来是说要在这边过年，彻底躲过寒冬，过了清明节再回俚城。年前，却又按捺不住，说自己活了六十多岁，从来都是在俚城过年。这边无亲无故，不能串门，该掏给小孩的压岁钱也掏不出去，实在找不到过年的心情。成桐顺他的心意，放了寒假开着车送成东方回俚城。那年很冷，成东方偏说自己还受得住，过完年也不肯跟成桐返回韦城。后面才知道，他悄悄注册了婚恋网，把自己挂上去。他完全没有儿子那种可笑的挑剔，见到年纪小几岁的，都是美女，而且他自己浏览一遍，系统自动就给那些美女发出信息，措辞都很肉麻。成东方随时打开看看，有美女纷纷给他回信。他挑了一个俚城隔壁县的寡妇，主动找上去相亲，奇怪地，这么大年纪，还有一见钟情的感觉。成桐也不奇怪，现在可能老年人才保留着一见钟情的古典情怀。

成桐怀疑最后那只老鼠还会回来。既然它主动离开，难道不会主动回来？他把每扇窗拉开足够宽的缝隙，在窗台和房间里撒下食物，窗台撒一点，房间里撒下一顿丰盛的夜宵。终于，某一晚，成桐将防盗门也虚掩起来。虽然小区治安足够好，门一虚掩，晚上就睡不踏实。夜晚仍那样静，这个小区在业主们主动地长期地维护之下，寂静有一种自我增殖的效应。成桐张起耳朵，耐心地听，慢慢听见寂静从不绝对，至少，电波一般刮擦声不绝如缕。继续往下听，他还听得见时间流逝，听得见生命就那么一点点虚耗。成桐莫名地亢奋，等待一只老鼠，竟像是等待着咸湿梦境里陡然清晰的女人。

接气

一路颠簸，小丁不免对小赵心怀歉疚。小赵一直将摄像机抱紧，担心机子被山路抖坏。山路颠簸，小丁常走，开车依然小心。车程一个半小时的鹭庄，显得格外遥远。手机断了信号。前方那一带山壁呈现大片青灰色调，将整个视野修饰成傍晚来临的样子。

昨晚接小叔的电话。"小丁啊，你爹在吗？"

"不在，开会去了。"

"你爷爷又差不多了，就这一两天。你们都过来一趟。"小叔又补充说，"这回真差不多了。"

去年五月直到现在，报病危的电话，小叔打来四五次，都说老人家看样子快不行了，叫他们回鹭庄接气。小丁父亲丁正钊头两次去，结果小丁爷爷挣扎一番又活过来。那以后再有报病危电话，丁正钊就不肯轻易耽误时间，支使小丁先回鹭庄探看情况。丁正钊交代，真差不多了，赶紧打我电话!

父亲眼里有内疚,同时又摆出毋庸质疑的神色。父亲每天要赶赴多场会议,办许多事,见许多人。某些场合,他喜欢在洒金宣上写下相同的两句诗:何时得遂田园乐,睡到人间饭熟时。

这次小叔又将电话打来。小丁已经没法和父亲联系,但父亲提前交代过,若去鹭庄,带上电视台小赵同去。

鹭庄是个长满古树的村庄。鹭鸶是一种呆鸟,十年以前,它们一堆一堆盘踞在枝头。如果树上有七只鹭鸶,一枪打去,如果这枪打虚,树上还有七只;如果打死一只,树上还剩六只。现在鹭鸶已经没了,古树也所剩不多,鹭庄还叫鹭庄。

进门就看见爷爷,躺在老床上,呈弥留状。小丁走近叫唤几声,老人的眼睛就亮了,眼仁子从堆堆叠叠的眼皱以及白翳底下翻出来。

爷爷问:"是丁小唐?你爸怎么没来?"

小丁说:"他忙。"

"他总是很忙。"稍后,爷爷又说,"总是让你空跑。"

"累了就睡!"小丁不难看出来,爷爷为自己几番眼看就要死了,最后又活过来而内疚不已。

"小丁你来了,我看见你,又做完一件事。你爸不来,丁正钊他不来,我也不怪他。我不能因为他老不来,就老是赖着不走。村里人已经在看我笑话。他们背后笑话我怕死,我的脖颈就会一阵阵发冷,像是有小鬼在吹阴风……"

耳畔,又是一阵大声的咳嗽。

小丁岔了神，忽又记起奶奶临走的样子。奶奶转眼走了十来年。这里有个习惯，人死之前要为他（她）接气——所有的亲人都围在临死的人身边，讲许多告别的话，再讲许多鼓励的话。

奶奶走的那天，小丁听见亲人们口舌混杂地跟奶奶说话。

爷爷说，你先去，过几年我就来陪你。

林贵叔公说，今天选对日子了，今天日朗风清，适合出远门的。

孤老福久摆出羡慕模样说，你是有福气的人了，你的崽女都来齐了，都百般孝顺，都来为你接气哩。我走的时候哪有人送我？知足吧！

接气那天，通常要有一名老道士。道士也凑过来搭腔，走就走吧，就那回事，要不然你崽女又会哭，让你挂牵。走咯，走咯……他的口气和每个人都不同。别人在送别，道士像要带着奶奶往前走，催促她别耽搁。

道士站在奶奶和那些亲戚背后，细致观察着奶奶的脸色。看看时间差不多了，道士就开口说话。他只说一句话，可以了。亲戚们的啜泣和轻声呼喊，像从一个个水嘴里流出来的一样。道士再一发话，马上又能停住，人闪到一旁，看道士手中多了一个方木枕。奶奶头朝向的那一边被抬高，方木枕枕在床脚下面，床的一侧垫高有二十厘米。小丁很怀疑那块木枕头的效用。他想，那一块木头就能把人平静地打发走？

那一年父亲同样没赶到鹭庄为母亲接气送行。他嘱咐小丁多拍几张照片。"我对不起你奶奶，你多照几张照片拿给我看。"电话那头，父亲忽然哽噎。当时倒也情有可原，奶奶死得痛快，头一次报病危就走了，而父亲正带团在新马泰考察，想赶也赶不及。

那一年，老家的房子还没有翻修，屋子被经年柴烟熏得漆黑一片。屋内暗淡的光，加重了奶奶对死亡的恐惧，她用力吸着浑浊的空气，喉咙里堵满黏液。她上半截身体随着喘气的频率抽搐着，下半截又纹丝不动。从那天清早到中午时分，奶奶一直保持这状态，眼里不停流泪，需要人不时地擦一擦。她一句话都说不出来。

道士眼睛盯着奶奶，手在挪动木枕位置，像是调频找电台一样。奶奶的脸纹忽然舒展了些，道士赶快停手，让木枕定在那里。小丁看出来，那是木枕起了作用，惊讶不已。所谓安乐死，在乡间只需一块木枕就能完成？他怀疑道士确有几手法术。他这才仔细看看那个乡村道士，道士当天穿一件脏兮兮的中山装，正吸着自卷的大炮筒。他告诉别人，道袍洗了，还没晾干。

小丁坐柴堆上，斜眼看着道士。他知道，道士手一挥，就将宣告奶奶的离去。他有一种怕感，不想看见道士那只手，但余光又牢牢粘在上面。

过一刻钟，奶奶就彻底死了。

所有亲戚涌进房里。小丁记忆异常清晰：那一刹，奶奶的嘴唇突地变色，从赭红变成了灰白。当然，他没搞明白那是光线的作用，还是自己内心某种情绪的映射。

道士扔下烟头过去查看,然后手有力地一挥,跟所有人说:"行了,哭吧。"大家放声哭泣的时候,外面有人放响了爆竹。小丁走上前去,揣着几分担心看向奶奶的遗容。他担心奶奶会被爆竹的声音再度弄醒,但这样的事并没有发生。小丁给奶奶的遗容照相,闪光灯把暗屋子强烈地晃了一下,把大伙的哭声中断了数秒。间歇过后,哭声愈发恣肆。

当天,小丁也哭,别人很快停下,他也跟着停下,哭声成了一种合奏,小丁将哭声融进合奏,当别人停歇,他也不由自主地闭了嘴。小丁一扭头,见爷爷站在床头,口中念念有词,正对奶奶的遗体说些什么——也许,是唱些什么。作为一个山歌手,老人拙于言说,喜欢把心事唱成山歌,歌词可以即兴编排。随着嘴唇的蠕动,爷爷脸上很快变得平静,没有哀怨,没有悲伤,有的仅仅是一些怅惘。

小丁此前没有为将亡者接气的经验。那年他二十,二十年里直系亲戚里头没有死去一个,外公外婆都还咬得动牛板筋,离死去还很遥远。他以为任何一个亲人的离去,都会带来摧肝裂胆般的痛苦,都会让自己长哭不起。奶奶是头一个死去的至亲。当天的情况,让小丁感受到一种意外——一切都不同于他先前的想象,哭几声就停止了,像交了差事。有些人在哭,更多的亲人已经在把堂屋打理成灵堂,贴上"当大事"的字幅。一切有条不紊,仿佛奶奶的死只是整个活动中的一环。

小丁过去捏了一下奶奶的手,还有些虚热。

半夜的时候小丁忽然哭了。当时他躺在一张椅子上准备守夜,但不小心睡着了。他梦见奶奶躺在床上又一次重复着死亡的过程。当奶奶在梦中第二次死去时,他哭了,也就醒了。

爷爷说,他并不是怕死,只是舍不下每一个亲人。又说:"小丁,你都还没结婚呢,真让人着急。我爷爷死那年我都有三个崽了。"小丁知道,爷爷羞于承认怕死,而对死的恐惧又这样直白地写在脸上。年轻人可以怕死,可以流露出来,但上了年纪,似乎应该摆出一种顺其自然安于天命的态度。

小叔虚报几次病危,也有怨言。进城跟小丁父亲喝酒时说:"爹胆子就是小,怕死得很,几次差不多了,到最后又不肯死,不像娘那样胆气足。"

丁正钊皱皱眉头说:"话不能这么讲。"

"本来就这样。一个乡里人,又没有医保,赖在床上不死,自己也受罪不是?"

丁正钊也不好多加指责,毕竟,守在父亲身边的是这小弟。在鹭庄,一个老人到了年纪老是不肯死,乡亲们就拿这当笑话讲。丁正钊又说:"毕竟娘管了爹一辈子,家里女人顶梁,轮不着爹胆子大。在我们看来他是爹,在娘看来他就是大儿子。"

两兄弟都说得笑起来,接着喝。

以前奶奶也老跟人说,爷爷从来都是胆小鬼。奶奶比爷爷还大几岁,两人成亲那年,爷爷才十七,是家里满崽。新房离茅厕很远。夜晚,豺狗子的嚎叫随风一阵一阵钻进耳朵眼,爷爷尿憋了想去茅厕,却不敢,脸憋通红。奶奶看出来了,带他走过那段黑路。当时,奶奶还跟爷爷说:"呃,夜路你都不敢走,以后有什么用咯。"

爷爷丁先存嗓门奇高,是块唱山歌的好料,二十啷当岁,就唱得远近出名。到他晚年,常有地方上的演出邀他露脸,也有文联干事搜集他编的山歌。一本《土家歌王丁先存山歌集》作为县里文史资料的一辑早已编好,但因资金紧张一直压着。领导们的回忆录总是插队,赶前面印。

看看泛黄的照片,小丁不难想象,爷爷年轻时是个风流俊俏的家伙。他编的歌词记载了当时的生活场景,就像有文化的人记日记。其中一首歌这样唱:"砍柴要砍竹子柴,砍了竹竿笋又来。相亲要相两姐妹,姐姐不肯有妹妹。砍柴莫砍倒钩藤,相亲莫相寨子人。下午才得吵一架,晚上舅佬打上门。"奶奶和爷爷是同村人,据说奶奶还有一对五大三粗的双胞胎弟弟,解放前失踪一个,紧跟着又死一个。小丁听着爷爷唱起这样的歌,就想笑。他想象遥远的某天,爷爷对别家妹子唱了几句稍带撩拨意味的山歌,妹子忍俊不禁笑起来。当天下午奶奶拿爷爷的错,爷爷竟然顶嘴,结果,晚上奶奶那两个弟弟就找上门来。

爷爷唱的山歌总这样顺手拈来。

在山歌里,爷爷仿佛对死有种超脱的态度。比如说另一首,他拿死亡任意编排:"看见什么唱什么,看见灵魂换穿着。看见尸手洗尸脚,尸脚试鞋大小合。看见鬼爹笑呵呵,看见鬼妹害娇羞。从此鬼府添一口,耕种鬼田多双手。"他毕竟一辈子土里刨食,在他想来,死也就是去另一个地方娶妻生子,照样耕田种稻。从这个地方到那个地方,怀揣的是一种对新生活的喜悦。但是，真要去另一处地方，又不是他歌里唱的那样超脱。亲人给他接几回气了，甚至有次，道士已给床脚垫上木枕，老人还是把牙一咬，活了过来。

那次道士觉着丢了大脸，因为他蛮有把握地说出"差不多了"。每个行当都自有一套行规和操守，下次再请那道士，他不来。爷爷活过来后，不敢看别人失望的表情，像是平白无故地耍了别人一道。这次只好请另一个，还是原先那个道士带出的徒弟。

晚饭时，爷爷竟能垫着枕头在床头稍稍坐直。小叔给他煮一碗糯米粥，爷爷说，加点辣椒。小叔就往粥里加了辣椒末。他把粥喝得一点不剩。吃那么多东西，不但饱了肚肠，对老人内心也是安慰。爷爷脸纹敛开了，喘着粗重的气，告诉小丁："晓得吗，我二十来岁的时候，已经死过一次。"小丁赶快点点头。他希望爷爷最好是节省点力气，少说话。多说两句，他又会急喘。

那故事小丁听了不下十遍。爷爷能唱上千首山歌，但能讲出来的故事，翻来覆去只那几个。爷爷口拙，从不讲别人的故事，只讲自己。

"其实走夜路，我一贯都很小心，出门前要念一通'三收诀'。没想到，三收诀能收老虎、蛇和鬼，却不能收狐狸。结果那一晚赶巧就碰上了狐狸哭坟。你晓得么，有时候狐狸往凶死的人的坟前走过，灵魂会把狐狸抓住，让狐狸哭坟。人死了，自己儿女经常是在假哭，心里面喜悦，这样哪能哭出悲调调？只有狐狸哭坟，哭得伤透了心，哭得真是好。"爷爷的故事总是这样开头，然后满怀悔意地说，我年轻时候干过不少蠢事，尤其不该打那只哭坟的狐狸呵。

他说自己二十二岁那年，秋天的某个夜晚他从奶奶家帮工回自己家，路过丝瓜丛下面一片坟地。正走，听见哭声从坟地传来。有两股哭声纠合在一起，此起彼伏，非常凄凉，让人毛骨悚然。他想，谁在这时候哭坟呢？天上正好有月亮，借着月光，他麻起胆子绕到一块碑石后，循哭声看去。月光下，两只狐狸蹲在另一块碑前哭泣。狐狸半蹲，前爪作揖，长长的尾巴轻轻抖动，光亮的皮毛反射着暗淡月光，显现出缎子般的质地。他听道士说过，见狐狸哭坟，必须把它们打死，要不然，家中必遭灾难。他逼不得已摸起一块石头，冲上前朝其中一只狐狸砸去。另一只被吓醒了，一头扎进坟茔深处。

那只狐狸还在地上，盘虬着身子，拼命挣扎。他狠了狠心又砸下一石头。

"吃了狐狸肉，就病了，怪病，躺在床上不能动。我这人被病劈成了两半，右半边已经死了，左半边还有气。我和别人讲话，动的都是左边半个嘴巴。去问道士，道士说，要把那两只狐狸都打死，病才消解。丁家的堂兄弟邀来一帮猎户，牵着十几条赶山狗，把鹭庄周围所有的山都清了一遍，打下一大堆狐狸。另一只哭坟的狐狸也没躲过，不晓得是哪只，反正，它肯定被打死了，这样，我又活了过来。"

爷爷还说："造孽呵，那以后我们鹭庄很少看见狐狸了。后来想想，狐狸能给人哭坟，是有情有义的活物，不是孽障，我凭什么砸死它？"

说这一阵话，爷爷累了，很快睡去。他睡去的样子很安详，安详得不可能是去了梦境。看着爷爷酣睡，小丁心中一凛。他再次提醒自己，爷爷就要走了！他想起过往的事情，和爷爷在一起的情景，时间没了先后，一齐浮现脑海，又瞬间消失，眼角忽已濡湿，就像蠕虫爬过。

小丁偏过头去，见衣柜的穿衣大镜被线毯罩住了。他拢过去想扯开线毯，才看见线毯被小号铁钉密集地钉了一圈，钉死在衣柜的木门上。

"是你爷爷要我钉上的。"小叔告诉小丁，"去年就钉上了。你爷爷总是跟我说，天要黑的时候，他就不敢看镜子。他讲，老是觉得有个人从镜子里面很远的地方朝他走来。我问，看见那个人是谁。你爷爷说看不清楚，反正不像是他自己。"小叔说到这里就笑了，说老小老小，人老了也就像小孩一样，会怕一些讲不出所以然的东西。

若要爷爷不照镜子，就和奶奶戒除酒瘾一样，着实不易。既是小有名气的山歌手，爷爷比一般庄稼人注重仪表。他爱穿白衣，喜欢人家称他为"白衣丁先存"；还喜欢照镜子，甚至不避讳在别人面前照来照去，和镜中成像挤眉弄眼。

奶奶娘家是酿米酒做醪糟的营生，所以奶奶酒瘾很大。奶奶在世的时候，爱取笑爷爷照镜子的毛病。那时爷爷也已七十多，每天起早，仍对着镜子摆弄穿着。整个鹭庄，男人们都不屑于用镜子来映照自己的灰头土脸，爷爷是唯一的例外。村里人拿爷爷照镜子的事当笑料，从解放前直到前不久，这笑料抖了几十年。现在讲出来，还是会有人发笑。一个爱照镜子的老头，天天老来扮俏！一说照镜子，又会理出爷爷的身世,他本是流浪儿,被小丁的太爷抱回家里,取名"先存",意思是先存在这里,亲生父母找来了,就还给他们。但没人认领,就一直先存着,一天天长成人,为人夫,为人父,后来成了小丁的爷爷。

村里老辈人一直认为,丁先存定是周遭哪家富户走丢的小少爷。

爷爷一直嫉羡奶奶的酒量。他也时常想喝一点,干了活以后,逢年过节的时候,心情好的时候,还有心情一团糟的时候,他都想陪老妻喝几盅。他身体对酒精的过敏反应过大,稍微来些酒,脑袋就天旋地转,过后皮肤还会出现油芝麻大小的红疹。爷爷没法去碰酒这东西。

现在,爷爷也不敢照镜子了。小丁很想知道爷爷去年在镜子的深处,看到了谁。他有些怀疑,爷爷是看见了奶奶,而且奶奶仍想和爷爷唠叨一番。但爷爷如果看见奶奶,又有什么好怕?

爷爷再次醒来,气息浊重地喘了一通。他深陷的眼窝里储满了液体,小丁拿干毛巾搵去眼窝里的积液。

"我梦见她了,她喊了我几声,把我喊醒。"爷爷虚弱地说,"可能,也就这几天……你奶奶已经给我报得冥信了。"

小婶娘说:"爷(音 Ya,阳平)哎,不要乱想。你脑子还蛮清楚哩。"

"不清楚,老糊涂了。"说着,他眼窝子重又湿润起来。小丁递去了湿帕子。爷爷抹抹眼窝,又抹了抹整张脸。他换了一种斜躺的姿势,眼睛睁开,看向屋顶。现在住的屋,是丁正钊从城里请来建筑队修建的。村里同姓的人对这事有意见，说乡里乡亲的，其他的事帮不上，建幢房屋还要去请城里人，这是打血亲族友的脸。房屋建好，他们便不作声了。那是一幢欧式风格的房子，有穹顶，又结合了中式的琉璃瓦。爷爷说，要贴大块的洋瓷砖。于是墙体贴了大块瓷砖。爷爷说，瓦檐下面最好是画些画，这样显得热闹。于是丁正钊请了庙里的画匠，在爷爷指定位置画了福禄寿喜梅兰竹菊，还有戏文画。

房子落成，爷爷便对邻居说："我以前根本不敢想，自己能死在这么好的房子里。"别人也承认，鹭庄的泥瓦匠可造不出这样的房子。他们都恭维地说，你是有福气的了。

爷爷看着屋顶，屋顶是简易的石膏吊顶。屋里是雪白的颜色，爷爷说："这让我安神一些。"搬进新屋，他不再烧柴，怕柴烟熏黑了墙壁和屋顶，改用煤炉，用白铁的转角烟囱把煤烟送到屋外。

新屋建成，爷爷用不着去别家打牌。入了冬，备好炉火，每天都有人来家里找座。都是老人，搓麻将嫌累，只打纸牌，输赢几角小票，一月下来进出不过一二百。丁正钊晓得这情况，欣慰，电话里指示小叔："爹打牌的钱都算到我头上……你想想，就算每月都输两百，但总有三四个人成天守着爹，你我出外也放心不是？"此后，小叔每每提起这事，都要撅起指说："三哥厉害，坏事经他一说马上变了好事，所以人家活该当官。"

其实爷爷牌把式稳当，年纪是大点，脑子不糊涂，经常能小赢几块。老光棍福久输得多，常为赖几块钱抬屁股走人。爷爷好脾性，无所谓。林贵叔公有次急了，说："你光人一个，到死的那天帮你接气的人都没有，还把钱看得比命大，有什么意思？"福久屁股离了板凳，边走边说："没人接气，也就没人逼我上路，清静是福晓得啵？"

福贵的老宅地卖掉了，也输光了，在鹭庄没了家，后来住进镇上养老院。见不着福久，爷爷时常想起他。那个老光棍，无牵无挂，扛着脑袋来，抬起屁股走，脸上随时开着笑颜。谁挨近他，谁就得来无尽乐趣。

"……不要给我接气，让我清静死一回！"爷爷冲着婶娘，语气有些铿锵。为讲这句话，他肯定攒了一把力气。小婶娘赶紧往地上吐了口唾沫，并用鞋底一擦，说："爹你又说胡话，把病养好，你照样唱你的歌。"

小婶娘出去淘米做饭。爷爷长久地盯着吊顶，又瞥小丁一眼，喃喃地说："你奶奶大我三岁，要是不去，再过几天，就满了七轮。"

爷爷奶奶一共生活了五十九年。奶奶死的那年，爷爷非常惋惜地说，捱到明年都好啊，走得这么急。他非常想把两人共同生活的年限凑个整，一甲子。小丁估计爷爷和奶奶属于那种互补型的夫妻。奶奶年轻时脾气很不好，这也难怪，婚后二十年里她拉拉杂杂生下十几个孩子，成天老大哭号老二闹，老三撒尿老四泡，这状况，没法让奶奶脾气好起来。爷爷恰巧是没脾气的人，除了唱歌，脸上成天弥勒佛似的堆着笑。

爷爷以前常跟人说，这叫一个榫头一个眼，一把钥匙一把锁。我跟我家老婆子，活上千年难撞到，就该是一对人。

她要是嫁一个脾气大的男人,两人肯定天天打架。她脾气纵是大,终归是女人,真动起手来哪能不吃亏?说到这里,爷爷脸皮一搐,仿佛老婆子已被想象中那男人暴打了一顿。

爷爷忽然说,热!又说,贴身的衣服像被汗水濡湿了。小丁扶他坐直,用手探向后背,还好,老人枯树皮般的身体生不出水分。既想换衣,小丁就帮他找衣服。拉开柜门,一堆衣服尽是白色。老人喜欢穿得自己一身白,多少年来没变过。当全国人民一片绿的时候,一片灰的时候,直至全国人民五颜六色的时候,老人都一成不变地穿白衣。他老说,穿上白衣,唱歌才好扯开喉咙。

小丁没看过爷爷穿白衣上台对歌,但每年祭祀或是向傩神还愿,爷爷在神像前做祭礼或者是祷告,口中念念有词,一脸的虔敬。他想,当年爷爷上台对歌应该也这样,两眼微瞇,很快进入心无旁骛的境地中。

小丁找了一件对襟布钮的,刚要给爷爷换上,小叔拦住。他说:"爹,你哪有汗水?你哪还出得出汗?自己想多了。"

爷爷眼睛盯着那件白衫。小叔示意小丁将衣服塞进衣柜。爷爷也不吭声,现在小叔照顾他起居,小叔说话算数。

稍过一会儿爷爷睡去,小叔将小丁拉到屋外。"他这几天情况很不好,换衣这些事你不熟,不要乱弄,要等我来。现在就算换身衣服,也可能耗掉他身上最后那一把力气。"小叔这么解释,小丁倒吸一口凉气,暗怪自己年轻不晓得。若真的像小叔所说,换衣服时爷爷突然一口气提不上来,死在自己肩头,如何是好?他还没准备好应对这种事。按说,爷爷应该死在父亲、小叔的肩头。依此类推,等父亲成了爷爷,自己成了父亲……

其实小叔真正的想法,不便讲出口。前几次,他眼见老爹快要蹬腿走人了,忽然挣扎着说要换白衣。小叔慢慢摸索出经验:老爹前几次都是穿着深色衣服时来临弥留状态,一换白衣服,脸上立现生机,浑身又多了几把活下去的力气。

傍晚爷爷醒来,把小丁叫到床前,艰难地说:"明天能不能把你爹叫来?我自己知道,明天后天,我肯定是要走。我好久没见着他了。"

小丁敷衍似的应和着。他知道父亲不可能来,父亲现在正被要求交代问题,没把所有问题交代清楚,就出不来。小丁知道,交代清楚了,一般也出不来。

来鹭庄之前,小丁想去学习班看看父亲,但没得到许可。前不久,丁正钊忽然很怀念自己的老家,掐指一算,竟是有四年没回到家了。丁正钊那天表情依然严肃:"鹭庄坐车也就一个多小时,早该……"他发着感慨,在屋子里踱步。他忽然跟小丁说:"小叔再打电话来,如果我去不了,你就把电视台小赵叫上。"

"怎么了?"

"让他……全都拍下来。"父亲的手一抽,就势比画了一下。

现在面对爷爷,小丁才意识到,当父亲想起爷爷,其实是预感到某些无可逃避的事情即将来临。

来鹭庄之前,小丁打电话给小赵,他当然一口答应。小赵能进到电视台工作，丁正钊替他攒了一把劲的，这是他投桃报李的机会。

乡村的夜晚比城里黑，看样子，爷爷又捱过了这一天。小丁带小赵去溪口镇宵夜。镇上只有一两家夜宵摊子，生意清淡，啤酒也是越喝越冷。远远飘来卡拉OK的声音，听得出音响有多么山寨，话筒说不定布满锈迹。喝了酒，小丁想拽小赵去OK一把。这次来，还不知道要耽搁小赵多少时间。

"不去了，早点休息。"小赵把啤酒瓶喝空，咂咂嘴，终于说："丁哥，我们台里最近忙……我是说，机子我可以留一台给你，但我恐怕不能一天天守在这里。你家老寿星，我看气色不错。要不，我明天教你怎么用，你自己随时可以拍。现在，这些机器都是傻瓜机，比唱卡拉OK还容易。"

小丁只好点点头。

爷爷一夜好睡，次日九点多睁开眼，阳光照进房内，大块大块光斑铺在地上、墙上，也有几块爬上床头。这是令人愉悦的天色，阳光让人产生许多明朗的念头。

小叔又把道士叫来。这天道士一身道袍有模有样，不至于让人把他和和尚混淆。道士进屋转了一圈，看看爷爷的气色，就跟孝子贤孙们说："他这口气顺过来了，你们不要守，该干活干活。"

众人散去，小叔看小丁守着。他说："那我去给秧田放水，我都好多天没去田里伺弄了。"小丁点点头。

小赵架起三角架，把摄像机安上去，准备给小丁上一堂速成课。一开机，电源灯就亮了，虽然灯光微弱得有如秋夜萤火,爷爷却像是被闪了一下,慢慢睁开眼看着不远处摆着的机器。

"是摄像机?"他问。

小丁点点头。爷爷认得。他是个农民,也是远近有名的山歌王,曾经接受过采访,采访时,也有摄像机对准他。面对镜头,爷爷得来从未曾有过的体面,他知道,能上电视的都是人物,每天上县台新闻的大都是县领导,省台的新闻,也差不多是省领导的工作日志。儿子丁正钊虽难得见上一面,但老人经常在电视上看见他晃来晃去。

"是拍我?拍我怎么死么?"

小丁摇摇头,坐到床头想跟爷爷解释,一时语塞。小丁心底涌过一阵内疚。当一个人发现自己的死亡正在被别人记录,那会是怎样的心情?

这时候,爷爷却又变得异常清醒:"正钊有什么事来不了,叫你拍下我怎么死的,对么?有什么事?"

"……出国了。"小丁喃喃地说。此时,他觉得什么都瞒不住爷爷,爷爷的眼光洞察世事,没有丝毫浑浊。

"出国了?"爷爷想侧过身子面对摄像机,小丁帮了他一把。他身子忽然抖不停,小丁赶紧将他放平。爷爷眼睛盯着天花板,慢慢想起什么来。他又说:"是的了,老婆子死的时候,正钊也在出国。"

小丁示意小赵将摄像机拿到屋外去,爷爷再次发话:"就放在那里,就这样……我差不多了。"

"爷爷!"

爷爷呼吸变得粗重,稍过不久,突然陷入谵妄状态。小丁感觉到不对劲，凑近他的耳际大声地喊了两声，没见反应。这一刹，小丁分明感到爷爷正在离自己而去。虽然他身体还横在眼前，但他体内的某些东西正往某个不确定的地方飘逸，像是蒸汽或者光柱里悬浮着的尘埃。他分明触碰到了这种流逝。小丁再喊一声，喊出来全是颤音。爷爷脸纹也开始抽搐，嘴角流涎，像皮筋一样弹几弹。

小丁赶紧去找小叔，小叔进屋看了一眼，就跑到屋外，手作扩音筒状召唤道士。道士进来时紧了紧眉头，再打量床上老人。他问："怪事，怎么突然就这个样子了？"小叔解释："没有原因。"道士有些气馁，刚才遣散众人，他还把话说得相当肯定，简直就是打自己的脸。

"应该……快了，就是今天，就是……马上。"道士说话时犹豫，但仰起头，脸上又是不容质疑的表情。小叔赶紧去叫人，道士看了看小丁和小赵，随后看看那台摄像机，眼角闪过一刹那的疑惑。小丁头皮倏地一麻，突然省悟：前面几回，爷爷也不是怕死，而是不想死得如此无声无息。而现在，在镜头面前，他找到某种庄严之感，有了这种庄严，死起来就变得从容了。

是这样吗？爷爷已无法回话。

小叔很快叫来二伯、五叔、六叔，还打电话给嫁到洞井村的三姑。洞井村在坳上，鹭庄在坳下，两袋烟的路程。

小叔给道士递去一支烟，并问："那么，可以接气了？"

"说不准。"道士夹烟的手势独特，用的是无名指和拇指。他看了看墙上的挂钟。其实那钟早两年就不能动弹了。

逐渐到来的亲戚们都被安排在堂屋歇息。堂屋的火坑里有块子柴，正慢慢燃起势。二伯趁这工夫讲起了新荭来的笑话。二伯是木匠，游走了不少地方，会讲每个地方的笑话。

小丁和道士、小叔、小赵四人留在房内。小赵已开始拍摄，他往透进光的那窗口上掐了约八秒钟的起幅，然后将镜头缓缓移至老人的脸上。老人那张脸上，两处深深的眼窝在镜头中显得很有层次感，眼眶上的褶皱犹如经过长时间摆放的纸花，质地焦燥、易碎。他的嘴唇还没有瘪下去，牙床上保留有十几粒牙齿，这些牙齿把那嘴唇勉强撑了起来。

道士又看一眼那摄像机，附耳跟小叔嘀咕起来，小叔又耳语着向道士作解释。这时，小赵有意把镜头移偏，朝道士罩去。那道士镜头感很不好，浑不自在。那副拘谨模样，使得小丁怀疑他的功力。镜头很快移回原处。小丁这时觉得，爷爷那张脸像是出土的陶器，尘埃感十足。

窗外的天空有了云翳，光线陡暗。老人这时忽然睁开眼，看着摄像机，表情竟似有些惊惧。小叔也看出情况来，冲小丁说，把机子关一下。他还做了个手势，提醒小赵。小赵把机子移开。稍后，爷爷又恢复了睡态，面部肌群虽然时有抽搐，但比刚才已经平静许多。那眼窝幽邃的样子，让小丁怀疑，刚才他并没有把眼睛睁开过。

道士这时候说："可以换衣了。"

换衣是个信号，兆示着接气仪式将接踵而来。小婶娘从衣柜底脚处的抽屉里拿出老早就缝好的寿衣。那又叫棺材衣——面料是黢黑色的，里衬是洋红色，用色和棺材漆别无二致。据说，临死前给人换一身寿衣，会起到静心安神的效用，使得人这一路上走得平稳一些。小丁却觉得，那两色反差过大，搭在一起，让人产生难以扼抑的紧张和厌恶。

二伯和小叔翻动着爷爷的肢体，换衣服换得并不利索。爷爷对此有了反应，他蹙了蹙眉头，还好，最终没有睁开眼。道士切了切脉象，然后说："可以把亲戚叫进来了。"说着，他往床底下一摸。那木枕赫然滚了出来，不知哪时已备在床底下。

堂屋里那些亲戚鱼贯而入。二伯给每一个人安排位置，有些亲戚按辈分必须站在床头这侧，有些只好站在床尾。

小赵继续操起摄像机，抓拍整个场面。爷爷穿着寿衣，脸色也变得黯淡。谁都能看得出来，老人在阳世的时间只能以分秒计算。

这时小丁手机在响，他看了外屏上显示的号码，是他母亲打来的。

小丁出去接了一通电话。他知道父亲坐那个位置，肯定犯下事体。这些年，他能从一些细致入微的地方感受着父亲的变化。没想，事情比预想的严重许多。

"你爷爷怎么样了？"母亲抽泣着说完父亲的事，忽然想到这个。

"还是那样！"

小丁关掉手机，吐了口气回到房内，见爷爷竟然睁开了眼，还盯着自己。这时，老人的眼神，不像一个垂死的人，他还奋力要坐起，终于，问出一句话："正钊怎么了？"

爷爷不可能听见电话里讲了什么。小丁想，也许，这就叫心灵感应吧。就像童谣里唱的，父亲的父亲叫爷爷。父亲永远都是爷爷的儿子。

众人安抚着老人。爷爷这才发现，身上已换了寿衣，情绪有些激动。那种很虚弱又很激动的样子，让人难以面对。

"……给我换衣服。"爷爷讲得很吃力，但把字音咬得奇怪而清晰。他断断续续地说："我死后，再换上寿衣。现在我要穿那条白衣。穿这黑衣服，灵魂怕是消散不掉，我也实在落不下这口气。"

小丁叫小赵把机子摆到稍为隐蔽的地方，继续拍摄。

"灵魂"这词，让小丁觉着有些刺耳。这词本身没什么问题，但从爷爷嘴里吐出来，却让人感觉不伦不类。这地方的语言习惯，灵和魂从来都是分开着讲的，要么灵，要么魂，没人会把这两字凑成一个词。偏偏爷爷爱这样用，多年来，他让"灵魂"频率极高地出现在他的那些山歌里，这个词对于他来说，仿佛是盐，可以往哪盘菜里都搁一点。小丁老早注意到爷爷的措辞，为此还查了一些书，大概能将两个字稍加区分：灵，是居于躯体内并主宰躯体的精神体；而魂，是精神体脱离躯体以后的独立存在。小丁想，在爷爷的见识里面，灵魂到底是怎样一种东西，又有什么样的面目？

爷爷这时现出愤怒的样子，冲二伯和小叔说："给我换白衣，我保证今天死，保证马上就死！"

二伯和小叔商量着，找出一件白色衣服给老爹换上。这是他老人家以前上台唱歌时穿的，一换好，他气色果然好些了。他攒了一把气力，往柜头上指了指。那里有一台卡式收录机。

小丁率先弄明白爷爷的意思，他想听听自己曾经唱出的那些山歌。柜子里一盘盘磁带全是爷爷自编的山歌，自然也由他本人唱。此前，有小贩找来废旧磁带，消了磁，录上爷爷清唱的山歌。赶集的时候，小贩把这种磁带摆着卖，一摞一摞，像卖水果一样摆在地摊上卖，两三块钱一盘，盒内附得有白纸片，上面通常写着：白衣丁先存山歌集，甚至还夹上一张照片当封套。

附近几个县的山歌手，都被录了这样的磁带，在地摊上排开了卖。录有爷爷山歌的磁带，据说卖得最好。

山歌总是一个调子，只有唱词换来换去，多听几支难免枯燥。

爷爷听着自己的歌声，人就舒展了。他听得一阵，又用眼睛瞪着小丁。小丁看出来，爷爷还有话说。小丁俯下身去，老人咽了一阵唾沫，发出微弱的声音："能不能在电视上放？让我看着自己走的时候，是什么样子。"

小丁把视频接上，找来个茶几，把摄像机固定好一个位置。电视里面光斑一阵闪动，终于跳定，然后，爷爷的图像就出现在荧光屏上。爷爷侧过了身体，竟然能看清楚。他说："反了。"电视机里，爷爷是反向睡着。小丁摇了摇头，他告诉爷爷，那不是镜子。他说了几遍，爷爷终于听明白，眼神古怪地盯着电视。

他最后说："好了，你们都出去，我一个人走。"他说完了所有的话，显得精疲力竭，但另有一种轻松。他确实没什么可交代的了。

叔伯们有些犯难，不知道是不是该听父亲的话，老老实实走出去。他们把眼光都投到那个道士身上。道士轻轻地说："死者为大，按他讲的办。"

按道士说来，老人已经是个死人了。

道士安排着把床脚垫高，然后才出去。出去时轻轻地带上了房门。

亲戚们都在堂屋或者院子里等着那一刻到来。道士独自站在窗外，朝里间窥望。他负责通报老人的情况。他似乎是很负责的一个人，卖力地干着这事，眼珠子几乎不转。时间稍微长一点，道士也显得紧张，他的一只手无意识地举了起来。当他不小心把那只手放下来的时候，三姑就哭了。三姑以为道士的意思是，老人家走了。

道士回过头看看三姑，告诉她说："还没呢，慢点哭。"

道士意识到那只手可能传达错误的信号，干脆把手揣进裤兜里面。

爷爷的底气比一般的濒死者要长。亲戚们过久的等待，开始说起话来。他们认为，这可能是老人唱了一辈子歌，拓展了肺量。

屋外陷入奇怪的静寂，远处几声狗叫也沉闷无力。有一刻，小丁清晰意识到，现在进去，马上进去，还可以守候爷爷最后一息。时间稍纵即逝，再慢几拍，将永无机会！他想站起来，身体异常地软，他的脚被现场那气氛钉住。往往这种时候，一个人会猛然发觉，好多事情——好多看似极简单的事情，也完全不由自主。

近处，二伯和小叔聚在一起抽烟。小叔讲起刚才的事，他也看出来，老爹的死和那台摄像机关系甚密。"……我们去接气，爹不想死又活过来，但摄像机给他接气，他不敢不死。爹以前就喜欢摄像机拍他，一拍，他就来劲，今天他被摄像机一拍，死也不怕了。道士那一套有点过时，我们还是要相信科学。"小叔这么解释。二伯点点头，又想到自己亲爹也差不多了。二伯冲小丁说："哪天我岳老子到时候了，你也带摄像机过来帮帮忙。"

小丁没吭声。

道士迟迟没有报丧，这种等待让人心力交瘁。小丁找一把椅子坐下，瞌上眼皮养神。他知道，不定哪一分哪一秒钟，道士就把一只手举起，短促有力地往下一挥，并用他洪亮的嗓音宣告：

"行了。哭吧！"

福地

……怎么又聊到各自怎么来的韦城？韦城外来人多，这话题倒是常聊。现在轮到我说，好的，跟你们不一样，我像是被突然拽到这里，再被扔到这里，然后喜欢上这里。怎么说呢……来之前，我从没想过以后会落户韦城，甚至不知道这是省城，以为桂城才是。不光我，隔了省份，常识经常就变成冷知识。在我们老家，侢城，估计有一半人会把桂城当成西省省城，桂城毕竟比韦城名气更大。读书时候，大家伙发奋读书，想去的地方只好是北上广深，再往下数哪里都差求不多，用现在话多，都叫鄙视链中低端。

刚才老黄说，把一家人带到韦城，是祖坟冒青烟的事。我来这里，要捋一捋原因，也跟我家那块福地有关。福地，不是坟地，我来韦城那年地还是空的，没有坟，我来以后爷爷奶奶住了进去。

我们那里把坟地叫福地，墓碑大都是圭首三折碑身，圭首雕祥云纹，托起两个字"佳城"。佳城就是坟墓。记忆里小时候环着县城四周全是坟，城里住活人，城外住死人，热热闹闹的。现在到处都在扩城，城郊没有了，祖坟也没有了。按说现在的人大都被扒了祖坟，但人们该升官升官，该发财发财，祖坟冒不冒烟谁在乎呢？

我家老人一直看重福地，我妈攒心劲，千禧年买下一块福地，半亩大小。那年，我刚参加工作。

跟许多小县城人一样，我家也自建住房，八一年买的地皮。在那之前几乎都是住单位宿舍，八零年以后可以买地建房，就形成风潮，每一家人都买地建房，用不着和邻居扯皮，用不着家长里短，关起门过日子。楼房都没有设计，自己划张图纸，请亲戚帮忙，和泥砌砖，多快好省，因陋就简，楼房一片片翘了起来。

我一家三姐弟，我行二，头上一个姐，下面一个弟弟，爷爷奶奶一块住。小时候家里还有两个小姑没嫁人，自建住宅，乡下亲戚说我家房子多，把这当旅馆，一桌吃饭经常十几口人，每天热闹。现在日子各自单过，一想那种热闹，都有点不真实。等到我上班工作，找女朋友，才知道这种热闹并非谁都适应。上班头一年我谈了一个，姓姚，彼此看着还合眼，话能往一处讲，见几回面就一块喝酒，白的，那说明小姚对我还蛮放心，其实她酒量大，敞着喝只有我先趴下。快要过年的时候，我想着把她往家里带，因为我们那里习俗，要带回家过一个年，往下才好谈论婚嫁，要不然往后推一整年。我想我有些性急，还没足够热乎就带她回家，一家人约齐了吃饭。小姚当晚还蛮懂礼貌，跟我爸喝了几杯，我爸连夸这女孩孝顺。改再见面，小姚说，你能不能自己买个房？我家三口人，我都嫌不清静。你交个首付，要还有缘分，后面我们一起想办法。我说我家从来都是一堆人凑一起过。小姚说，你是你，你们一家一直住一块；而我是我，你家人越多，往后越不好磨合。我一想也是，结了婚，再不能惦念那份热闹，要有二人世界。我回家跟我妈讲到这事，我妈异常惊讶，说家里这么宽，怎么要往外面住？小姚跟你有什么说法？我发现我妈竟然有些难过，一时就不知道说什么。

我妈是那种把过日子当成为之奋斗终身事业的女人，小县城里，算是有能耐，家里日子安排妥当，十来口人凑一起过也井井有条。我确实从未想过离开这大家庭，以为这是唯一的生活方式。现在，说离开就离开，没那么简单，我想到要从长计议。小姚那边，我支吾一阵。她很果断，说分就分了。当时我已打算买房，小姚不肯相信，她见过我跟我妈说话的情形，认定我做不了主。小姚说，看见你妈和你在一起的样子，我想起旧社会，想起《金锁记》。分了以后，我才头一次摸张爱玲的书，看曹七巧和儿子讲的那些话，有许多我妈确也跟我讲过。

还是一大家住一起，我心里毕竟有了怀疑，想这是不是唯一的活法？我小时候需要照料跟随父母，现在他们渐渐老去我却离开，又是否合适？我不想违拗我妈的意愿，而她似乎希望一大家子一直住一块。我领导升职，他对我的印象还不错，我有机会往市里调。我妈首先表示支持，之后一连半月，坐下来，我妈各种情况分析，我听着句句都是道理，明白我妈的意思，没有调离。

那块福地被我妈接手，是个偶然。住山顶的刘眼镜一天中午敲开我家房门，跟我父母说，给你们讲一桩事，应该算好事情，看有没有这缘分。我妈说那当然好，你讲一讲。刘眼镜跟我爸一个学校教书，那两年身体不行，考虑自己后事，每天去城郊逛一大圈，其实是选福地。终于，他相中太阳冲一处地方。他爱人去看过，也说好，买下半分地，约好合葬墓茔必须一个C一个反C扣在一起，像一个8字没了腰身，这才合得紧。旁边还有一块闲置地，起码四分大小，够十个人用。这便是刘眼镜要说的事："主家姓覃，一个老光棍，急着出手，价钱自然不高。想来想去，把这个信息报给你，要是有缘，你们也买半分，以后接着做邻居。"我妈说，这么多年当邻居，大家都最信得过，以后也不要换。换一家邻居万一合不来，无尽的麻烦，是不是？我妈这么一说，刘眼镜开心地笑。这是我妈为人的能耐。

改天我妈约了刘眼镜两口子往那去，叫上我。我说要上班。我妈就叫我请假，说你们那单位，方便请假不就是唯一的福利么？我说你去看，看着好，我来掏钱。我妈说这个用不着操心。

去了之后，我妈迅速拍板，事不宜迟，一个星期就把手续办下来。整块地差不多半亩，我妈一手搂。我没搞明白，说又不是建房子，买这么大一块？我妈说，四分多地，十来个人一起住进去，热热闹闹，三代同堂。她已规划好，掐起拇指跟我算："两老，我跟你爸，你和你姐你弟，还有你俩兄弟各找一个爱人，九口了……"顺她的嘴，我想到荒野的坟茔，有一座竟是埋我。我头一回想象这样的场景，眼前几乎一黑。我不忘提醒："姐都嫁到朗山去了。"我妈说，反正有那么大一块地。万一，那边没买着福地，你姐想搬回来一起住哩？万一你肖哥也愿意过来呢？我不能不给他俩留，那就整好十人，十全十美。以后，那里就是我家祖坟山，过年和清明节，你的儿辈孙也不用到处跑。我一听，嗖一口凉气，我妈确乎有着长远规划，爷爷奶奶还健在，但她已在为尚未谋面的孙子重孙一站式上坟作规划。见我并不像她一样兴奋，我妈又找理由："现在城郊荒地都被地产圈占，物以稀为贵，福地越来越难买到。现在还按亩按分买入，以后精准到平方尺。"

我忽然有点后悔，那天应该请假，少在办公室喝两壶茶，跟我妈去太阳冲瞄一眼。但去了又能怎样？难道还能告诉我妈，不，我死了不想跟你们埋一块！

我没什么选择，就像无法选择怎么被生下来。我照镜子，看着里面那个自己，老想不通一件事：都说每个活人都是幸运儿，都是长跑冠军，从亿万个精子中间杀出重围，得赋人形，概率略低于两块钱买彩中百万大奖。我想不通冠军竟然长我这样。

那块福地，几个月后我见到，是因为刘眼镜突然去世。其实也不突然，我妈分析，刘眼镜病得实在不轻，绷着劲找好福地，找好以后，刘眼镜一放松，也就撒手了。那天发丧，女宾到一座桥边止步，不能过桥，男客一直把刘眼镜送至墓地。我和我爸跟随送葬的队伍一路地走。坑已挖好，砖红壤很快裹住棺椁，埋一座坟比我想象中容易很多。旁边那块福地,我爸比画出位置。他还跟熟人讲,哎,旁边这块福地是我家的,刚买来,四分多地不到五千。说话时,脸上是有光彩,送别人的葬,还叫朋友参观了自己以后的家。熟人惊呼,怎么能这么便宜呢。我爸说,是个老光棍,觉得自己有一天没一天,就还有几块菜地,便宜卖了换急钱。熟人更奇怪,一个老光棍,日子不多了,换急钱有什么用。我爸这时有些吞吐,说有什么用,咳……这老光棍只一个爱好,喜欢去街边钻那些粉红色小屋,那种事情,全靠花钱。熟人就感叹,说原来还是个老瓢虫,人尽财空,活得真叫潇洒。我爸说,那也是人家的选择。还有个熟人,说这块福地这么大,要么也匀我家两坑?现在买好一块福地,还真他妈不太容易,我们以后住一块也热闹。我爸就说,你知道我家里那个,最会划算,哪一块留给谁,早就有规划了,一个萝卜一个坑。我家从来都是一个萝卜一个坑,不多余。

我和弟弟私下交流这个问题,哎,福地都买好,以后我们都有去处,还住一起。你什么看法?弟弟不像我,没这么多操心,他说买了就买了。我说,你突然就知道自己最后要去哪里,知道一辈子所有的路径,难道没有一点看法?他竟然冲我笑,又说,不是不孝敬,按顺序两老走前面,他们一走,我们要往哪去往哪埋,他们哪又管得了?

我结婚都是买了福地之后十年的事情。那时爷爷奶奶还互相搀着去吃喜酒。女的姓郑,名碧珠,卖保险的,朋友介绍我去她那里办交强险,加了微信,发现彼此都爱看书,有时候看的书撞一块了,就交流阅读心得,她有什么心得我都表示赞同,这样有了往来。县城里面,读书的已经很少,还能撞着同样的书，不至于像彗星撞地球，也是极小概率事件。她也有担心，说你故意的吧，我说不是，正好撞着，其实天知道哩。小郑来我家，看着房屋宽敞，住着不挤，也就没说要外面买房过二人世界。我松了一口气，心想就是她了。换一个人，要我搬出去，我妈那里又是一大堆事。

结婚有点晚，想要小孩，我急她不急，每一次都要戴套，压在枕头底下，上床之前先检查，说哪天底下没这东西，就分床。当然，这也是小事情，她从女孩变成女人，从女儿变成妈妈，总要有点心理准备。她是个不冷不热的人，没一句多话。日子这么过，也有让我心惊肉跳的，比如每到大年初四，我妈就要把一家人带去那块福地，当是郊游。不光大年初四，我妈有几个老姐妹，退了休没事干，我妈时不时邀了她们去福地看一看，听她们啧啧地赞叹，说你家这块福地买得好哇。地皮两千年以后涨得快，宅基地，也包括福地，一零年的时候，一个坑就要一万以上，而且离县城还老远。有老头老太太，得了阿尔茨海默症，但自己老不记得生病，挑好天气跑去自己福地瞄一眼。福地买得太远，山路多有几个拐，老头老太太就走丢，很难找回，甚至再也找不回。这样的事，在县城发生不止一两回，我妈那些老姐妹，由此啧啧地赞叹，世上无难事只怕有心人，有心的人，买块福地都比别人看得远。我妈喜欢把人往那里带，这些赞叹，她当然受用。这块福地还没用上，先蹿起价格，简直是我妈唯一的一次投资成功，怎能不沾沾自喜？不带朋友来看一眼，有如锦衣夜游，憋着难受。

结婚以后，挨近过年我心里就堵着什么事情，到了大年初三，明白过来，是去福地的事。碧珠推销保险的时候是一个热情的人，别的时候恢复高冷，说话都闷在喉咙里，不过嘴，而我们看的书再也撞不到一块。她这性格，搞得我总有莫名的紧张。我妈买福地的事我没跟她说过，也不想她去那里。她早已成年，仍害怕死人。我家不远有养老院，她下班必须从那门前走。养老院死人办丧事经常会有，碧珠白天上班从灵棚前面来往倒没事，晚上回家，不敢从灵棚前面走，打个电话，要我出门接她，带她回家。我俩上街从未搂搂抱抱，只有经过灵棚时，她会搂紧我，仿佛有一只手正拼命将她拽进无尽夜色。所以，福地我不敢让她去，总担心她在那里会有意想不到的情况。用那些老头的话说，她火焰低，随时会被吹熄，易撞邪。

初四一家去福地，我想着不叫她为好，我妈喜欢去，一家人跟后面，但碧珠融入这个家庭需要一段时间。这时候，我就在想我为什么结这个婚，其实还是年纪大，撞见一个肯嫁我的人，就把婚姻当成一件麻烦事解决了。心里没底，有事总想敷衍过去。

碧珠打牌，初三我就把她带朋友家里，由着她打，一把钱递过去告诉她，输了算我的。她就露出难得一见的笑，上了桌真不当输自己的钱。半夜我抽身回家，把她扔朋友那里，初四她回来，一般都在吃晚饭的时候。当然，自家这边，我也跟姐姐弟弟打了招呼，明着说，碧珠脾气古怪，暂时不带她去。姐姐弟弟自然要配合我的说法。到年初四，我妈问我，就说碧珠有事没回家。头一年就这么搪塞过去。第二年，我妈提前几天就跟我打招呼，初四碧珠要是没什么事，跟我们一块去太阳冲。我噢一声，有了经验，初三晚上照样打发碧珠出门打牌，我抽身先回，路上想好一通理由。那年初四，我两个姑姑一早带家人过来，搞大队伍，一起往太阳冲去。那块福地，在我妈苦心经营、长期宣传之下，仿佛成了一个景点。因为人多，少一个碧珠，我妈竟没清点出来。她只顾着高兴，纵是福地还没有坟墓，也叫我带几团响鞭，"先铺垫一下，跟周围邻居搞搞关系，认认门"。一年一年，周围坟墓多起来，林立的墓碑环绕着我家这块福地。那情形，让人感觉自家福地少点什么似的。

转眼，结婚第三年，又到年初三。我照样叫碧珠去外面打牌，自己抽身回来。初四一早天还没亮，睁开眼一看，碧珠就睡在我身边。本来也是正常，她不想打了就回来嘛，这帮牌客不是每一晚都能撑到天亮。但那一早借着微光看见碧珠，不知怎么，真像见了鬼。我起床往外走，手脚尽量轻，碧珠还是醒了。我说你接着睡哈，还早，反正没什么事。碧珠就说等会儿起来，还说你妈昨天跟我说了，今天要往那什么的……太阳冲去。一起去。她说到我妈，永远是"你妈"。我想真是难为她了，还以为叫她去她未必肯去，没想为了去，晚上打牌还赶回来。我就说你接着睡，补补觉，欠一觉十天都找不回。那地方不要去，我跟妈说一声。不说还好，一说碧珠偏就坐起来，跟我说，奇怪，昨天你妈叫我去，我还不知道什么地方，不想去。你妈就说，前两年叫你去你都不去，今天都第三年了，事不过三，去一去。就搞糊涂了，前两年你叫过我？到底是什么地方，你故意不叫我？

我没吭声，碧珠就更加来劲，又问一遍。我就说，我妈没跟你说？碧珠告诉我，你妈很奇怪，知道吗？我问那是什么地方，她竟然跟我说，你去了就知道了。你知道你妈那种神秘的表情，仿佛一定会有惊喜。

她这么一说，我就脑补我妈那种表情。我怎么能不熟悉那表情呢，看着长大的。我妈的神经是有那么点大条，生性乐观，喜欢搞气氛，说话表情都有点夸张。她们是从那个沉闷年代过来，这种自娱精神几乎也是生活逼出来，就像她常说的，"日子长啊，不讲几个笑话，看不到日落"。我想起，自己刚上班那一年，是个下午，我妈电话打到单位，要我早点回，"给你一个惊喜"。我自然踏着点下班，回家撞见一个陌生人，大我几岁，却不认识。我妈说，这是贵州六盘水来的亲戚小文，小时候有一阵，你俩简直形影不离。我不记得这回事，那个小文也说，是吗？我俩一时都蒙，交换一下记忆，我想起来以前是有一个贵州亲戚，叫小丰一块玩过一个夏天。但我妈把小文和小丰完全搞混，小丰是小文堂哥。而且，小丰早几年还死掉了，骑单车，马路上落石头，砸中后脑勺。那一天一桌吃饭，我看对面的小文脸色当然不好，神情一直恍惚，而我那个妈，还在一旁不断地自我解嘲："太像了，真是太像了哇。"《李卫当官》剧终时有一句很跩的台词："我怎么生了这么个妈哟？"当时，我也这心情。

这时候，我非常明白，我妈可以把福地当成惊喜赠给别人，我不能这样做。我告诉她，那是一块福地。她问谁的福地。我告诉她是我妈十几年前置下的，足够大，现在还没人进场。我想这么一说她必然不想去了，但她爬起来穿衣服。我说……我能说什么呢？她说去，为什么不去，今天天气那么好。其实，外面天还没亮起来。

那天的确有点邪乎，一家人聚好正要出发，我爸忽然说牙疼。他的牙疼是老病，不定哪时候就发作，牙疼不要命，只是很想死。陪我爸看牙必须是我的事，我认识人民医院龙医生，由我带着去，他不收钱。我爸那牙也折磨好多年，他疼的时候就说要种新牙，但要先消肿，一消肿，他又往后拖。龙医生给最低折扣，种一颗牙也要几千，我爸受不了这价格，想去路边摊几百块钱搞定，我又一回回制止。龙医生不收钱，他喜欢跟我讲话。我俩都是闷人，但我俩撞在一起，他跟我有很多话说，一边掏我爸的嘴，一边跟我说话。

我却一直在走神。可以想象，我妈带这么多人去那片福地，到地方，我妈的主人翁意识会唤醒，会把自己的远景规划讲出来……呶，这一块是燕声的——燕声就是我爸；旁边那块当然是我。我妈说话，往往一发不可收拾，我又想到，我妈很可能给碧珠比画好一块地……一想到这，我不但头皮发麻，腿脚都哆嗦。我妈脸上还是那种神经大条的笑，揽着碧珠一只手，碧珠不好拒绝，婆媳俩难得地牵手，又往前走了几步。我妈这才说，看，你是这一块！指尖大概比画了一个范围，二十平方米，抵一间大卧室。作为墓地，有这么大一块，堪称豪宅。用我妈话说，以后一家人都归到这里，简直是住进联排别墅。当然，墓碑上不能敲门牌号，要不然，她会叫雕刻匠这么干，门牌号反正自己诌，一个劲带8。她期待着碧珠的惊喜，是的，我妈竟然期待着碧珠的惊喜！事情一定是这样。没想，碧珠像是突然撞了邪，支吾一会儿才问，我……为什么是这一块？我妈肯定大气地说，那好，你看你喜欢哪一块?

我带我爸先回的家,又胡思乱想好一阵,外面听见门响。一家人回来,碧珠走最后,有点累,进了家门直接上楼补觉。晚上,碧珠醒来,我把吃的东西端上去。她问我什么是"佳城"。也不奇怪,她一家也是迁居过来,父母都年轻,可能还不用上坟。

前面说过,我们那里墓碑圭首位置都雕有"佳城"字样。小时候我一家出门找玩乐,没有车,去不了远地方,只在县城四周逛,说白了,印象里全是往坟堆堆里钻。我爸妈爱看墓碑上的字,字越多越来劲,看来看去,拐弯抹角都能算上亲戚。有什么办法,整个县城都这么沾亲带故,一潭死水。我在一旁,按《语文》课本从左到右的顺序,问他们什么是"城佳"。我妈说那叫佳城,就是坟堆堆。我再问为什么坟堆堆要说是佳城,他俩都答不上来。后来还是我爸找了专门教语文的同事,查了查专门的词典,出处在《西京杂记》。那同事把故事讲给我爸,我爸根本不相信自己那张嘴能把典故讲清,叫同事抄在纸上,让我妈讲。那时候,老一辈人做事情总有点认真和执拗,反正时间也有的是。我妈耐心地跟我讲这个典故,我忽然像是搞明白了,死是怎么回事。"佳城郁郁,三千年见白日",那是无边无际的黑暗,无穷无尽的窒息。

那天我还问,妈你什么时候死呢?

……老黄老徐,原来都这样问过,就像问我怎么来的?哈哈,长大了我们各有脾性,各不相同,小时候却都是涨大水时从河上游飘下来的。我妈有准备,她告诉我,不要催我，你爷爷奶奶、外公外婆都还排在前头。这样我就有直观的印象，死还离得很远，中间隔着两代长辈，像隔着两堵墙。

我在县里上班时，工作轻松，日子轻闲，要说压力，就是碧珠一直不生孩子。倒不是身体，每一次她都叫我用套，安全期也不给我一个裸泳。我妈那边催得紧，因我姐能生，嫁到朗山没几年生了三个，一胎一个。民族地区可以生两个，我姐两口子做生意，三胎用钱摆平。我弟弟有了一个，还跟我妈保证马上再弄一个，现在我妈盯着我。我又不好跟碧珠提。做这事她也从来不主动，好像就是被我蹂躏一样，那表情，不快乐，不痛苦，就像坐办公室上班……当然不是我的问题，我算老实人，婚前也弄得别的女人鬼喊鬼叫，我没问题。

是她性情太高冷，当然也有例外，一切皆有例外。打雷下雨的时候，她像是醒了神，或者像鬼片里演的那样变一个人，忽然来了热情。有一晚打雷，我俩躺床上，一摸她果然是比平时烫，示意我进去。我说不想戴套，她也不吭声，做起那种事，她忽然翻身，像是跃上马背，把我跨骑在下面。当然，我不在乎这个，事实上，现在人都很懒，做那事，两口子都抢下位。谁总是占上位，够评劳模。只是，稍后，她忽然停下来，身体发僵。我几乎同时意识到，这种情况以前可没有过。她扭头往后面看，我喊她，她都听不见，怔住了。我知道事来了。和这样的女人生活，男人也会有第六感。我又问她几遍，怎么了，怎么了。终于，她缓过劲，告诉我，外面有人！我说怎么可能？

结婚以前，也有老头跟我讲，婚后两口子做事，碰到雷雨天一定管住老二。我问为什么，他说易生邪怪。旁边另一个老头还进一步说明，做那种事容易把电直接导入房间。怎么可能，我当然不信，那么多年的教育让我成为一个坚定的无神论者，而且物理学的知识我好歹要比两个老头多有那么一点。那一刹，当我不得不信的时候，为时已晚。

我俩的身体这时当然扯开了，我走过去打开窗户，雨就飘到我身上，都六月份，还真他妈有点冷，像是飘雪。窗外一片漆黑，我家窗外已经没有人家，一片荒坡，当然这片坡头还没有坟，买地建房的时候我妈都考虑过的。她是在乎自家的福地，但住宅不能贴着别人家的福地，一码是一码。下了荒坡就是小河。我就跟她说，怎么可能有人呢？这时又是一道闪电，光打在她脸上，是一副魂不守舍的样子，装可装不出来。我当时不敢多想，挨着她坐，搂着她，让她调整情绪。后来打雷闪电过去了，外面变得安静，我不知不觉睡了过去，她忽然又开口说话，告诉我，可能……最近我老觉得有一双眼睛在盯着我，无时无刻，无处不在……

我一醒，就全醒了，哪能听不出她话里有话？我几乎是脱口而出，你不就在说我妈么？一句话把天聊死，屋里头很静，接下来都不再说话，说不出来。我也不知道自己是怎么睡着，反正靠床头板坐着睡了一夜，一醒，碧珠已经起床离开，去上班。那一整天情绪都不对，总感觉昨晚的意外只是个开始，不知哪时算完。

接后一段日子，同样的事情……呃，也就是行夫妻之礼，做着做着，弄着弄着，碧珠忽然又不动了。她整个人突然变冷。变冷就变冷,不做就不做,多有几回我哪还敢碰她,后面就分了床,我睡地板。一旦睡了地板,再想回到床上,就非常不易,她很适应分开睡,有时候我半夜爬上床,她很警醒,说你这么一弄我就睡不着。于是我又滚下床。两口子嘛,分床总是灾难性的。

这样下去不是办法,就像电脑偶尔蓝屏,大不了重启;一天蓝屏好几次,只有联系售后了。两口子的事情没有售后,只能我自己解决。我反复地想,这事情还不好跟她梳导,说理。我要是告诉她,屋子里不可能有那么一双眼睛,特别是黑夜里,不可能有双眼睛,随时盯着你——她就会说,你都不肯信我,我还说什么呢?如果我相信她的话,承认是有这么双眼睛,那么按她的意思,刨根究底,追本溯源,这事要找我妈解决。她总有办法让我陷入两难。

后来,我只是问她,这事情要怎么解决,你说了算。她也不拐弯抹角,说我们离开这里,到外面租房子住。我说这事不好弄,我一直和家里人住一块,现在家里老人多,需要年轻人照顾,这时候我搬出去,说不过去。她就冷笑,说我搬出去,你住这里。我知道她是来真的,只好说,我跟我妈商量一下。她说,你是跟我过日子。我说,即便要搬出去住,也要打个商量,再说我妈经过的事情多,考虑问题也比我们周全。

我多说这么一句,是自找没趣。碧珠说,那是当然,我们怎么可能有你妈周全?连我们死后要往哪里埋,她都安排好了。她这么一说,完全证实,先前的预感都没错。初四那天去了福地,我妈定然说了什么,她一直记着的。我说我会跟妈讲一讲，然后房子是要我来租。碧珠答应缓一缓，只缓三天。我不好多问，心里想，为什么总是他妈的三日为期呢？

我不知道怎么跟我妈讲这事，开不了口，但我妈能看出事情，恰好第三天，她把我拉到一边，问我是不是有什么事情。我干脆告诉她，要搬出去住。她问为什么，我那几天自然已经想了理由，说那地方离碧珠上班的医院近。我妈知道这哪是真正的理由，一个县城一共才多大？那天她看着我，像小时候我犯了事那样，她看着我，要我明着说，做一个老实孩子。我怎么说呢，说我家人多，碧珠待不习惯？但她明明待了两年多，怎么会不习惯？我妈会问从什么时候开始有这状况。一俟开口，我妈几番盘问，我也许会说出来，最近碧珠老觉得有一双眼睛盯着她，精神都变得有些恍惚。以母亲的能力，一直追着问，我哪能做到滴水不漏？她要是听出来和她有关，那就变成是我自讨苦吃。

我不多说，执意要搬出去住，还好，那天母亲没有过多纠缠，说由着我俩。又说，你什么都不肯说，我总觉得有什么事，你也没有搞明白。我不拦你，你赶紧去找房子。

小县城的房子好租，我在医院旁边棉麻土特公司家属楼租到一套，五十几个平方米。住惯了一大家子凑一块的私家宅院，再去小宿舍过二人世界，确有一种意外的自在。只是，碧珠要求分房住，出租房正好有两间卧室，我和她各一间，分了就不好合，她说她觉得这样很好。我忽然反应过来，以前一间房，床上床下一分，我都再也上不了床，何况现在分了房？我有一种无力感，相信其实是我俩感情出问题了，我也许还懵然无知，但事实是明摆着的。果然，有一天我回到租住的房，碧珠那间房门敞开着，东西搬走了。我等了两天，收到她发来的消息，说她在韦城的友邦保险找了工作，直接是分公司经理。她不跟我讲是她已经决定好，讲不讲结果都一样，"省了扯皮吵架"。她还说有事打电话商量，要面谈过去找她，去到韦城，她会讲她的住址。

当时我感到很诡异，忽然怀疑自己是不是真的结过婚。如果结过，这算是怎么回事？两地分居？我相信我父母那一辈人不会碰到这样的事，他们的婚姻普遍挺有质量，掰不开摔不碎用不坏，不像现在这么多假冒伪劣。我恍惚了半年，后来还是我妈跟我说，要是不安心，你就请假去韦城那边看看，过一段时间，看看怎么回事。又说，要是有些事情弄不好了，也不要勉强，做个了结。我想不到她会这样说，但是她一说出来，我知道，事情本来就是这样。

所以我来韦城，是个偶然，我冲着碧珠来的，那是一二年秋天的事。来以后，我打算待一阵，索性在"江滨新苑"那里应聘售楼，一面试就通过了。和本地人比，我讲普通话别人都能听懂，这也算个优势。我来了以后，跟碧珠见了几次面，完全不是两口子似的见面，我要打许多电话，发许多信息，她一再推托，推到不能再推，晚上一起吃个饭，聊一聊。能聊的还能是什么，只有离婚。我在单位办了停薪留职，在这边待了一年多，把婚离了。婚后碧珠很快跟人结了婚，在此之前我还真没想到，她天生一个冷冰冰的人，我还以为……至少没那么快。她说是离婚以后认识的，我也信，不信又怎么样，反正离都离了。

我没跟我妈讲我离婚,更不会讲碧珠这么快又结婚,反正就在韦城这么待下来。也有小庆幸,当初没被我妈刨根问底,要是把问题追溯到她带碧珠去看福地的那一天,现在反倒尴尬了。她说的是对的,有些事情,其实是我没搞明白。

来到这里,拖着要离婚的一年里我想明白了很多事情。我不在乎她和别的人有什么样的故事,只在乎一件事:我跟她确实已经结束。这可能是我比父母那一辈通脱的地方,没有再用背叛啊一类的字眼去定义感情。后面我回家,家里有亲戚安慰我,我感到很惊讶,心里在说,这都什么年代了?而他们看我这反应,又说我去了韦城,整个人都变了。

也许我真的变了,来韦城以后我很适应这里,一个省城,以前因为离边境太近不让发展,我过来,正好赶上韦城放开了发展。我卖楼从一开始的三字头,再到每年两个字头地蹿起来,到现在都已破万。买涨不买跌,我算赶上时机,也是来了以后恰好发现自己搞销售还颇有点天分,赚钱肯定比碧珠快。后来碧珠和她男人买房,撞上了,我一点也不尴尬,主动迎接,真给他们搞到最优惠价格。他俩一开始还不信,出去转了一圈,后面还是跑来找我,要我推荐的那套。为得到最优惠,那套房我一分也不赚,我喜欢自己这个态度。

以前在县城一个破单位上班,以为一辈子就是这样了,后来母亲把福地买好,进一步感觉到无处可逃。县城还是太小,上一次街买东西,都要见到那么多熟人,打不完的招呼,我心里面很烦;晚上去吃烧烤,周围每一桌都是熟人,互相敬酒,心里骂娘,在说怎么又一个认识的?来到韦城,纵不算特别大的城市,好歹有三百万人口。我觉得,一定要到人口足够多的城市,才可能感到安静,真就是诗里面说的:唯有皇城最堪隐,万人如海一身藏。我有一种说不出的自在,我打算留在这里,置房以后,把户口也迁过来,要说更重要的理由,是我确实想离开老家。以前活在县城,感觉像一只风筝,线的一头拽在母亲手上,绑在福地的灌木桩子上;现在来了韦城,迁了户口,感觉风筝线扯断,一时真是,海阔天空的感觉。我发现我还年轻,真的不想知道自己以后死在哪里。

我是不是该感谢碧珠呢?

那年回家过年,我告诉父母,自己在韦城买了房,也就迁了户口。母亲眼泪忽然就流出来,又说,是好事。我知道母亲就这么个人,能力很强,控制力很强,把一个家弄得井井有条,同时也不想让任何人离开,就这么守着,挤挤挨挨热热闹闹地住着,从摇篮到坟墓,从老宅到福地。她最爱跟我们说,她去过很多地方,去了之后才发现,只有我们伸城最好居住。小时候,我听得多了,有如洗脑,也相信,也不得不相信。但我终于离开,发现不对的,母亲其实没去过多少地方,小县城又太拥挤,能离开的都离开了,这不足以说明一切么?

一五年的时候,县城大搞建设,开发商到处圈地,福地突然飞涨起来,一个坑,不到十个平方米,能卖两万。那时候别人就劝我妈,你家福地有半亩,整平了,规划好,能有三十个坑哩,自家根本用不完,何不趁着涨价卖几坑?只要消息放出去,转眼就能卖脱。但我妈不干,她跟别人说,自家人,住宽敞一点才好。跟自家人说,不能急,价格还要涨。要是那时候把福地拆卖了,能有六十万,在县城能买一百多平方米的商品房。

到前年,大家都知道,殡葬改革忽然就最大力度推行。在我们县城,买了福地的,都不能用了,甚至建好了墓安好的碑,只欠一个棺材瓢子往里塞的,也不能入土,要到殡仪馆烧埋,骨灰放进统一的灵塔,有专人管理。人家就跟我妈说,你看,当年你不出手。机不可失,失不再来呀。我妈一声不吭,她想不到会是这样,买了福地,说住不进去就住不进去。

但一切都祸福相倚,以前父母不肯出远门,离家两天就归心似箭。福地没了以后,两人仿佛突然想通了,愿意出远门,去年冬天来到韦城跟我住,一住几个月也不怎么惦念俚城。我意识到,他俩其实也像风筝,只有断了线,才好去到更远的地方。老人家怕冷,这里没有冬天,适合他俩。我问我妈,这里跟俚城比,哪边好住?她就笑。今年父母一直在这边跟我住,而我离了婚打单身,也是有一个福利,那就是行孝。要是拖妻带女,父母是不好住进来的。

放休的时候,我开车带两老在城里转。有一天去了西芦岭,那有外环线,环线下面有许多过路涵洞,穿过去,就会有一个小小的村落。那天我妈来了劲头,老是叫我钻过路涵洞,过去打望一眼。那些村落,格局也跟我老家一样,有山有水,不规整的田垄和菜地。车子绕村兜一圈,风景固然还不错,但我妈脸上却是失望。尽管失望,往前走又碰见一个涵洞,她总是说,来都来了,再过去看一看。多钻几个涵洞，我慢慢看出来，她其实是想找一找，这里有没有坟墓，有没有别人家的福地，嘴上不说。如此连绵的一片山岭，山谷中一个个村子，却找不到一个坟堆堆，岂不是有点诡异？但是，确实，那个下午我们在西芦岭一带郊区没找到一座坟墓。沿着外环，还有无数的涵洞，我到底累了，不想再钻，不想再看那些大同小异的乡村风景。我忽然跟我妈说，韦城的殡葬改革，都推行几十年了，以前有的坟墓，因为统一规划，都已经迁走。我妈愣了一下，又说，是形势发展，是好事。我想，也只能往好处想。没了福地，故乡更模糊，去哪里都一样；再说现在出门容易，交通过于便利，去哪里其实都离家不远，不是好事么？

郑子善供单

——郑子善。

——小的在。

——直隶人？看你就不像是苗人。你初供是谁录的⋯⋯老齐？我看你也是没事憋坏的，颠苗造反怎么掺和你这么个侉子。

——大人，只是您没看见罢了，闹事的颠苗里头其实什么鸟人都有，北侉子南蛮子江西的老俵下江的老鼠⋯⋯苗人还从伊犁那边弄来个家伙，尺把长的鼻子，瓦刀脸，一对猫一样的蓝眼睛，晚上睨着就跟鬼火一样的，挺吓人。你们抓了颠苗问话，他们也逮了官兵讯问，比你们还不像话一些，谁不开口就灌粪，怕你吃冷粪哽不下喉咙，他们还煨个七分热，再灌。那场面，让小的背后想着还冒冷气——人吃自己拉出来的东西是怎么个模样，大人您是绝对想不出来的。过后小的心里头就寻思着，要是哪天被逮着了，千万问什么就供什么，别让问话的大爷发火。横竖是个死嘛，犯不着再吃受其他的罪……那个伊犁来的大鼻子懂旗人的话。颠苗有时逮着旗主儿，就用得着他。有几个当官的旗人又摆谱又怕吃粪，咿里哇啦地跟你讲旗人的话，冒充不会讲别的话。于是苗人叫大鼻子翻转成苗话，苗人就懂了。有一天我上茅厕碰见了那大鼻子，他正紧着裤腰，知道我是打河北来的，一张口竟说出几句官话。我就奇怪得紧，心里想，这家伙可真他娘的是个杂种！

贝子爷福康安殁了的事，就是大鼻子从一个旗人那里问出来的。那天，两个苗人绑了那个旗人问话，一开始那旗人装出个很硬扎的样子，于是苗人扒开他嘴巴往里面插漏斗。等苗人把一担粪挑到他面前，那旗人就蔫巴了，扯开口就是一大堆话。大鼻子听懂以后显得很兴奋，跑去找石老贵邀功。苗人听得来劲，当晚放倒了几头牲口喝了酒。喝酒的时候我才知是福大帅殁在营里头了。这是苗人搞掉的最大一个旗主儿，所以也就兴奋得很——听人说，这个"十全武功"的福康安，表面上说是忠勇公傅恒所生，实际上是当今太上皇他老人家的野儿子？

——放肆！

——哎，小的也就是随口问问，不信。皇上他老人家晚上翻牌都翻不过来，又何必让忠勇公去当绿王八呢，朝堂上见了面，大眼瞪小眼的，也难相处啊。说这话的人真是不知人家皇上都怎么当的。小的其实根本不信。这也不能怪那些乡野鄙人没见地。人家皇帝是什么人啊，这普天之下，率土之滨，所有人的老婆归根到底都是……

——你这厮满嘴喷粪，招死！

——大人，您这话就讲差了。小的再想招死，怎奈也死不了两次啊。您以前读的书里头不是有一句说，民不惧死，又何以以死惧之。还真是这理，您可能读过而已，但小的心里真就是这回事……当然啦，小的也不敢拿这贱命跟您比。大人贵姓田对不？初供时齐大人交代，是姓田的大人给我录复供。田、彭、向三姓是本地人，对不？您看，现在是满人杀颠苗，我们非满非苗的，何必瞎凑热闹？

看大人的面相，怕是而立刚过？小的少说也虚长大人一轮年纪，反正也没有几天了，就等着那吉时一到给老爷们唱唱曲儿，讲两句狠话，也了无牵挂。大人，您也看得出来，小的也是个苦命人呐，一身的侉子相，从北边蹩进这破地方，什么样的罪没招过？穷亡魂的时候连老婆都卖给富苗了，丢人。现在，又稀里糊涂跟着苗人犯下事体，命也保不住了，想起来免不了有些委屈——都是后话了。大人，小的看您面善，眉眼里都透着和气，能不能跟您找个商量？您看，小的挺实诚，大人要问话但凡有我知道的均据实禀上，直筒倒豆一点都不落下。大人能不能在最后几日留小的一个快活，任小的有什么话也一吐为快了，在阳世也他娘的最后过过口瘾。合着，死了也不那么冤得慌。没法子，人不像人地活到如今这模样，没做出个事就撂下个嘴皮子痒的毛病来……大人您放心，您该听的听听不想听的就当风声过去。反正，到时候小的一声"咔嚓"，您听过的没听过的也没区分啦。这样的顺水人情，合着，大人您理当成全吧。

能给我抽一袋烟么？

——你还抽得什么烟呢？

　　——水旱烟袋都抽得，就是鼻烟也扯上几鼻子好了。到这分上，小的还能跟您挑剔么？

　　应该是嘉庆三年的事，因为那年我大儿子亦培想去乡团供事，我拦了他，他跟我红了几天脸。还有，我记得次年太上皇他老人家就驾崩了。那时候颠苗闹事的基本平了下来，不过，府衙里头还在一直折腾，巴图鲁章京啊提督啊总兵啊之类的人物下来有一堆一堆，谋起事来总像是在吵架，让我们这些乡旮旯的人是开眼了。死的人很多，连贝子爷都搭进去了一个，再死别的什么人也就不会有何稀罕。镇筸城里头每天都新提来许多逮着的乱苗分子，发下来由我们讯问。牢子挤得紧，不够用，隔三差五地总要判斩了一批，也好给后来的家伙腾出地方。北门楼上木格盒子里的人头也总是要空掉，重新装上新鲜的脑袋。按说，两三天就换上一次，不至于腐变的，可这城里一年到头腐臭味没有断绝的时候，让人闲没事时忍不住一个劲地犯恶心。

　　我也不想讯问那个侉子，很明显，这家伙问不出什么油水。

　　应该说，这郑子善算得是个聪明人，挺会说话，油滑着，却又让人不那么讨厌。和一般的侉子不同，总觉得这家伙更像个河南玩猴戏的。他看得出来，我一定没有给主事那一党子使孝敬钱，才分配到讯问他的地步——这理我不可能不知道，但我实在使不出孝敬钱。总想讯问到一个晓事点的先拿点赏再去孝敬他们，可他们真就发了个侉子让我审，也太不够意思了。郑子善跟我扯到这事，还一脸难为情的，仿佛不能供出几条可以邀功领赏的好事，他心里也过意不去。

也许，从那时候我打心里觉出这人的好来。我把老顺支走了，他昨晚打牌没有消停，哈欠一个一个地冒着。我叫他走他正合了心意。我跟老顺说，嗐，隔栅子比牛栏还厚实，他手铐脚镣的，让他闹也闹不起来。我一个人应付得了。郑子善也在里边说，是啊大人，这里面舒服，叫我走我也不走。我相信，他说的是真话，即使我们之间没有这道隔栅，他也一定会像个朋友那样，拣他自己想说的说。

估计他是三天后问斩的那批子人。我想，这三天，就算做做善事，随他说得了，说到哪是哪。也许，一个人把心里话吐痛快了，才好上路。

知道无事可记，我把笔扔到一边，随意地听听。

——小的本来是个硝匠，给人整整板皮。我们那里的人都是靠弄这事为生，这门子手艺哪时候传下来的小的自己也不知道。哪地方的人干哪地方的事吧，就像大人您一样，镇竿的爷们不残不缺，到了年纪一般都是要进乡团的。那年小的从下江弄了个婆娘，七弯八拐地到了灯笼寨，富苗石贵三就让小的给他弄板皮。他们颠苗的地界山高水恶，可是兽物出得有不少，小的一弄就弄到了年关，天天没少活计。富苗不少小的的手工钱，挺好讲价的，穷家子没钱开，让小的五抽一，那便是更划算了。小的慢慢也就在灯笼寨安生下来。其实，侉子也他娘的有祖有根，只要生计日弄得过去，谁又想到处窜啊？这样，在灯笼寨一住就是十几年，小的满口苗话都说得比乡话还转了。

苗人又问小的会不会弄火药。他们知事不多，火药匠又难请，这一想才想到我来。他们就想呐，小的既然是玩硝的营生，那应该跟弄火药也差不离吧。小的大概听上辈的人说过一丁半点弄火药的事，也想多搞点生计，硬一硬皮头就向苗人应承下来。苗人地界产硫磺，土硝到处都刮得出来，原料倒是不缺。还合着小的活络，头两锅火药出来以后药性太皮，灌不得枪的，多来几道手脚，小的就可弄出十足的火药来了。石贵三很是高兴，给赏给得不错。于是小的见是条门道，打这以后就是弄火药为主了，间歇也不耽下硝皮的手艺。前头那些年，石贵三叫小的加时赶制火药，还叫两个半大孩子帮打下手工。小的见钱好赚取了，一时也来劲得很，一天大都可以出二十几锅货。当时小的心里也纳闷着，没事弄那么多火药来，打鸟打兽的也根本用不了。有一天见了石贵三，小的就问他弄这么多火药肥田啊？石贵三还跟小的逗趣，故意不说，反而问小的说，你说呢？小的也笑着说，不像是打鸟，倒像是备着打人。石贵三"哦"地一声，道一句，看来还得借你吉言，多打几个人来剥了炖了尝尝味道。说着就走得远了。

石贵三叫小的弄药，小的弄就是，按锅收钱。反正，那阵子钱挣得过瘾了，每天晚上小的都听几遍铜钱撞响的声音，才去睡。说真的，这辈子也就那一段时日，见了钱活得那么开心。有钱了，老子……小的哪管石贵三要干吗呢，小的又怎会知道当时这颠苗已存了反心呢？大人您说小的有向苗之心，小的这倒不认。这些年小的认钱二哥的家门一直还没认进坎，日子总感觉不是人样的，哪有那些个闲心管他娘的向苗向满呢？

小的记得几年前苗人聚头闹事的情形。起因大人也是知道，那位当么子官的旗主儿在八面山围猎消夏，得急疫殁了，反倒说是当地苗人放的蛊……嘿，不说了，大人也是知道的，当时小的陪着石贵三去看了情形，真叫人二伏天背心也直泛疙瘩——八面山寨那一百多口人呐，死得是一堆一堆，沤几天以后对面山黄瓜寨都闻得见蛆臭味。就算死了那么多畜生，看着也堵得慌啊，小的回去还干呕几天。

苗人当时真的煞急了，传了信，十八洞的主事全都往灯笼寨聚。当晚小的去帮着剥牛皮。记得那晚石贵三嘱咐小的们一共放翻了七头大牲口，当时小的心里暗暗地想，石贵三这个悭吝货也拿自己的东西不当东西了，看来是要横下心闹一竿子事的。

当晚灯笼寨子真个是灯笼挂满了，苗人的主事全围了一大桌，七嘴八舌说起事来，一边说一边喝，酒里头都滴了鸡血，一碗一碗的瘆人得很，让人心里头发毛。喝到月亮当头时分，差不多就全醒了。这时来了个杠仙的师傅，杠了一阵仙，忽然发起羊癫风来，打一阵疾摆子，往后就是妄语，躺在地上嘟噜个不停。帮衬的鼓师凑过去一听，也发癫一样跳起来道，找到啦找到啦。

这时小的看见好一些穿了干净衣服的苗人，整齐走过去把石贵三扶起来。石贵三早就像一摊泥似的，扶了两次，稍一松劲又溜了桌子。后来还是杠仙的师傅有办法，往他嘴里灌了点什么，念上两句，石贵三的眼睛一下子又放起光了，看上去很来精神，竟稳稳走到了高台子上坐了下来。小的听旁边一个老家伙说了，这才知道，原来先前杠仙是在寻龙脉，一寻寻到这龙脉根子竟然扎在灯笼寨底下，还说石贵三就是现世苗王，天生的异禀，骨相应着龙图。几个苗妇给石贵三换上一身的黄布衣服，戴上银冠，下面所有的苗人一下子齐斩斩全趴在地上磕老大个头。小的当时正纳闷着，心里想这么些年怎么就没看出来石贵三有异禀呢？现在看看他高坐着的样子，倒像是有点与众不同。具体在哪里，又说不上来。当时他面膛红极了，像是年画上的关武圣人，气派。正想七想八，小的也被人往屁股上踹了一脚，于是小的也知趣磕了个响头。后来那阵，苗人跟攻寨的乡团干了几回，乡团还真没办法攻上来，每一遭都丢下几十个死人。寨上的人说，这都是真龙在保佑。那时小的也被颠苗弄昏头了，忽然觉得以前天天见着石贵三也是福气，现在再想见一见，人家也未必想见小的了。

有一天天擦黑的时分，石贵三叫人喊小的到他房里喝酒，说是好久没见小的了，差点都记不得小的长什么样，这才叫小的去一趟。小的和他喝到下半夜，他的话也就多了起来。忽然他问我说，老郑，你都说说，老子是现世苗王，你他娘的都信不信？小的赶紧说，当然啦，小的一直瞧着您跟一般人不同，又说不上来。那天一杠仙，合着他们一说，小的心里一下子就澄亮了。石贵三就笑了，说，信信信，老子自己都不信你信个屁啊。

石贵三说他自己都不信，嘿嘿。

等小的要走的时候，石贵三还说他把秀巧封了贵人，他不会亏待了她娘俩。他还告诉小的，贵人就是皇帝老子的填房……

——这秀巧又是谁？

——呃，这个就不说了，丢人哩……大人问事，小的不敢不说，但这事无关紧要，容小的后头说给大人听吧。

后来苗人们闹事也就闹得大了，乡团弄不了，请总兵请提督，再打后就是巡抚压阵，亲自到苗人寨脚下了。寨里有些人开始着慌，看这事闹得越来越不可收拾，叫石贵三别玩了。石贵三是念过几年学堂的，他就说这事到这地步，收也收不拢了，横竖都是个死，不如闹到底看看到底又会是怎么地。别人不信呐，寨子里有几个人，全苗十八洞的人合在一起能凑出几个丁壮，谁的心里也明白着，摆明了以卵击石的事情。小的也看出来了，就想着得走——能活着谁愿意陪他们死啊？小的都想好了，找个没星没月的晚上开溜，滚到寨脚，能躲过就更好，要是被官兵逮着了，就说小的是被苗人掳上寨的，迫不得已。小的又不是苗人，八成也混得过去……

——那你前番被逮着了，怎么就不照你现在所说，混过去了事？

——大人您说得，小的能有这么傻？这茬小的不是没想到，试过了，可一同被逮的苗人哪肯放过小的，一口咬定小的还是他们的小萝卜头。人呐，您说，都到要死的时候还能见别人活得比自己快活吗？都恨不得多有几个垫背，小的从灯笼寨走了一趟，真个是黄泥巴沾了裤裆，说那不是"米田共"，有人信吗？

那几天秋天气候，晚上亮着，小的一直没寻到机会。实在等不得了，瞅准隔天就动身，可有一个陈姓的铁匠比小的先了一着，先一天晚上扯开床单搓成绳子要下山。不巧被逮着了，回来就让人撬了脚筋。打那天以后，苗人对我们这些外族做事的，看管得挺严，一天到晚不放松，再找不着机会了。小的知道是晚了一步，只有跟着苗人同进同出的分。那个铁匠被逮回来以后，苗人讯问他，他哪敢承认是要下山去跟官兵联络啊，那肯定就保不住大头。铁匠认死了说，他下去不过是一年多没沾那事了，下山只是想寻寻自己的老婆。铁匠说那玩意撂荒太久了，试试还能不能用，隔两夜又回来。苗人也不傻，哪里肯信，到底是把他的脚筋挑了，命却保了下来。其实他们苗人少不得我们这些外族的匠人，陈铁匠做得一手好枪铳，叫他们杀了他，他们也不会。

也亏得那个陈铁匠，石贵三寻思再三，跟我们这些外族来软的，安一安我们的心，不知从哪里弄来几个女人，配给小的们，耐不住时用一用。那时日过起来也顺当一些了。有次石贵三又把小的召了去喝酒，还问小的，想不想她娘俩。小的登时来了酒劲，说，想啊，怎能不想来着？石贵三嘿嘿一笑，说把她还给小的得了。他说现在他够用得很，不在乎那个把个。小的赶忙说，咱们可是公平买卖，银货两讫，哪有再收回来的理啊？石贵三还夸小的硬梆，是个汉子。小的心里面也打了小九九的，想来想去，还是后面发下来的那个好用，年轻啊，何必再要回她呢？

仗就那么打下去，周围的苗人也跟着闹起来，一时也看不出气象。但苗人终归是越死越少，而官兵则越杀越多。别的地方也老是传来，又出现苗王的事。林林总总，先后怕是出了二十多条苗王吧。小的们难免猜疑起来，到底谁才是真正的苗王啊，又到底……以前的苗王是不是真个传下了嫡裔？石贵三对这事有他自己的解释。他说，这苗王，其实像一蔸树一样有好多的根，这根也就是龙脉，枝枝杈杈地在地底下乱拱，拱到哪里哪里就能出苗王。所以苗王前后出了二十多，也不足为奇，再出几个，怕是那根又拱到了他们寨子。但是，石贵三说，这蔸树的主根，是在灯笼寨底下的。这是铁板钉钉的事实，谁也翻不了，以后杠仙的合准了龙脉的走向，其他那些个苗王都要来灯笼寨伺候他这个苗王的。

　　灯笼寨人心惶惶，虽然他们牢牢看住我们几个外族，可他们苗人也有逃下去开溜的。石贵三眼看着再这么下去不是个事，非剩下他一个光杆儿王爷不可。某天他就叫人吹了号，把寨子上上下下的人都聚在坪场上，给大家训了回话。他说道，仗还没打到头，怎么自个先乱了阵脚呢？下去被捉住死得很惨的，不如聚在这寨里闹到底看看，万一风水转得到，什么事都可以发生，讲不清楚。现在鞑子兵掌了天下，汉人失国，你们以为真的是满人抢得了龙脉活该有天下？错了。当初太祖努尔哈赤在他们老家弄出个汗国，其实就是说，他们满人也就准备着自保一方罢了。后来吴三桂说好了给他们开门，多尔衮带着人进了关，一开始也不过是想着捞一把而已——汉人多少口子，他们满人满打满算又有几个啊？给他们这份心他们也不敢觊觎整个天下的，不过是想趁乱揞点油，反正进了关，再怎么也亏不了车马费的。没想到，他们进了关才发现这汉人有那么苕，一路走来摧枯拉朽，搞得他们自己都摸不着头脑。这不，一不小心满人就进了京，一不小心就当了皇坐了朝搞得了天下。这事就是这么整下的，不由得你不信。当然，石贵三又说道，还得亏了睿亲王是个人物，会笼络人心，还真的把那么多的汉人都安定下来了，真他娘的不简单。

大人，您还别说，那天小的听石贵三这么一说，心里觉得还就是这么回事。这石贵三毕竟念了几年书，说得有头有脑。话说完了他还没有尽兴，头脑一热还随口编出四言八句来，开头两句是说，邦畿千里，维民所止——这是从哪本书上搬下来的，小的以前也听别人念过。下面就是他现编的了，说的是，彼有万兵，吾统万山；满汉苗瑶，平坐平起；彼不犯吾，两相为安；彼若犯吾，有来无还。

当时小的觉着这话跟快板一样，听着顺耳，好记，也就记下了。

颠苗受了这石贵三的鼓噪，性起了好大一阵，下到山脚去一连打了好几场胜仗。那两月，官兵都不敢在山下安寨了，清静起来。石贵三也乐得轻松，不时聚了小的们喝几盅，论功行赏。那次他又喝得醒了，忽然道，今日备好一套帝王老子的袍子，穿出来你们也看看，老子像不像那么回事。说着摇摇摆摆就进到里面，磨蹭好一阵，真个穿了一身好衣袍出来了。小的隔得远，眼又上了酒劲看不清楚，花里胡哨的一身，蛮惹眼。苗人们"哄"地又给他跪下了，小的也不敢不跪。结果，石贵三他就坐在椅子上睡了去，小的们没听见他道出平身两字，不敢乱动，一直跪着。那时天气也太冷，小的不知跪了有多久，寒气上来小的一个劲哆嗦，酒劲慢慢地消了去。

后来小的耐不住抬起头看看,身边的苗人竟也跪着睡去了。石贵三软塌在椅子上,一身好衣袍穿得松松散散,嘴角流出涎水来。小的再怎么看,也觉着他像是个唱戏的。

亦培终究没有听进我的劝,瞒着我,邀了隔壁小严跑去入了册进了乡团。那天他一身乡勇打扮,蛮高兴地跑回来告诉我们这回事。我也不能说什么了,短训过后他们就要开拔去增援天星山。那边死的人多,他能怎样,全看造化。

听郑子善闲扯了两天,还入味。这侉子走南闯北知事不少,挺叫人开眼的。昨天下了雪,郑子善冷得打摆子,我给他弄了双布袜,今天他看上去要好一点。他烟劲挺大,这两日我称来的三两烟丝都被他抽得差不多了。他每装上一锅就抬头看看我,说道,给您添麻烦了。然后嘿嘿地一笑,现出很快活的样子。

今天是跟他待的最后一天了,晚上他就会吃大餐,明天就再也见不着他的。也不知是为何,心里有点乱。随即有些纳闷,这几年看过的死人没有一千也有八百了,怎么还看不开啊?今天一到牢里,挺闹的,人头拱来拱去。一问,说是天星山灯笼寨苗王的老儿子被几个马兵逮着了,昨晚押来的。衙里的人众今天没事,都来看看,看这王子是不是有什么异禀。看了的人都说奇啦奇啦,这个苗王之子是长得与众不同,跟苗人不挂相,倒像是个侉子,高高大大的,一张瓦刀脸棱角分明。由瞿四这家伙问讯他,看来瞿四又给总爷使了钱的,他次次都问到乱苗的头头脑脑,最近讨了不少赏。

这回,他们说,瞿四要是问得好的话,事后就可以再纳个小的。他娘的这家伙!

又听说,那长得像侉子的苗人不认这个账,他自己不信自己还是什么王子,他还说在家里,他老子管他叫畜生。

我一时好奇就挤进去看了,隔着牢笼,乍一看这苗人很年轻,十六七岁的模样,个子挺高。再一看吓了一跳,那眉眼那长样,分明一个小郑子善嘛。

——看出来了?!

对,他就是我的崽,要不然天底下哪有长得这么像的。他还没出娘胎的时候我就给他想好了一个名,叫郑再生,意思啊,就是下辈子别投胎到穷人家了,也投一门富胎,当个小少爷。他还没出生我就觉着挺有点对不住他的。他的娘秀巧,是我从下江一个小户人家拐来的。她娘家自是不愿意让女儿跟了我这么个江湖把式,可她缺了心眼就是一门心思要跟我跑。我们一跑就跑到这里,在灯笼寨住下了——这先前也交待过的。头一年还弄得几个铜钿,秀巧也有了身子。我还以为我的日子就会好过起来,嘿嘿,那个时候我还以为会在灯笼寨起家的。没想这里瘴疠太重雾气熏蒸,水土不适,搞得我病了一场,天天打冷摆子。请个医生开了好几个月的药,手头没钱了,就把秀巧带着肚子卖给了石贵三。也许石贵三老早就打起秀巧的主意了,知道我没钱用了,就央托老九给我出主意。两相一拍合,就交钱交人了。

我还以为石贵三会撵我走,要不然,一个寨里头碰见也难得看脸色。可是石贵三他挺不在乎,照样把我留在这里——石贵三这人其实挺直的。

我病好转过来,秀巧也差不多要生了。那天寨里很热闹。石贵三大房的是个石女,没给他生下什么东西,所以,要是这个崽生下来,就是他家的老儿子。我在门外候着,接生的婆子一出来,我就问了,是男是女。她就说,带把儿的,好大一坨。听她这一说,当时心里觉得很亏,想呐,怎么当初就没把秀巧肚里的这个算钱呢?卖个婆娘还给他添个儿子,我这生意做得真是亏大了,血本无归。

有一天石贵三出寨了,我偷偷摸摸到秀巧房里,看一看孩子。孩子很胖,我觉得也很像我。秀巧见了我,不说话,只是流眼泪。我看了看儿子,越看越像我,心里也就越发地不舒服。我去问她,我们的郑再生现在叫什么名字?她就告诉我说,现在叫石富生。我一听,是个好名字。

那天我还在秀巧房里磨蹭了半天——其实,大人不瞒您说,我冒这么大的风险爬进去,当然不光是想看看儿子,反正不是我的儿子了。把老婆卖了,晚上就越变越长了,日子真他娘的难过啊。秀巧那天也不作声,随我怎么弄都行。我们还像以前那样,恩爱了好一会儿。我好久没来这回事了,我躺在秀巧的身上,越想就越委屈。

隔了几天,瞅准机会我又去找秀巧。可是这个婆娘不买账了,我再想进去,她把窗格子都关个严严实实,一点缝隙也不留了,让我自个揳过去。我明白过来,她这是在提我的醒,告诉我,她已经不是我的人了。

我想这也不能怪她,是我自己不像话,怨不得人。

起先,石贵三还是挺喜欢这个儿子的,随时抱来抱去,像自己生的一样。后来他又讨了两房婆娘，劈里啪拉地跟石贵三生了一大堆带把的货。再说这个石富生越长下去就越像我，像个姓郑的，一点也不跟他姓石的挂相，所以石贵三的态度也就变了起来，看着这个王八儿子就有气，管他叫畜生，打起来手上也没有分寸。石富生的日子其实也过得不怎么样，只是不饿着罢了。

这小子心里头精明着，大概到了五六岁，什么事都懂。那时，他看着我，就斜乜着眼睛，像是要咬我一口样的。我一看这小子那股眼神，就知道了，他心里亮堂着。他很恨我，我也慢慢地怕见他了。我看着这小子长大，他越来越不作声，哑巴胎一样，和谁都说不上话，打架倒是蛮厉害，手毒。

……大人，难得这几日您能听小的乱七八糟地说了这么多屁话。您是个好人，但小的也说不出他们苗人的什么事头报答您。来世吧，小的是记着了。

您刚才说那个石富生……哟，还真给他好大个脸了，合着，也就是旗人里面的贝勒爷那回事吧。嘿嘿，这就好了。

没想到，连我郑子善这狗一般的东西，到头来，还生出个帝王的种来，真他娘的值了。

复审郑子善的供单很快被上面打了下来，没有通过。我问了这几天，不写一点事情也不行。想来想去，我也就写了郑子善和他儿子这桩子事。在我看来，仿佛这件事还有那么一点点写头，也算是澄清事实嘛。晚上霍四就来找我。他从来都不找我，但那天晚上他来找我，还生拉硬拽要我去喝酒。于是也就去了。刚喝两盏下肚,霍四对我说,你也不能这样啊。我估摸着他还不至于喝高吧,怎么就说起让人听不懂的话来了呢。我问他,我怎样啦?他说,你心里明的。我说我不明白。我真的不明白,我平时根本和他说不上话,也没地方招惹谁了,哪知道他是冲着什么屁事。

他说,你写那个事,我又不是不知道,石富生就招认了。他知道自己是个杂种。我们都知道。不是老哥我说你,在衙里头还就数你不开窍。平时,没事也找着话把抓来的苗人编成个人物,编他个穷凶极恶,多少弄点赏银。现在,石富生多少还算是有根据的啊,你又何必拆这个台?抓苗人死了多少乡团的爷们,你不是不知道,容易吗?

说着,霍四"啪"地拍出一小袋钱来,顿在桌子上。他说兄弟你要是缺钱花,心里面不痛快,找我说一声就是了,大家都不容易。我没有作声。那天,我还是把钱收下了。回头我就把钱全给了快刀曹,央他晌午办郑子善的时候利索点。快刀曹就奇怪了,他说你他娘的真是不上进,拿钱不把给总头讨一个好问的问,倒把钱给我买人家一个快活。他想不通。我也不想多说,只问他,这钱你收是不收?快刀曹就笑了笑,问我,那姓郑的是你熟人啊?我说不,我也是这几天才认识。

行刑的时候我没有去看。那一批一共是七条人,本来郑子善按顺序得第四个着刀子,后来老曹就把他提到第一个,不动声色地把头砍了下来。老曹那一门技艺我还是信得过,郑子善应该会感到痛快的。那天中午雪下得很大,镇竿少有那么大的雪,不过坪场上的人仍然很多。也怪了,这城里许多人，看别人挨刀受死，怎么看也看不厌，一逢到行刑的日子就提前到坪场上抢位子，像是过年了一样。亦培是出去了，要不然，这几年杀头的事他一场也没有落下，回来就顾着跟他娘说今天哪个哪个死得值价，还一脸钦佩不已的样子。

他们的头照样被挂在了北门。我抽时间去看了，郑子善的头被挂在中间的位置，很显眼。本来他就是个脸长的人，头被砍下来以后，就更显得长，老丝瓜一样的。不同的是，你看着郑子善被砍下来的头，竟然老是觉着他在对你笑，而且是嘲弄的模样，让你忍不住看看自己的身上，是不是哪里又开线了丢人现眼。按理说这是不应该的，砍下来的头一般该是一副哭丧相，应该是闭着眼做思虑谋事的样子。可是，为何郑子善的眼睛像是开着的呢？或许是他眼窝子周围的纹路太深，陷了下去，显得幽邃莫测，黑洞洞的。这城里的人看苦瓜脸的死人头，早就看得不新鲜了，忽然冒出来个嘲笑嘴脸的死人头，倒有些不适，叫人毛骨悚然。那几天，北门外的跳岩少有人来往。

等郑子善的头被新砍下来的头换下来以后，我到西郊太阳冲地带找了块坟场，再把家中备着过年的钱弄出来，合上郑子善头颅尸身，一齐埋了。开刀问斩的人不能立碑，我只能在周围栽了一圈卷柏。这么一折腾，老婆没少和我争吵，说我是鬼上身了尽不干人事，莫名其妙。我无法跟她说清楚，因为她不认得郑子善这个人，索性我什么也不解释。

没过多久亦培被乡团送回来了，他的一只胳膊空空的，创口当时没有处理妥当，还染上了丹毒。好歹把儿子的命保下来，他从此也安下心来过生活，再耐上两年给他讨了一门媳妇。我家的底子早被他那病掏得空空的，镇竿城里稍微过得去的人家都不愿意把女儿放到我家。最后就到城郊找了一户熟苗，那妹子眉眼周正，做事麻利，是亦培的福气。他成家了，我想他也真正的安心了。我记得，自己就是在娶下他娘以后才安下心来的。

亦培改变了不少，唯一不变的，就是仍然忍不住要去坪场看杀人。他后来跟我说，在天星山下，他没有遇到过一个苗人，结果还赔掉了一条胳膊，心里没法不窝得慌。我做为老子，就不断地劝他遇事得往好处想，丢了一条胳膊，比搭上一条命的家伙就有福气得多啦。听我这番劝，亦培想了想，就点了点头。

还有一件事，石富生，也就是郑子善的那个儿子没有被斩。因为他好歹瓜葛上了一位称为苗王的老子，进了苗人王族，被区别对待了。苗人闹事平抚下来以后，上面交待，把乱苗称王称相者的家属人等押解进京，说是羁留在什么香山脚下居住，也好做成人质，防着苗人再度闹起来事。那个石富生，就这么活了下来。

我没想到我这条命挨得挺长的，十岁那年我娘叫来的风水师说我是个化星子的命，顶多也就折腾到四十出头。没想到我挨了两个四十，最后那几年，儿子亦培竟先我而去，我这才想到，我确实也活得挺够了。

我知道我差不多了，每天无事，就在这镇竿城里瞎转，这里坐坐那里瞧瞧。我一辈子也没离开过这里，要走了我也得多看几眼。道光二十年，也就是英吉利毛子闹事的那一年，有一天我正在王老五的茶水店里坐着，街上忽然很热闹。一跟王老五打听，才知道，原来是四十多年前迁往北京居住的那伙苗人又回来了。他们离开田土，没了生计，只好转道做起生意来。北边地方大，几十年下来，他们终于是小有家资，这番回来，还带来不少的赈灾款项。他们来得挺气派，想要再在这城里走走看看，府衙里那一班子人立马停了当天的公事，一路作陪。衙门里的几块喝道牌子也用上了，又是肃静又是回避，一路还打着响锣，整个城里的人都围在街两边看热闹。这气氛，无端又使我想起那时候杀人的情景，都有这么热闹呵。正无头无脑地想着，这一帮子人就行过了王老五的店前。我一时伸长脖子，突地冒出个念头，想看看这人群里面，会不会有长得像郑子善的？

当然是没有，我仔细地看了又看，里面的人我一个也不认得。

在我周围有个通晓事物的家伙，一细数着这帮人的家薮渊源，听来听去祖上都是称过王的。大伙儿听了他的说教再一看，都啧啧地感叹，这些人物长相就是跟一般的人不一样，气派非凡天生异禀呵。

他们穿缎着锦，戴着金银饰物腰里还挂着大块大块的玉，个个都像人物。这时我旁边有一对苗人，看上去仿佛是爷孙。那小的止不住地惊羡，说，他娘的还是造反好啊，就是被抓了，也弄到那边去活出个人物来。那老些的二话没说，甩手给了孙子一巴掌，道，你就看到这些个人穿金戴银，你没看到那些年北门城上人脑壳挂了一串一串，三五天一换多少年都没断过，尸臭十几年都没散去。那小的就不作声了。

　　有时天气好的话，我会散步散到西郊太阳冲去，看看那几蔸卷柏树。有一年我老婆翻箱底，找出当初被打下来的那份供单，写得很长，足有七八页纸。第二年我就带着这份供单，在郑子善的坟前化了。现在有些后悔，有时想再看一看那份供单，也看不着了。最后交上去并通过了的那份供单，我写得相当敷衍，寥寥几句就搪塞了过去，走一走形式。当然，这样的供单，是休想拿到任何赏钱的。我留了一份底子，这份底子倒一直都在。

　　上面就写了这些话：

　　　　郑子善供：小的郑子善，年四十有七，直隶霸州人。父母俱故，妻子郑葛氏，下江茂州人，下无儿女。小的本是游走硝匠，靠给各地山民硝制板皮为生。乾隆四十四年冬月到得永绥厅天星山灯笼寨做活，因当地苗人捕获兽物颇多，小的一时也居住下来。后灯笼寨主事的石贵三要小的为其造办火药，小的图着多有些营生，便应承下来。自后若干年，一直在灯笼寨造办火药，不曾外出。五十八年灯笼寨的苗人突然闹事，石贵三称王，小的也明白不是正事，寻思着脱离苗人，另找出路。无奈苗人不允，管住小的，要小的仍旧为其办事。嘉庆三年，灯笼寨子被官兵放药炸溃，小的当晚随着乱苗们四下逃散。后二日到得龙牙冲子，见有守卡官兵，原打算混过关去。不想先前被逮的降苗认出了小的，告与官兵,将小的拿住。

问:你在苗寨日造火药二十余锅,就应知其已存反叛之心,为何仍不幡悟,助其滋事?

供:小的一向做些无本营生,全凭些许技能,哪里多管他人有何企图,只顾着糊口罢了。石贵三不扣小的工钱,小的只认他是好主,依其所说去做事便成了。何况苗地苦寒,不宜耕作,但兽物极多,苗人向来有打牲习俗,小的也不便多有怀疑。

问:可有随乱苗下山扰民之事?

供:小的不敢。

问:可有为乱苗谋划出策?

供:小的只知做活,哪懂谋划。

问:可有随乱苗杀戮官兵之事?

供:小的不敢。

问:以上所述,俱是实情?

供:已是即死之人,又何必妄言。

解决

扒开垂下的藤蔓，看见绿漆剥落的院门，时间也正好，是傍晚，暗光里夹杂幽微的彤红。老康推门进去，儿子耷起脑袋，手上是一块手机屏。据说只要下载到传说中的神软件，能看到所有不该看的东西。很多时候，他想把儿子那根细长的脖子捋直，更多时候，他又想，算了。小康只不过生活在耷下脑袋的时代，能怨谁。老康把提拎的卤盒扔桌上，咣啷，小康便抬头看看。

那个事解决了。老康说，明天早上，你跟我去。

小康往下又看了半分钟，抬头噢了一声。他就这么个态度，让人说不上来，他理你，还是不理你。老康盯紧小康。小康聚精会神搞自己的事，但毕竟，父子间总会有些心电感应。盯一会儿，小康抬头瞟老康一眼。老康便问，知道讲哪件事？

小康想了想，说，电工班？

你来陪我喝两杯。

我还是不喝了。

就两杯,不至于让你犯酒瘾。

小康二十九,母亲车祸死后,有过四年酗酒史,结果常凑在一起喝的四个酒友,量最海,见天就下两斤的覃四毛先喝死了。小康从那以后戒酒,佴城找不出专门戒酒的机构,老康只好亲手将小康送去市精神病院。小康是想借酒浇愁,但还不打算马上喝死,所以把酒戒断。

听了老子召唤,小康脖一梗,直起来,目光忽然有神,探向窗外。在这小城的半空,是那宫殿式的屋顶,以及悬浮在夜色中忽闪的几颗霓虹字:天庭大酒店。正好,既然喝了起来,他就有义务和父亲说两句。他记不清好久时间没和父亲说话了,要一点酒精,将紧闭的嘴皮撬开。

老康看出儿子在看什么。他说,你不要老嫌那几个字丑。

是丑。

那是俞淦品写的字,一个字十万块钱。

你总不能讲写得好。

那几个字是丑,有人说俞老用左手写的,有人说是从下到上反着写,更有人说,是俞老用屁眼夹着笔,看也不看,老屁股扭几下,那些笔画就艰难地凑成几颗字。为什么有这么多说法?老康毕竟在那家酒店上班,难免去琢磨。他认为,字写得丑或好,自有公论,不会产生太多说法;而一颗字能卖上十万,就是最有效的宣传,就是传奇,必有各种说法随之创生,并广为流传。于是,老康说,字丑字好不重要，重要是能卖到这么高的价。卖不到这价，写得再好，范老板还不稀罕。字写得好的太多，卖得贵的却太少。

小康眼光在老康脸上停顿数秒。老康想，这是触发了儿子的思考，这很好。小康小时候对画画感兴趣，毛笔字也在练，是他禁止了，怕影响学习，以后考不上好学校，分不到好工作，结果还是考不上好学校，分不到好工作。有时他想，如果我是范老板，能给你留下一座酒店，你有什么样的爱好，只要不犯法，都随你去。但是，老子不能因为你投错了胎，就向你道歉。我只要是个活人，总会生个儿子，你恰好撞上，你活该！

老康带小康走进被三八楼（天庭大酒店主楼，计有38层）巨大的阴影所覆盖的后勤保障部。见到每个人，老康重复一同样的程序：这是我儿子，叫他小康。这是某某某，某某某，你叫他某叔叔，某阿姨。小康头皮发麻，知道今日必有此一劫。他二十九岁，从穿开裆裤起，就履行或抗拒着这样的程序，换来"噢乖"或是"你皮子痒了"的评语。老康拼命显得和每个人关系都不一般，仿佛是后勤保障部人缘最好，脸面最足的一个人。小康看得出亲疏远近，每个人的表情都明摆着。小康看其他一些地方。他有好奇，不知会在这地方待多久。是平房四合院，院心一棵老核桃树。后勤保障包括水电、维修、洗洁等等。洗洁用了机器，床单洗白了还用两个滚轴轧平，像是印刷。院子一角养了一笼鸡，另外有一只本地土狗，看着快死了。他不记得多久没见过土狗子，平日里，触目皆是宠物洋狗。土狗昏昏欲睡地看了一眼，懒得叫唤。经历一多,狗和人都一样,不会大惊小怪。

核桃树也很老,树冠很大,树冠后面有太阳,阳光漏进院里,稀疏得像星星。

老康拿来一套蓝色工装,小康穿了挺合身。爷俩穿同一号的工装,看上去就没那么像父子。有人说,像哥俩!有人补刀,讲像双胞胎。其实没有人笑。老康唔了一声。奄奄一息的老狗,这时才见有生人,出于职业道德,冲小康低吠。挨得近的冲老狗踢一脚,狗又一阵哀叫,这时有人笑起来。

用不着明讲,既然老康在,就成为小康的带工师傅。老康是电工,小康弄进来也是电工,电工证老康早就帮小康弄了一个,以备不时之需,果然就用上。老康说你跟我一段时间,一般的事情都能摆平。

后勤保障部是个整体,人都灵活运用,水电工也经常去搞维修。工作一旦派下来,没有哪个不知趣的跟主管老秦讲,咴,这不是我专业范围。

头一天干活,老康嘱咐小康带三样东西:一把手钻,一把游标卡尺和一种定制的合金小方块,中有螺丝孔,一枚螺丝钉旋在孔里。

会不会用手钻?

小康看一眼,说应该会。

未必。老康说,我一看车子也会用,方向、油门、刹车、前后挡,就四样东西,给我说明书就会用,但我拿照费了三个月。

小康眼神犹豫,老康就叫他去拿一把梅花起子,备用。

干活从五楼开始,下面几层楼,老康已经独自摆平。这工作再简单不过,讲起来比干起来还费事。窗户都是铝合金拉窗,两扇窗玻璃左右拉登即为关闭,全都推向一侧,窗户一半通风,这就不符合安全管理条例。条例有规定,窗户拉开最大的安全尺度是:12厘米。老康说到这,将游标卡尺调至相应的数值,既不多一毫米,也不欠一个刻度。他用两个尺角朝自己脑门上比画。他说,我的脑袋算不算正常大小?那好,我正常,额头就不止12厘米宽,双顶径估计有15厘米。12厘米的缝隙,我的脑袋肯定插不进去,人发育正常,活到成年,脑袋都不止12厘米宽。

什么是双顶径?小康觉得古怪,父亲嘴里喷出怪词并不常见。

……又叫头部大横径。

什么又叫头部大横径?

就是说……你不是有手机嘛,你用那个查。

小康一想也是,手机难免要比父亲好用。双顶径,是指胎儿头部左右两侧之间最宽部位的长度,又称为"头部大横径"。小康定睛一看,确实,是指胎儿,那老康的用法是否得当?倒也无需纠缠,老康无非是说,脑袋的最大宽度。

老康又说,那个女孩,也正常,按说挤不进12厘米宽的缝,但是,她真就跳下去了。

谁跳下去?

你真不知道?老康看看小康,那一脸毫不虚饰的迷惑,不可能装出来。

小康竟是一笑,我为什么要知道?

半个月前。老康动用循循善诱的口吻说,9·25跳楼事件，轰动全国。

在哪里发生的？

老康也只好一笑，说，就这栋楼。

我为什么不知道？

你为什么要知道？你一天埋头玩手机，赚钱靠我，弄饭是我，洗衣还是我。你不知道国家主席是谁，我也不好批评你。

这个你给我说说，还轰动全国了，好像全国很容易轰动。

这个不容易，要看死的是谁，怎么死的，还要看死亡的背后有怎样的故事。

你讲讲。

用手机搜搜，9·25天庭大酒店跳楼事件，铺天盖地。那些专门讲故事的人，都比我讲得好。我现在要教你干活，还要给你讲故事，说实话我想叫你一声爹。

第一步，把窗框上原有的塑料线卡撬下来；第二步，量好 8.8 厘米，用手钻钻眼，再把金属卡子换上去。一扇窗户，上下各换两个限宽卡。老康示范了一下，问儿子，懂了不？小康只是笑，都不好意思说自己懂了。于是上手干，小康有些紧张，生怕老子见缝插针地夸他。那不是夸他干得好，似乎是要他鼓起重新生活的勇气。小康也是无奈，只是酗几年酒，戒掉，别人仍当他精神不正常。

以前，窗户上都用 25 号胶线的塑料卡，限定拉宽尺度。那是乡镇货，用几年就变硬变脆，风化皲裂，手一掰就粉了。小康很快学会用手钻，一个钻头打洞，换个钻头拧螺丝。螺丝钉太短，两公分不到，一抠手钻迅雷不及掩耳地拧到底，那声音，正待欢悦却戛然而止。到第二个窗，他发现工序可以减一环：不必打孔，直接拧螺丝。他打算不声张，只管这么干，响声毕竟不对，老康把脑袋凑来。

偷工减料。

有什么不一样？你讲讲。

走不稳就要跑。

我不喝酒了，走得稳。

老康嘟囔着走开，过后不久，在不远处弄出一样的声音。

小康很快又有新发现：一个烟壳长度正好8.8厘米，拿来当标尺，连游标卡尺也省了。

越是简单，越容易枯燥，一层楼四十多间房，加上廊道，近百窗户。房间需要楼层服务生安排，哪间房退了，再进到房里更换。一排廊道刚换完，半日过去。一到饭点，老康就说吃饭。通过员工电梯下到负一层，门一敞，上百号人一齐用餐，人头攒动。老康乐意儿子融入其中。小康独自在家待太久，经常关起房门成天不见人。老康有固定位置，靠近自动热水柜。司机老陶挤到他身边，搛他盘里的回锅肉和酸豆角，眼睛瞟这年轻人。老陶问，小邓走了，这个顶他来的？老康说，刚来。老陶压低声音说，真是邪怪，前脚走后脚来，两个人看起来都有点⋯⋯老康说，我儿子啊。老陶说，都有点一表人才。

老陶冲小康说，小康是不？谈朋友了？小康笑笑。老陶说，来对了，这里漂亮妹子全俚城最集中，都挑选过的，随便拿得出手。老康说，你帮访一个合适的。老陶说，找对人了，我老婆一清二楚。他性子急，冲那边一扬手，喊他老婆龙梅，龙梅龙梅，却只有个男的在远处应，大眼大眼。老陶只好说，劳神，下辈子找个属狗的。老康赶紧说，这事不急，又不是来相亲。

老陶端着餐盘走了，他喜欢在别人碗里搛菜。

小康说，以前的邓师傅，看上去也有点神不愣登？

你听得很清楚嘛。

不可能都有点一表人才。

也不可能都有点神不愣登，老陶是讲邓师傅。邓师傅确实有点神不愣登，稍微受点刺激，就要走人。哪个不受点刺激？

受什么刺激？

吃好饭了吗？

吃好了。

老康往茶杯里续水，抿两口，情致跟喝酒似的。然后说，那天，我是说九月二十五事发当时，小邓运气不蛮好。那天他夜班，到酒店外面买了宵夜，装搪瓷碗里。女孩大头朝下跳下来，着地，那一刻，不早不晚，他正拿饭盒路过，女孩摔在离他不到两丈远的地方。当时天黑，他吓得跑，一路尖叫，这样就算他报的警。等事情清楚了，他走到房间，再看自己的饭盒，里面多了一些东西，暗红的固然是血，白花花的那叫脑浆。

爷俩又走入电梯，人挤人。老康又说，所以，现在来食堂用餐盘的就多了。以前都是一人一个饭盒,吃饭可以满院子走,互相夹菜,民风淳朴哟。

每天都给窗户换卡子,小康还来不及厌倦,就有生动的事情发生。这事情小康不开口,是老陶讲给老康听。

小康很快对酒店熟悉,不想跟在父亲后头。他跟老康打商量,我俩一人包一层楼吧。老康说,干活时不时要休息,爷俩扯两句闲谈也是好。小康说,你喊一声,我下来。老康说,你一定是要比我高一层楼?小康说,那我上来。老康心里明白,也许儿子怕的正是这个,两辈人聊天,哪找共同的话题?现在时间过得飞速,纵是父子,两代人好比时空穿梭撞在一起,想找话题,却是风马牛不相及。

老陶开车事闲,喜欢找人讲话,搬是弄非。他工资全交,牌打不了,开车不能喝酒,嘴皮讨些痛快,人生就只这点乐趣。大家摆着鄙夷的表情姑且听之,暗生快意。这回老陶讲小康的事情,老康表情只能是严肃。老陶就讲,你家小孩,看不出来,挺招女孩喜欢。我家龙梅随便一撮,他就跟四号楼吕凤萍干柴烈火,约了两三回。老康说,我怎么不晓得?老陶说,你最好装不晓得,你晓得就是个阻碍,只要等着哪天突然当爷爷。老康不悦,说小康没谈过恋爱,不知道深浅,那妹子怎么样,我总要替他把一把关。老陶就笑,说是个年轻漂亮的,为人热情,心思也活络,有很多想法。龙梅跟我讲,这妹子迟早当上领班。龙梅看人很准。老康心里说,看人很准,却挑你这么个货;嘴上说,有很多想法,小康把握不住。老陶继续安慰,说你是条崽,人家是个妹子,就算花钱也不吃亏。

两人倚窗，把烟一抽，老陶说到年初的元旦联欢，四号楼的妹子跳肚皮舞，吕凤萍也在其中，还是最卖力的一个，浑身抖得像条水蛇。老康仍是没印象。四号楼妹子跳肚皮舞，这有印象，七八个只用乳褡子敛起乳房的妹子，一字排开，浑身往外泼肉。具体谁是谁，他搞不清。他看现在的妹子都差不多，不像以前长相千差万别，仿佛野生的瓜果移进大棚，全都标准化发育。能演肚皮舞，便是四号楼几十个妹子里出挑的。老康又来疑问，说她凭什么看上我家小康？

这个龙梅也问了的。吕凤萍说，你家小康眼神很忧郁。

就是眼神什么的，忧郁？

就说这么多。你家小康还能有什么？

老康就彻底搞不明白了，眼神很忧郁，可能小康想喝酒了。现在的妹子真是不缺理由，一个眼神，甚至一次服装搭得妥帖，也是喜欢一个人的理由。不像当年，组织审查，领导批准，被宣布确立了恋爱关系，两人才麻起胆轧马路。一个保洁女工经过，老陶搭着讪离开。看着老陶毛手毛脚拉拉扯扯的动作，老康对自己说，现在看不明白，不必想这么多事。

小康确实和吕妹子约几次，之后，小康忽然发现，世间还是有不少事情，和喝酒好有一比，各自一番滋味。他快三十岁没用过梳子，现在知道去理发店可以单吹发型，以前他去那里全是理发，来个平头，或者刮个青皮。发型打理出来，他脸上有了精神，眼里有了想法。两人在一起，主要是吕凤萍讲，小康坐一旁听。其实吕凤萍就爱讲话，有一个安静的听众，巴眨着忧郁的眼神，她就觉着蛮好。讲来讲去，最后还是不免讲到9·25事件。这事把全国轰动一把，那么身为天庭大酒店的一员，吕妹子就有当事人的荣誉感。

半月前，小康还对此一无所知，现听吕凤萍反复讲，他脑袋里竟有画面，讲到女孩一头扎向地面，他耳里幻起吧嗒一声，脑浆在暗夜飞溅，纷纷扬扬。有次，两人在喷泉裸女前碰面，吕凤萍又讲那事，跳楼那个妹子脑袋如何能挤过12厘米的窄缝，她也有一番解释……跟嗑药有关系。听伍敏讲，嗑了药眼睛看东西有变化。伍敏有体验，别看现在要嫁人，装正经，以前纯种杀马特。有的药吃下去，会把窗户缝看得有门洞宽。小康说，看着大，脑袋往里插，毕竟生疼，还有耳朵，会刮破。吕妹子说，嗑了药嘛，根本不晓得疼。小康觉得这解释基本不讲理，嗑药两字摆平一切，像地上蹦出个孙猴子，什么麻烦都解决。当然，他只是听。女孩落了地，吕妹子叙述一转，讲范老板如何指挥若定，处理后事。小康问，电工邓师傅第一个发现，吓得辞职不干，你不讲讲？吕妹子说，晓得是个电工报的警，吓一下就不干了？吕妹子就来劲，要小康接着讲，不要停。吕妹子脸上有很多好奇，若听来新的细节，又可以去跟姊妹显摆。小康就讲起来，眼睛时不时看向三八楼。他前些天在九楼干活，确有一股阴恻恻的气息流淌。妹子跳下来那扇窗，已被封死，突兀地挂一幅高山流水的中国画。

事情很简单，岱城女孩小王十六岁，网上结识佴城一个女孩小敏。恰好佴城是旅游区，小王便过来见小敏，同时把风景看一看。小敏兜里没钱，有几个男人主动买单招待，小敏小王就管他们叫哥。几个哥发现小王还是个处女,很稀罕她,都想搞一搞,便打电话叫个小弟送药过来。趁小王小敏闪神的时候,几个哥一边往饮料里下药,一边划拳。这药既让人浑身发软,又让人情欲炽烈。听着有点矛盾,这药偏巧面面俱到,几个哥以前试用多次,回回都有显著效果。小王很快被药翻,第一个哥扑将过去,撩拨一阵,小王还顺从,挣扎说你要负责。第一个哥说,好的,我他妈负责。第二个哥接上,小王方知受骗。她尖叫,挣扎,无济于事。后来她脸上现出驯服,柔声说,你等等,我洗一下。第二个哥想,也好,要讲一讲卫生。小王往外走,一边是卫生间,一边是房门,她拧开房门往外跑。第一个哥第二个哥,还有划拳认定的第三个哥,一块跟出去。他们想,你手软脚软,能往哪跑呢?拖回来,一切都不耽误。几个人慢悠悠走出去,是廊道,空空荡荡,耳里却听到楼下有男人一串尖叫。想探头往下看,12厘米的缝隙,探不了脑袋,探出去也是枉然,天色已然浓黑。

就这么个事情,怎么就轰动全国了?小康一直想不通。吕妹子却问,那夜,邓师傅碗里本来装的什么?人的脑浆子,又是什么颜色?

小康上班一个月,和吕妹子发展飞快。不是他能耐,现在的恋爱都讲速度和效率,男女凑了一块,要么不来电,要么很快突破禁区。禁区其实也是老一辈的讲法,年轻人不讲究这个,讲究是礼貌性上床。

老康在34层干活,都下午三点,楼上没动静,小康还没来。老康正想着回头跟他讲讲，既然来干活，就要上心，没人管着，也要按时按点。老陶往这边来，老远看见，他一脸喜眉喜眼。老康眼皮子一跳，随着干活的楼层渐高，他有好几天没找自己聊。现在爬上34层，又是这样的表情，一定有事。果然，老陶一凑近就说，老康，你等着抱孙。

怎么回事？

今天中午，就是刚才，你家小康得手了……

老康觉着事情不至于太严重，舒一口气，拨了烟。老陶呲起烟雾，讲话放慢……就在女工宿舍，吕凤萍把同舍的几个支走，两个人待在里面，门一锁，里面就有响动了。你家小康看着蔫，沾上女人也舍得力气，卿卿哐哐响一阵，歇一歇，又是卿卿哐哐响起来，又歇一歇……

老康只好打断，说这小狗日的。又说，老陶这事胡诌不得。

哪个胡诌，杂种噢，我又不是低级趣味的人。老陶正色道，你想想，女工宿舍发生的事，我家龙梅哪能不知道？换是解放前，龙梅天生就该去搞搞地下工作。

老康心里说，哪家地下党敢招这么个漏瓢，很快被人连锅端。

后来楼上有了动静，老康放下手中活计，上去看看。老远看见小康，两手不闲，嘴也不闲，哼着曲子。老康不好走过去，隔着十几丈远打量儿子。那层楼是贵宾房，廊道里窗纱飘拂，抖动着响声。小康哼的声音隐约传来，是一支老康不熟悉的歌，听着有些磕巴。也许本身是支磕巴歌曲，也许小康太久没有唱歌，无论什么歌遭他嘴踩蹋，一律磕巴起来。老康听了一阵，老是集中不起精神，也听不出任何一句歌词。小康完全没有扭头看，手上的活却干得很慢。老康站一阵，又下楼。接下来的几天，都是这样，有时爷俩上班或下班一同走在路上，小康时不时就哼出几句，发觉老康支楞起耳朵，小康赶紧闭嘴。

老康不难看出来，儿子正沉浸在某种状态中。在他记忆里，小康以前还没谈恋爱，就碰上母亲意外死去，于是上了酒瘾。现在，他可能才开始尝到女人的滋味。上酒瘾要经年累月，而上这个瘾，只消一时半刻，也必有一段时间魂不守舍。一想儿子都快三十，老康对自己说，这又有什么好担心呢，该来的自然会来。

那以后，老康去菜市场买菜，路过猪肉摊，眼光不自觉去找腰子，回来切了腰花，炒得粉嘟嘟。大骨汤炖得频繁，自然还加红枣。小康毕竟酗酒多年，身板亏欠太多。

酒店的班是一周一天休息，两个电工要岔开一天。周五下午，两人照样是在换卡子，老康又上去一楼，跟小康交代，明天你休，后天我休。小康点点头。老康说，你要连着休也行，我上两天。反正我现在干这个，也当是休息。小康又点点头。老康知道吕妹子想去看电影，美国的，是叫《速度与激情》。俾城也有电影院，但屏幕尺寸不够，年轻人喜欢看那种垂天盖地的大屏幕，声音要有震撼。他们会坐两小时大巴去省城看，看完免不了是要歇一夜。上年纪的人觉得那纯粹是糟蹋钱，年轻人却认为，钱要想不被别人糟蹋，只好自己争取主动，抢先糟蹋了。现在小康一到周末待不住，不上班也起早，往外面钻。老康就只好将儿子堵在门口，塞一沓钱到他裤兜。他说，工资还没发，缺钱你来找我。

小康没有吭声，将手插进裤兜，捏一捏。

老康又说，以后有些事情，不要在单位里面弄出来，要注意影响。

单位？

就是酒店。

能叫单位吗？

少跟我犟嘴。老康扶了扶小康的衣领子，又说，既然上班了，心里要明白。

更换窗户限宽卡子，是老康提出的，所以，换卡的活都放给他做。换好了三八楼，也就是一号楼，接下应是二号楼，但老康有一定的决策权，打破顺序，带着小康先奔赴四号楼。四号楼的妹子当然知道怎么回事，有意无意，也绕过来看看小康。几个妹子和老康撞面，有的傻笑，有的睃向其中一个妹子。老康知道那就是吕凤萍，隔得近，看得清模样，算是周正。老康却有一种不踏实的感觉，这妹子配小康，不是不够，是太够。他到一把年纪，看事情有一种毫无道理的精准，反正，眼皮已止不住抽一下。往前走，穿过半截廊道，又隐隐传来小康哼出的歌声。他断然是去K了几回歌，声音不似前面那样磕巴，隐隐听出一份自信，一份对新生活的向往。

有天下班，老康就把老陶拦住，要他叫了龙梅一起吃饭。饭一吃，老康有话无话往吕凤萍身上扯，龙梅话匣子便打开，上查祖宗三代，下讲为人处事，甚至生活中的兴趣爱好不良习惯。龙梅说，她以前也交往过两个……老康打住，说，这个不讲，现在年轻人，哪有一次就成事？龙梅说，那也不，除了你家小康。

这还没成哩。

我看你家小康，人就是忠厚，有一股王八咬麻绳的劲头。

老陶说，龙梅，少打比喻，多读书。

龙梅便冷笑，陶定贵，我要是会读书，肯学习，还有这一身好肉，会便宜你这只狗？

老陶也是冷笑，一身白花花的好肉！

老康一边搛一筷子，说日子还长，赶紧吃菜。

这顿饭，吃得倒是划算。龙梅嘴利心热，往后就定期线报了。女工宿舍固然不再有情况，但两人有时潜入四号楼某间空房，线报都有反映。老康无奈，想着如何跟儿子沟通，叫他不要随便钻空闲客房，监控可不是吃素，看央视12台《天网》节目，十个案子九个靠监控破下来。这话还没找机会讲，更重要的线报又上来：吕凤萍准备马上辞职南下，去东莞或去深圳。她和小康往来时间不长，竟像是真有感情，作出这番决定，力邀小康一同前往。不单汇报情况，小康和吕凤萍的对话，都有记录。小康也有担心，说我从来没出过远门。吕凤萍说，有老娘在，哪里都不远。

老康乍一听说，也不在意。以前好多年时间，小康懒得走出自家的院门，除非自己轰他，要他出去兜两圈，晒晒日头，跟人打招呼。那些年，熟人撞见自己总问，你家小康去哪里发展？老康回答，活着的。

爷俩已经把活做到三号楼，这天临近中午，工友老房打来电话，说等会儿不要钻地下食堂，咱们开小灶。老康问有什么好菜。老房沉默一会儿，说刚才手机搁在锅上，闻到香没有？稍后老康招呼小康，同回后勤保障科，离了八丈远，就有一股香味喷来，老康闻这香味有些奸猾，蹙起眉头。里面的人，个个已拿了碗筷，到锅里撅肉吃，每块肉三指宽，往下滴出的油色浊黑，那香气这时已闷头打脑。

狗死了。老房冲着老康一笑。

死了还吃？趁它不死敲几棒吧？

没人应，只顾着吃那狗。老康说，狗活十多年，要是个人，就算有八九十，你们的爷爷辈，还吃。有人说，康师傅，你不吃就算了，扔掉也可惜。老康拽着儿子往外走，嘴里嘟囔，趁我不在，下毒手。

小康就问，你养的？

老康说，以前老关留下的。

老关是谁？

小邓的师傅，狗是小邓师兄。小邓在，狗死不了。老康又说，人一走，茶就凉，看明白了不？

这叫蝴蝶效应，9·25事件，到两个多月后死狗，都有因果关系。

蝴蝶效应？因果关系？老康也没多问，又想，因果关系可不止这么一点。

晚上也不在职工食堂里吃。父子俩回家，老康弄一桌好菜，开了瓶酒鬼，招呼小康坐过来。老康不招呼，小康照例是扛着碗上楼，关起房门吃，吃完知道主动把碗扔回洗碗池。老康说，总量控制，每人三杯，三两，绝不多喝。今天是那个日子。小康不可能不记得，母亲走了整七年。老康排两个酒杯，把酒倒上，两人地上撒一圈，再添。

刚舔一口，老康嚅起嘴皮，想要说点事，到底没说出来。作为老子，他如何跟儿子扯起女人的事？不管怎么开口，都嫌别扭，但事已至此，又非说不可。前晚小康出门，老康心情颇有点不宁，摸进小康的房间，这里看看，那里看看。后来，他的目光落在五斗柜上头那口小皮箱上。小皮箱里装的是小康从前集的邮票。在老康鼓励和带动下，小康六岁就集邮，不到二十岁攒了整一皮箱。后来小康喝酒成瘾，自然没兴趣集邮，后来戒了酒，每年还将邮票翻出来晾两次。最近的一次是九月，就在跳楼事件前几天。老康记得清楚，小康还有心情翻晒邮票，他认为是好兆头。

老康走到五斗柜前，端起那皮箱，是空的。

老康知道，一些情况必然地发生了。他提醒自己不要瞎猜。次日，他又去找了满意和小代。当初凑一块喝酒的四弟兄，覃四毛固然死了，但还剩他们三个。老康想来想去，小康在这世上也就这点社会关系了。果然，满意和小代都说，小康前几天跑来借钱的，问他数目，他说能有多少借多少。满意掏出两千五，小代凑了八百。

老康知道，都是姓吕的妹子惹出这些事。但要如何开口？叫小康不要迷恋女人，要守着自己老父亲？这些屁话有用吗？最近一阵，小康肯定在吕妹子肚皮上讨得不少乐趣，这一阵小康脸上丰富的表情，藏不住事。

一杯酒喝罢，老康还是没把话讲出来。

小康喝了酒,晓得应该陪父亲讲讲话。喝酒就要讲话,这仿佛是喝酒的道德,父亲叫他坐下,显然是有这个意思。于是,小康说,每天上班,除了给窗户换卡子,还能干些什么?

你嫌烦了?

也不是嫌烦,快两个月,只干这一样事情。

我跟你说过了,这是奖励,你知道吗?这是所有工作里最简单最省事的,如果要赶时间,多叫几个人很快能干完,但范老板全都留给我做,不催不赶,轻松自在。知道为什么?

小康其实不感兴趣,勉为其难地应一句,为什么?

因为这件事情是我解决的,轰动全国的事情,我解决的。

小康嘴角一扬,很快恢复。他说,这件事,跳死个人,怎么就轰动全国?

9·25事件,说白了就是团伙迷奸未成年少女,并致少女跳楼身亡。这种事情固然可恨,但吾国泱泱,十几亿人口,恶性犯罪事件每天、每个地方都有可能发生,这一桩事凭什么反复占据几大门户网站的头条位置?这决不是有人砸钱上的头条。这个疑问,在小康心里憋了不短时间,也和吕凤萍讨论。吕凤萍也搞不清,后来她找出原因,说是我们酒店风水好。范老板说,这一跳,把黄金周跳成了黄金月!

……因为一个细节,你们都没注意到。老康诡谲一笑,仿佛他参与破案。又说,你成天闷在家里,不知道这个社会。我们是穷人,更不知道这个社会,但我在酒店上班,多少知道一些见不得人的事。有钱的人爱好和我们不一样，要不然钱也白赚，不是吗？就有那么几伙，别的不爱，专爱吃"黄脚鸡"……黄脚鸡，你的，明白？

幼女。小康淡淡地说。

老康省了解释，松了口气，又说，幸好我只有你一个崽，用不着担心。现在就是这样。好这一口，光有钱没用，要自己去找，怎么找？就像以前你爷爷打蓬鸡，捉竹鸡，都要养鸡迷子。幼女，也不准确，未成年少女更好，轻易不上钩，这些杂种也养了鸡迷子，一般也是小女孩。只有小女孩，才好把另一个小女孩哄骗过来。本来，案发后，新闻放出去，并没有几个人关注。直到一天，那个叫小敏的，网上发帖，说警察把她也带进去，交了三千罚款才放人。

你也上网嘛。

单位里头几台电脑，我不打字，点开网页没问题。特别是跳楼的事出了以后，我就天天看，分析这里面的情况。

小康说，你很有雅兴。

老康说，是单位的事。单位的事，应该关心。我关注了整个过程，是小敏发帖以后，这事情就突然闹大，在网上轰动起来，前面的跳楼，这才一起被人关注。你知道，现在谁要黑警察，讲内幕，很多人就会关注。

你是说，小敏就是鸡迷子？

快说到点子上了。老康欣慰地看儿子一眼。这事的来龙去脉，起承转合，老康自有一套梳理。

小王跳楼死去，警察把人抓来一审，就知道又是吃"黄脚鸡"惹的事。顺这思路，他们也不免认定，小敏定然是个鸡迷子，看这一路情况，小敏不是他们养的鸡迷子，又能是什么？小敏被当成同伙，要一并拘走。小敏哪肯认，但也由不得她。警察心想，哪有鸡迷子会自己承认？警察对这种事有经验，有时候，经验也最容易让人犯浑。小敏拘来，钱款一定要罚，否则不能走人。但事有意外，这一回，小敏真就不是鸡迷子。

真实的情况是这样：当天，小敏去火车站接来小王，出站叫了出租，那司机姓钟，和两个女孩一搭话，摸清底细，这边半哄半骗，那边也人有了联系。钟司机欠人钱款，介绍小妹给债主认识，图的是延缓还款期限。小敏见钟司机找来老乡大哥买单，讨了便宜的事，也不吱声。这帮大哥记起"兔子不吃窝边草"的古训，也没把主意打到小敏身上。小敏被罚了款，心里有冤情，才敢网上发帖，终于把这事情闹大。闹到了这一地步，警察就无法解释罚那三千块钱。这事没有正当的解释，任由小敏声讨，很多人的兴致便吊了起来。

……小敏十几岁的女孩，能闹这么大动静？老康讲时一脸确凿，小康到底不太肯信。

老康呷了口又说，当然，不光这一点，还包括后面政府的应对，叫来个发言人，有胆气有态度，这种场合，还当着记者不停地说无可奉告，简直火上浇油！好比抓了一手烂牌，就要小心地打，主动地打，不能把烂牌当成好牌，居高临下地打……

危机公关！

什么？

你说的这一堆打牌的事，就叫危机公关。

还是你们年轻人词多，但我看到的事多。说到这里，老康嘴一抹干完了第二杯，又往里添。他说，就公关吧，这事弄出来，一开始没有处理好，到后头越闹越大。那几个惹事的家里都是有钱，事情一闹，态度先前还横。要是起初多出点血，跟跳楼妹子的父母多讲好话，事情压住，说不定就能混过去。现在，全国人民关注，哪个法官敢不重判，就是狗官；判得越重，越是包青天。

要是有狗头铡，就大快人心。

这件事说白了，是有钱人使绊子，绊了自己。最可怜是那个送迷幻药的小弟，姓苏，他爸我认识。老大叫他取药送药，他哪敢不送？毕竟在人家手底干事。这次卷进去，少说要蹲七八年。

那跟你有什么关系？怎么是你解决？

说到正题上了。老康这时有了说书人的模样，顺着情节，摆出个得意的眼神。又说，这事一出，公安局勒令范老板，马上完善安保措施，随时备查。既然轰动全国，酒店也脱不了干系，总要有所行动，有所表示。范老板会错意，把保安扩大一倍，心想这总能交差了。警察再来检查，说人多管什么用？每个窗户站一个人？人手再增加，也不算完善了安保措施。后来，是我想到这个点子……

就是换卡子？

对，我跟范老板建议，把塑料卡子全换成金属的，把12厘米压缩到8.8厘米，对症下药，切实有效。

那为什么是8.8厘米？小康百度过双顶径，婴儿初生时平均双顶径是9.3厘米,只要将窗户缝控制在9.3厘米,理论上,就只有婴儿能钻过去,但婴儿断然爬不上窗台。

老康又夸一声好,说你动脑筋了。但是……要有人抓着婴儿往下扔呢?再减个0.5厘米,才算是彻底稳妥。

老康往兜里一掏,掏出一枚金属卡子……就是换个卡子的事,没想,警察再一检查,安保措施算是完善了,还要求所有的窗户都换卡子。小邓师傅一走,位子空在那里,好几个人想进来顶上。左右都是熟人,范老板一直也没发话。等这事情我帮他摆平,他主动跟我讲,明天叫你儿子来上班。

小康没作声,扭头看看,"天庭大酒店"几个字又在夜空中亮起。

老康这才想起,真正要讲的事,还没开口。一看儿子脸色意外地温顺,像回到小时候,像等着大人指使,老康便也不再等待。

你摆明跟我讲讲,是不是要跟那个妹子走?

小康看一看父亲,此时,父亲脸上阡陌纵横。

老康叹了口气,又说,这种事,怎么说呢?你从来没碰过女人,这是第一次,肯定会以为,全世界就这一个女人对你好。其实不是这样。腿长在你腰下面,我拦不住,但是,你要明白,对吕妹子这种感觉,顶多两个月,两个月以后,你再看她,她就不再是眼里拔不去的。每个人都要经过的,你只不过是第一次碰上。和女人待的时间一长,一定会闹不痛快。到时你不在我身边,喝酒刹不住车,谁来管你?

小康把头埋下去,不敢掏手机,直接玩手。但老康觉察到,儿子似乎轻轻地笑。这是让人完全无法把握的笑。老康又说,好歹再等两个月,过完年,你还是一心想走,我不拦你。这两月,你每天跟着我干活。你这个工作,来得不容易,好多人盯着……

是你解决了轰动全国的事换来的。

晓得就好。年前,你要安稳待在家里。你应一声。

小康就应一声。

年底,因为换卡子和8.8厘米,范老板在职工大会以及元旦晚会上都点名表扬了老康,还有红包,单独的。范老板喜欢多发红包,一桩成绩一个包,有的积极分子上台七八次,领来一把红包,拆完一数不到一千块。老康得的那个包就有整一千,几乎是最大的单项奖励。老康应该满足,也是心安理得,能解决轰动全国的事情,这些奖励也并不为多。

所有的窗户,在过年之前换好限宽卡。年后老康又去干各种各样杂事。他买来一窝本地狗,扔在上班的四合院。吃饭时,每人撒点饭菜,摞些骨头,就足以养活。这地方一直有狗,这几个月突然没有,让老康心里有种很凋零的感觉。狗还小,满地爬,带来一股生气,大家也喜欢。

酒店后头有一个山谷,搭帮俷城旅游旺盛的人气,范老板也不会浪费,在那里搞一个森林剧场,上演歌舞剧《边陲》。"边陲"两字仍是俞淦品题写,二十万轻松赚到手里,落款算是搭头不收钱。范老板大手笔,很快招了百十来人,很快将歌舞剧排好,等着赚钱。

看着那些往山谷里走年轻人,老康心想,小康原本是可以当一当灯光师的,成天和这些年轻的妹娃混在一起,心情想必不错。只是他碰到的第一个妹子是吕凤萍,把她当成了整个世界,也必然满世界地追随。

小康甚至都不晓得往家里打电话。

范老板请人设计了巨幕广告,为省钱,除了文图设计,做框、打灯、安装都由手下员工去弄。范老板说,人不能白养,有钱我宁愿发给兄弟们。射灯都由老康设计安装,又有一笔不错的收入。第一块广告,自是安装在酒店门口,在老康看来,不啻于垂天盖地。老康只管装灯,别的事由别人操办。巨大的广告箱装在二十米高的底座上,动用了大吊车。安装那天,酒店里能溜号的职工都拢过来看,看吊车将两百平方米的大家伙缓缓升起。主图就只有一男一女,穿着炫丽的苗族衣服,但衣帽服饰只勾勒出两个人形,没有脸。这就好像一道填空题,引发老康的想象。他把小康的脸填入一处空白,又想给另一处空白填上吕妹子的脸。但他记不清吕凤萍长什么样子。

广告下面还有一行毛笔字,每一笔画都生动率性,凑一起就不太好认。老康眼光随着字走,不免低声念道:"这个人也许永远不回来……"

老陶不知几时站在老康身后,接着读下一截:"也许明天回来!"

老康品咂一番,问老陶,这一句是名人名言?好在哪里?

鬼知道。歇了一会儿,老陶又说,不定我家龙梅知道。

铁西瓜

电子维修间弥漫着电烙铁专用松香的气味，还有贾师傅的烟味。桌子上摆着各种型号的电视机，后机壳基本都拆了下来，裸露出显像管后座以及主机板。桌子里面塞满了各种零件——原厂件、商品件还有回收件。里面那堵墙上也挂满了零件，引人注目的是几捆高压包，彩色机的还有黑白机的。黑白机高压包是白色的，个儿小；彩色机高压包是黑色的，个儿大。挂在那里，像是晾萝卜，其实那几捆高压包是贾师傅的主要家当，值不少钱。有一张椅子上摆了一摞书，布满灰尘，是金庸的《笑傲江湖》。贾师傅近视，不戴眼镜，查故障时眼睛和主机板保持八厘米的距离，脸色长年呈现光照不足的那种煞白，而且他是个鳏夫。一个年近五十的鳏夫给人感觉必然有点女里女气。

他们叫他东方不败。他长年累月只看《笑傲江湖》，简直是授人以柄。幸好他不看《秦始皇传》，要不然我想他的绰号会是"嫪毐"。小马为贾师傅量身定做了一套说词——俺东方不败听说整容术可以做假奶,他奶奶的,干脆一装四个,两个给莲弟抓,两个留自己抓。

父亲问我愿不愿意学电子维修。本来我是倾向于这方面,因为我觉得电子维修是脑力劳动,贾师傅会花几个小时查电路故障,一旦查到,几分钟就能排除。就像高手出招,一招致命。再说电子维修班有女学员,长得还对付。电器维修根本就是体力活,一帮猴崽子,也没个女学员搭配。

我摇了摇头,突然间选择了电器维修。走进电子维修车间,我感觉有一股扑面而来的,由各种电波、电子束形成的热风,遒劲、张扬、了无痕迹,用不了多久就会让人有耳鸣之感。这种波或者电子束的线条几乎能够被我看见,从右脑穿入,又从左脑拉出来,近似于画在物理课本上的磁力线。我怀疑正是这东西把贾师傅阉割成了东方不败,我可不想这样。

父亲领我去拜高师傅。电器维修间里是氟利昂 R24 的气味,还有润滑油、发泡剂和一些不知名的机件里散发出的气味。如果给机身补漆,喷漆厚重、恶臭的气味会盖住一切,让人窒息。父亲说,老高,我把崽就交到你手上了。说着递了一支烟,想想不对劲,又摸出一包烟递过去。高师傅拆开了烟给小徒弟们散了一圈,并说,老田,我把徒弟都当自己崽看待的,你放心。父亲说,不要手软,架不住的地方你紧管打。高师傅说,不至于,一看就是个老实孩子。我看就让他先摸空调器吧,这玩意翻过年头肯定大卖,别说维修了,就是帮着安装都好赚钱。父亲说了一大堆感谢拜托之类的话，然后走了。

　　高师傅的那一堆学徒我大都认识，一个院子里玩大的。早十来年，五交化最鼎盛的时候，宿舍里的喇叭六点半就会叫大家起床，做第四或者第五套广播体操。我们当时按大人的意思站成一列。父亲一走高师傅就散我一支烟，说，抽吧，我不会跟老田说。我在那一圈人的注视下，抽了几口，仿佛是加入某个组织时例行的程序。他们都笑了，因为我呛了一口。我把这看成是他们对我的一种认可。高师傅发给我一个直径约六寸的乌黑的圆型铁疙瘩，中间环着一道约半厘米宽的突起——练练童子功，把这东西锯开。高师傅指着中间那道突起，说，这里有条缝，对，就从这里锯，锯口要尽量平整。我问他，这叫什么？我大概知道这是什么玩意，冰箱后面都有那么一坨。高师傅说，压缩机。猴崽子们爱叫成铁西瓜，当然，你也可以这么叫。电影《地雷战》你看过吗？鬼子偷的那东西。我摇摇头，因为我确实没看过。他们又笑了，好像我是一个白痴。

　　我捋起袖管把这铁西瓜放到铁砧上，旋动螺杆把它压紧，再去找钢锯。高师傅就说，嗯，有功底。我觉得这是白痴都能做的事，但他的表扬让我感到温暖。所谓温暖之感来得就是那么轻而易举。我拉着锯轻轻地锯那道突起，仔细看看，它中间有一道细缝。很明显，铁西瓜由两个半球状的钢壳焊接而成。我时疾时徐地拉着，拉锯频率有足够快时，锯口就会崩出星星点点的火花。但不能长时间快速拉动，锯口不平直或者是锯齿过热，都会导致锯片绷断。当时一块锯片要二角四分，买一整盒五十片要十一块八毛。高师傅提醒我要节约用锯片。

我锯了一个多小时，只锯开了三分之一。而且，锯口是一条扭曲的线，像创口结痂一样恶心。高师傅检查了我的作业，鼓励我说第一次能锯成这样，已经很不错的了。我不是那种盲目乐观的人，心想，也许每个徒弟都听到过这样的话。他又发了我第二支烟。我说不要。一边的小马就说，你什么态度，放到解放前，师傅给徒弟发东西，徒弟都得跪着接。高师傅慈祥地挥挥手说，也不要搞成那样子。我觉得我有义务抽下这支烟，就接了过来。

歇气的时候他们跟我说高师傅是有几项特异功能的人。我不是太相信，电视上每天都在戳穿特异功能。高师傅说，当场兑现，骗你们不是人。他叫我盯住他的眼睛，屏住呼吸看上一阵。结果我发现，他左眼皮眨三下的时间里，右眼皮要眨五下。

我自小佩服有独一无二的绝活的人。高师傅的这一手，使我进一步认定，今天投在他的门下是明智之举。这激发了我的干劲，又拉了两个小时的锯，霸蛮地把高师傅发下来的铁西瓜破开了。其实我也很想看看里面是什么瓤，包得这么严实，神秘感就出来了。高师傅也提醒我省着用劲，一天拉锯几个小时，肌肉会有几天酸肿的。我不信，自顾地拉，到底锯开了。里面是一包铜线，盘成细腻复杂的线球，中间应该是裹着什么核心机件。我有些失望。接着我看见在一只大冰柜后头，这样的铁西瓜撂了一堆，大小不一，形状也不尽相同，约莫有三四十个。

我深刻记得第一天，唯一的成果就是锯开一个冰箱的压缩机。他们管它叫做铁西瓜。锯开以后，高师傅吩咐另一个徒弟去把里面的铜线剥开，卷成团放在一边。瓢子里除了铜线，其余"不值钱的"东西归置在另一边。我这才看出来，那铁西瓜不是用来修的，而是彻底解剖，肉和下水分离，各自拿去卖。很显然，这是废收站干的事。我把我的疑问说给高师傅听。他说，当然，铁西瓜坏了就换一个，整体更换，用不着修的。之所以让你锯，是要你看看里面的结构。其实里面的结构也不太重要，看一眼就行。

　　说话的时候五交化的下班铃已经响了。这个单位的管理，和学校差不了许多。我看见高师傅的爱人来找他。高师母是个高个优雅的女人，有书卷气，显得病怏怏的。她叫他，也就蹦出一个字，高。高师傅迎了过去。两口子爬上那辆南方牌摩托，往家里驶去。我估计，十年前高师母在俚城这地方能排进十大美女。

　　小马就啐我一口，说呸，还十大美女。当年高师母是俚城第一美女，号称师长。师长够不上，再怎么也是个独立团团长。

　　我吓了一跳，有了对比，这才发现高师傅长相实在……差强人意。他毕竟成了我的师傅，要为师者讳。如果没有这道关系，那我脑袋里只会产生一个字，丑。小马也有他的说法。动画片看得多了，他绕来绕去地说，是《美女与野兽》的俚城五交化版本。

　　刚拜在高师傅门下不久，他就给我介绍了一个女朋友。那时候我没满十九，他鼓励我说，占着指标再说，谈他几年，看准了再结婚。谈恋爱这事说白了，先下手为强。

后来我才知道，大部分师兄的女朋友都是高师傅介绍的。他走家串户修电器，爱说话，所以说把半个佴城摸得挺熟络，抵得上一打户籍警。师兄说，高师傅是美女批发部。我怀疑师兄弟里不乏小撮人，仅冲这一条便会拜在高师傅的门下。

我没想到那妹子挺漂亮，姓崔或者是姓肖，现在已经记不起来了，就记得漂亮。当然，和师母一比还是有距离的。高师傅本人的事例鼓励着我，抱平静而勇敢的心态，和妹子泡下去。相处一段时间，我才发现，这妹子因为误会而和我谈上的。有一天她问我说，五金是哪五金呢？不等我回答，她就掐着手指算了起来，金耳环金戒指金项链金手镯……

——还有一金是什么东西嘛？妹子好几次这样问我。她算来算去，也只说得出四金。我觉得她除了有点白痴，其他各方面都过得去。而高师傅说，女人白痴一点才好。这是他把她介绍给我的原因之一。我不想把五金的真实意义解释给她听，因为我想和她继续泡下去。但当时我不是太卑鄙，她多追问几口，我就老实告诉她，此五金非彼五金。妹子听了半天，终于弄明白以后，干脆利落地和我断绝了来往。

高师傅知道我这情况，就来找我谈心。我记得他是一脸恨其不争的表情，说他的徒弟少有我这样菜的。他说，谈恋爱哪有交根交底的？不骗着点哄着点，当光棍去吧。同时他又安慰地说，下次那妹子家的冰箱再漏氟，就让她家更换一个铁西瓜，宰她一道才解气。高师傅的一番骂，搞得我稍觉安慰，并盼望着女孩家的冰箱尽快出点问题。她家的所有电器一直都是高师傅承修。

听几个师兄慢慢说起高师傅的一些事。高师傅家里是农村的，挺困难，搞上维修工以后比别的人都要勤快。其实他身体不好，经常到医院躺一阵。他是咬着牙齿挺过来的，所以才有了今天这样。他是一个特别能挣扎的人。这我看得出来，他自己的两只眼皮都较得上劲，整个人能省事吗？

高师傅有三十多一点年纪，据说存款三十多万。如果这是事实，那还真不是小数目。纯粹靠搞维修，这一笔钱不知要挣到何年何月。他们都说，别看现在高师傅一天到晚涎着脸跟经理讨好处，如果五交化一倒台，俞，谁给谁打工还真说不出一句准话。

高师傅的爱人，即师母，姓毛。我觉得他俩还是不太配得上，因为高师傅长得……卡通，和美女走在一起多多少少就有些搞笑。卡通也是小马的一种折中的说法——有一次，电影演员徐帆和冯巩两个人在一台晚会上逗趣，徐也说冯这个人长得有蛮卡通的。冯这个人鬼灵，眼都不眨就把话接上了，他告诉徐，有一个人比他长得更卡通。徐问是谁，冯就说，冯小刚。——所以，长得卡通大概就是，虽然丑，但是看上去还有那么点趣味性。

毛女士这几年被高师傅弄得憔悴，不复当年那种鲜艳夺目。生活中，外号叫排长的女人就够男人费尽心机了，何况师母曾被叫做师长。我觉得高师傅真够自信，年轻时候怕是谁都敢上，管她养在哪户人家里。问题是，他搞到手了——这些花瓶一样艳丽的女人，不被高师傅这样最善于挣扎的男人获得，又能往哪里逃呢？

这事被五交化商场那几个不良青年一说，也有故事。说是十年前小高（他们就那么没大没小地叫来着）才进城，一无所有，却一门心思想搞到毛女士。毛女士一开始肯定也很怀疑：我怎么可能，被他泡下来呢？她从不乏追求者，众星拱月的日子过得很麻木了，现在突然从哪旮旯钻出来一个长相往好了说是中等偏下的维修工。毛女士可能感到一种滑稽，感到世界真奇妙，感到只有你不敢想的没有别人不敢做的。可是一来二去，她竟被我们高师傅搞上手了。毛家的父母都是佴城师专里的教师，差不多混上副教了。两个知识分子不便攻击高师傅其他的方面，只是说，我家的女儿娇惯了，哪吃得苦，只怕跟你性格上合不来？其实他们是嫌高师傅穷了些。高师傅就邀毛的父母去家里玩一玩。毛的父母姑且去看一看，进到屋里，就有些蒙了：时下有的电器，高师傅可以说一应俱全，一拨拉都能转。那时候，城里怕是有五六成人家，看的电视是黑白的；而农村，还没有脱离三转一响。高师傅给毛的父母放录像带；用榨汁机榨取橙汁给他们喝；窗子上还有一个巨大的铁家伙，轰隆隆作响，产生一些凉气。毛的母亲回家以后一拉电灯，正巧碰上停电，于是她就很感慨，她说，小高自己就能发上电！——她还以为窗子上响得厉害那东西是一台发电机。实际上这是佴城第一台空调，市建行违规购置的日立牌窗式1.5匹单冷，价格八千三，坏了以后全城只有高师傅一人敢修，技术攻关一星期后拿了下来。小知识分子就是这样，容易无端端得意，也容易自惭形秽。毛的父亲思前想后，甚至冒出这样一句，小高这么点年纪就搞了一屋子的东西，怕是怕是……毛的母亲就笑了，她说，你穷也怕富也怕，真是的。

　　高师傅顺顺当当把毛女士娶了过来。娶过来之后，家里那些东西不久就被搬空了。那些电器都是送修的，高师傅尽量找这样那样的借口延缓别人取件时间，实际上已经花了最快的时间修理好，全搬回家里等着毛的父母来检阅。不过婚后毛女士也不曾有过后悔的想法，高师傅很快就购置了许多真正属于自己的电器。

　　看来我只有佩服的份，听了高师傅的这些轶事，我才知道自己在泡妹子方面，有多么弱智。恋爱不谈也罢，接下来约有二十多天，我唯一的事情就是锯铁西瓜。那一堆报废的铁西瓜有增无减，因为高师傅的业务量充足，俚城制冷维修百分之六十的业务都拽在他手上。高师傅从柘州进压缩机商品件，经常一进就是几十个。他倾向于购买最便宜的乐冷集团生产的压缩机，故障率高。他认为，对于维修这行当，故障率高并非坏事，意味着可持续发展。柘州五交化把压缩机发送过来，是用一种油绿色的铁皮箱子，上面喷涂着白色的数字。那种绿色铁箱跟电影里的军火箱没有两样。

　　一两年后，这些崭新的铁西瓜肯定会报废一部分，换下来以后又得锯开。

　　我对锯铁西瓜的活产生了怀疑。即使要看内部结构，锯两三个足够了，再说我的锯功已经很熟，一天锯三个铁西瓜不成问题。我在那里干的事就他妈的锯，锯完了还是锯。我一边锯一边在心里默念，锯死你呵锯死你。其实我也没想清楚要锯死谁。高师傅说，就是要磨磨你这性子。你才锯几个？人家练拳的还要站三年桩呢。我觉得这好像跟练拳扎马步不是一回事。他就说，好吧，那你就去练练焊功。于是我又去练焊功。那些锯开的半球状的铁西瓜壳，又要重新焊接成球状。铜线已经拆掉了，高师傅把空铁壳里塞上石块再让我用焊条烧焊。我看见他事先会把塞进铁壳里的石块过磅，称好。烧焊似乎比锯铁西瓜省事一点，省气力，就是焊久了眼睛生疼，得找冰箱里的冰碴子敷一敷。

电器车间里成天充斥着高师傅的吆喝声，因此也随时一派热火朝天的样子，井然有序，没有谁闲得下来。闲下来的时候，高师傅会散烟，还会表演他的几手绝活。有一次我看见他把一只铜壳蒸发器活活吞了下去，然后一拍肚皮说声，走呵，便让小马掏裤袋。小马一掏，那东西在里面，上面标得有记号。

据说高师傅年轻的时候也相信一个人苦干，由于肝上有病不能累，才学会了管理。从苦干到巧干，高师傅逐渐找准了自己的位置，现在，他处于半脱产状态，就吆喝徒弟，来钱不少。他也做生意，卖二手货。我虽然埋头拉锯或者烧焊，也留意观察高师傅的买卖。从小父亲就告诉我，真正的功夫得偷着学，师傅嘴里讲出的大都是门外功夫。不看不知道，一看也简单。高师傅不喜欢安安稳稳替别人维修，总是把故障夸大，让人觉得没有维修的必要，或者干脆说，这东西只能拆零件了。他很便宜地收购别人的电器，整修以后再卖出去。有时候他收购甲的冰箱修好卖给乙，再收购乙的冰箱转卖给甲，弄得两人都很高兴——既处理了自己的烂货，又便宜价买了一件好货。而对于高师傅，同样是维修，却有了倍增的利润空间。

很多顾客都夸高师傅人不错，还有几个人买高师傅的旧电器上瘾，放话说，以后有什么好东西帮帮忙留着咯。

由于这事，贾师傅看高师傅不上眼，说他败坏行规。贾师傅成天埋头坐在车间里查故障，久而久之就有些孤僻，一个维修师傅无端生出几分知识分子的迂腐。高师傅听了这话，骂贾师傅猪头狗脑。高师傅说，喊，真把自己当知识分子了。

我在高师傅手下学了两个月，感觉没学到什么东西，就知道查查电路，坏哪部分整个换了省事。这样的做法其实两个小时完全可以学会，甚至还不用——具有初中物理知识，再把万用表的说明书看一遍，就差不多了。但我在高师傅这里甩了两个月。

一天晚上我郑重地跟父亲说，我不想搞电器维修，还是跟贾师傅学电子得好。我的理由是，电子修得过去，才能独立开维修店。再说电器的活被高师傅抓得太多。

父亲想了想，说，你已经成年了，大主意自己拿。

我说我已经想清楚了。

父亲说，那就行。

我改投贾师傅的门下，贾师傅要我必须向高师傅讲清楚，而且要他点头。我硬着头皮去办了。我专门挑下午下班的时候，师母毛女士来维修中心叫他。高师傅对毛女士永远摆出谄媚似的笑脸，迎过去，再发动那部南方牌的摩托。两人都在摩托座垫上挪好了屁股，我就掐准时机凑上去，说，师母好。师傅，想跟你说个事。我把我的意思说了出来。他笑了笑,说,我当然没意见。其实他表情里闪过一丝讶异。他把车踩响,走了。

电子维修车间在里头,去的时候必须横穿外面的电器维修车间。我得硬着头皮走过去。几个师兄师弟站在过道那里看着我,他们知道了这事,抄着手,怪模怪样。我是第一个从高的手下转投贾的,而以前从来都是高从贾手底下挖徒弟,仿佛我是逆潮流而动。我听见谁轻轻地哼了一声,叛徒。高师傅厉声喝止他,说,没规矩。

我走进了里面的电子维修车间,呲了一口长气。贾师傅在看小说,摇头晃脑。当时他只有三个徒弟,现在,加我四个。他的徒弟全都上工很早,还要打扫卫生。高师傅对上工时间没有要求,只是说,最后一个来带份早点。

贾师傅的学徒中有个女的,叫小刘。我的眼光落在小刘身上。小刘农村来的,只读到初中,长得很漂亮,而且不是小芳那种粗辫子大眼睛散发着泥土芬芳的漂亮。她像新疆那边的美女,有种半洋不洋的气味,很惹人的。她本来想跟高师傅学电器维修,不那么费脑,但电器是体力活,经常得帮着顾客扛上扛下。她单薄了点。她差不多二十了,看上去还没有发育完全,就脸长得好看。我一直盯着她。没办法,谁叫她是整个维修中心唯一的女孩,而我还没有找到女朋友呢?幸好小马早就放话说,我爱她。这样,我就得知趣一点,闪到一边。

贾师傅给我指定一张桌子,上面摆了两台电视机,一台是黄河牌,一台是熊猫牌,都是有年月的老产品。接着贾师傅发给我一小块报废的电路板,再拿几个集成块,要我首先学学用精细电烙铁。集成块每一侧有二十几只细如梳篦的焊脚，整个看上去，像蜈蚣一类的节肢动物。我一下子喜欢上了这种细腻的焊活，跟焊接铁西瓜壳完全两回事。左手捻着焊锡丝触到焊脚，右手拿尖头烙铁精准地点到位置，一个焊点就搞定了。只消几分钟，我把近五十只焊脚都焊牢了，没有一点错位，而且焊点清晰平整，犹如流水线上的机焊。贾师傅看看我的作业很惊讶，问我是不是练过。我说没有，但小的时候学过篆刻，跟焊这个差不多。

贾师傅问，学过篆刻？能不能给我也刻个名章？

我说行，我家里章石存得挺多。贾师傅你名字是什么呢？我并不知道他的名字。

他就在纸上写了几个字，贾思谊印。

我不失时机地拍马屁说，干脆我再刻一方"笑傲江湖"吧，闲章。

贾师傅说，那你刻一方"东方不败"吧，我晓得，背后你们都这么叫我。

他挺生硬地笑了一笑，像戴着别人的脸皮，笑得并不好看。贾师傅是个不怎么爱笑的人，脸上表情肌群严重缺乏锻炼。那几个徒弟也在笑。他们肯定也大感意外，贾师傅竟然也知道这绰号。

电子维修车间的笑声是短暂的，贾师傅爱静，他说，唯一有的声音应该是电视里的声音。他喜欢每个人都埋头苦干的样子。对于维修，他觉得没有多少理论可讲，告诉我说，我就是自己摸来摸去摸会的，学理论的人往往把机子越修越坏。他发我一本电子基础知识的书，让我自己看，不懂的圈出来，问他就行。我的记性还顶用，没几天就能认全符号，然后是背几种基本的，经典的电路图式。

我能感受到车间里那种热风一样的电子流，有时候，它使车间里的空气产生了不规则的变形。这样，我偷看几尺外的小刘时，她的样子总是变化不定，仿佛映照在哈哈镜里的镜像。我越看越搞不清她长什么样子。

贾师傅的脸很白，没有血色，眉毛细长，坐在椅子上，岿然不动。他烟瘾极大，特别在遇到疑难故障的时候，烟不离手。他从高师傅那里要了几个锯开的铁西瓜壳，当烟灰缸，一缸盛得下百多个烟屁股，老是满的。但我们抽烟他就制止。车间里，几台电视机同时开着，多半是有声音而图像不正常。电视机的喇叭不容易坏，坏了也最容易修。每天，我听到的是好几个频道的声音，不分先后同时进入耳朵，结果是什么也没有听明白。有一次，我面前的那台电视机正在播老电影《地雷战》，我想看一看，以免再被人笑话。但贾师傅正修着的那台机，飘出了西洋歌剧的声音，女高音尖锐得砭肌伤骨，劲道十足。《地雷战》里地雷爆炸炸鬼子的时候，那边却插进来一串颤音，仿佛被爆炸冲击波掀起来的鬼子们都是跳动着的音符。我兴致索然，没法再看下去。

进了电子维修车间后，我莫名其妙地小便频繁，一天要多上厕所好几次。这样我得以发现，小刘也尿频。有一次我们几乎一块儿去上厕所，隔着墙，我听见她在那边剧烈地呕吐。我的第一个想法就是，她是不是，肚里有了小毛毛？

这是没办法的事，电影还有电视看得多了，不难总结出这样的套路：好人一上医院准会查出绝症，而大姑娘一呕吐百分之一千是怀孕了。那些编剧从来都了无新意。

高师傅的眼光是挺犀利,他老早看出来空调机必将大卖。一开始,大家怀疑,空调这东西怎么有人买呢?大而无当,声音像发电机。买这东西的人,一般都会和邻里发生纠纷,回头要维修工去修。可是用分贝仪一测,声音还低于标定值,没事。高师傅很会说话,他告诉事主说,买这东西就得他妈响得起劲。现在有钱人腰杆子硬了,它不响谁知道你家里装了这好东西?

一开始,一台单冷窗机也卖几千。多有几个生产厂家,价格跳起水来,每降两百元,销售量就会递增几成。高师傅总结说,很明显,首先是各单位安装,然后,上班那些人白天受用了一天的空调,晚上回家就活受罪了。不买还不行。很快,高师傅和别人合伙办了一家空调店,同时上多种牌子,品牌机、杂牌机还有贴牌机,一应俱全。

维修的这一块他也没有放下来,因为卖空调打的就是维修牌。一个显而易见的事实是,绝大部分人冲着高师傅的维修技术,来买他店上的货。他们不相信厂家的承诺,那些厂家太过遥远,但高师傅近在咫尺,在俚城安了家,是走不了的。

空调维修量日见增大,报废的压缩机就更多了。空调的压缩机不是圆球状,是圆柱状,个儿大。但在电器维修车间,大家按惯例,依然把这东西叫成是铁西瓜。收废品的人都知道铁西瓜里面有一包铜线,特别愿意收购这东西,经常上了门来问,嘿,废了的压缩机有吗?或者是,有铁西瓜吗?如果把压缩机说成是压缩机,显然是个新手;老手都知道铁西瓜这说法。冰箱里的铁西瓜不论大小，按废品都能卖八块钱；空调里的铁西瓜则价格不等，当面议价。5匹机里的铁西瓜，里面的铜线值得上一张老头票。

高师傅要徒弟把铁西瓜锯开，把铜线剥出来称斤两卖，可以多得一点钱。而且，把铁壳装上石头焊好，又可以再卖一次。这事后来才听他们说起。剥出来的铜线可以直接卖给上门的生意人，而焊好的铁西瓜，则要新来的徒弟卖到城郊那些废收站去。废收站的老板都知道铁西瓜里面有铜线，一拉过去，他们扒拉一下数目，就付现钱，相当爽快，往往还丢一句，你哪里的？以后有这东西尽管往我这里送。徒弟们都被高师傅交代过了，一律说是某某乡镇的维修店。如果，拉的是空调用铁西瓜，再说是乡镇肯定要穿帮。乡镇哪装得有空调啊？高师傅教导徒弟们说，如果遇到这样的情况，你不妨显得有点慌张，再跟那些傻瓜老板说，这个你别管，反正我自有来路，要还是不要？你要的话，这东西还多得是。

这意思就是，偷来的。废收站的老板们一听，也就放心了，只管付钱。

但这样的事，必须打游击战，不断地更换地方。一家废收站不可能上两次当。幸好俚城的废收站特别多，都散落在城郊，大大小小不下百家。

干这事只出漏了一次。那次，他的一个新来的傻徒弟小王，傻不拉几把一车做过手脚的铁西瓜拉到一家上过一当的废收站。高师傅明明交代他去另一家废收站，但他把地址记错了，郊北路记成了北立交桥。那老板一声不吭，要人把小王拽住，再要人锯开一个铁西瓜。锯开以后，小王挨了一顿饱揍。

　　傻徒弟小王仅仅是皮外伤，他还能踩三轮车，一路踩一路哭着回到了维修中心。我看见他的左脸和眉弓被打破了，头皮也渗出血来，把头发粘得很零乱，看上去像是前卫发型。高师傅有些生气，他说，你急着回来做什么，别人后面跟着你怎么办？没见过你这么蠢的东西。说是这样说，他掏了三百块钱给小王治伤，还从哪里搞来几包市面上早已绝迹的麦乳精，叫小马提到小王家里，以示慰问。小王去住了两天院，经过检查，各方面都没有大碍。

　　高师傅出钱把小王的伤治了，这事仿佛就应该摆一边了。但小王的老子一根筋，老也想不通。他不敢去找废收站老板的麻烦，只在一天天擦黑时拦在路上，把高师傅从摩托上一把拽下来，踹了几脚。小王的老子一边踹一边说，你是叫高广明吗，肏你妈，打的就是你。

　　不过高师傅也能挺，第三天他又跟没事似的来上班，脸还没消肿，腿稍微有点瘸。那个徒弟的傻老子出手未免重了些。但高师傅这人就这样，除了捞钱，别的事即使像天塌了，他也能假装没看见。对于挨揍的事，高师傅总结了教训。他认为城郊那一拨子收废品的老板"都他妈不老实了"，以后只能在下到别县搞维修时，顺便带几个换了瓢的铁西瓜，补补路费也好。

　　没过多久，高师傅又去住院了，他长期以来的肝病突然变得严重。肝病加重和小王他老子揍的那一顿有没有关系，谁也说不清楚。高师傅想到了这一点，一个电话打到了公安局。小王的傻老子一下子又变聪明了，一听到风声，就带着妻子儿女一走了之。小王的父母本来就是弹棉花的，走到哪里都算家。警察找到小王家里时，扑了个空。

一个星期后，高师傅被转往省人民医院。一个月以后他就被拉了回来。本来他想死在家里，但是短了一口气，死在半路上。这种病毒性肝炎是家传的，十三年前，高师傅的母亲也是死于该病。

出殡前，我和小马去守通宵。进到五交化的两年里，吃了很多宗喜酒，但偌大个五交化老他妈不死人。我觉得，一个集体，其凝聚力和大家庭的感觉，只有在死人停灵的晚上才最充分地彰显出来。

高师傅的家依山而建，墙外是一大片橘树林。毛女士一身黑衣蜷在沙发上，很消沉。几个中年男人和女人坐在周围，走形式地安慰她要节哀。然后中年男人们就讲起了笑话，甚至还有荤段子。有一个"两口佬"的段子本来听滥了，可那家伙腔调与众不同，又一次让大家笑得喷饭。毛女士本来想憋过去，但没扛住笑了出来，像打了个喷嚏。她脸上满是尴尬。高师傅的儿子才几岁大，还在幼儿园里混，看见晚上来这么多人就挺高兴，发人来疯，满地乱爬，别人一逗他就学狗叫。有个中年男人问他，小俭，你再也看不见爸爸了，想他吗？小孩说，不想。男人追问，为什么呀？小孩说，丑死啦，看见他就烦。毛女士不得不往小孩脸上甩一巴掌。小孩就哭了，也没人劝。

小孩哭了以后房间里的气氛才显得正常，像那么回事。

我和小马摸麻将到下半夜，把牌位让了别人，拱到屋外。有一蔸橘树很茂盛，我俩坐到了树下，从衣兜里掏吃食。我没想到小马来之前买了这么多东西，像一只袋鼠一样从兜里掏个没完，还拽出一瓶沱牌。我说，你真把守灵当宵夜了。他说，不是。其实我挺感谢老高，他突然病死了，帮我做了一个明智的决定。

我问他，怎么啦？

我答应过他（她），不说的，你就不要问了。小马吊起胃口来。

你答应过谁？

小马狡猾地一笑，说，你就别诈我了，除非你能喝趴我，这样，我就能装醉跟你说出来。他是想要我陪他喝白的。我平日不喝白酒，但我被他把胃口吊起来了，而且我看得出来，他的话梗在脖子里，拿酒当借口才好说出来。我和他碰了两杯，他就问我，看出小刘最近有什么不一样吗？

我以为我差不多全明白了。最近小刘是有些不同，她长了小肚子，胖了。与此同时，她不呕吐了。这两年，她经常呕吐，肚子却老不见大，我以为是别的什么毛病。我痛恨那些电视剧给我误导，老以为小刘怀了毛毛。小马这么一说，我就意识到了她最近腹部微微发胖，肯定有问题。

我问，她怀孕了？

小马跷起拇指夸我说，聪明。

我又问，你种的？

你这人经不起表扬，小马说，真是猪头狗脑。

我犯起懵来，同时心里塞满了难过。我学电子挺快，贾师傅说我是他最满意的徒弟，后面不带"之一"。本来年初就可以出师，分到五交化下属的一个维修站，那里效益不错。我知道小马一直搞不下小刘，慢慢地就对小刘心存幻想，赖着不肯出师，嘴上说想把吃饭功夫练得精益求精。现在小刘被人干了，还怀了别人的毛毛，我竟然一直不知道。我觉得我非常白痴。又碰了两杯，我才去琢磨小刘的孩子会是谁种的。我头一个想到了贾师傅，他是一个琢磨不透的人，这种人做事往往不吭声不吭气，做了也做了，胆子不是一般人能比。我问，贾师傅？我早看出来了，那么一把年纪还白脸皮红嘴唇，明摆是奸人之相。小马说，又错了，是那家伙。他往高师傅的灵堂指了指。我感到不可能。虽然小刘很漂亮，但依然不能和毛女士年轻时候比。高师傅吃饱了肉哪还有心思喝汤呢？我不太肯信。

漂亮是一回事，年轻是另一回事。小马说，小刘亲口告诉我的。

在维修中心，盯上小刘的学徒挺多，我也算一个。最具竞争实力的是小马，他长得像费玉清，父亲又是五交化的一个部门经理。小马是个挺自信的人，一开始他抱着非我莫属的心态，追得很激烈、猛烈，甚至不妨说惨烈，小刘回绝一次，他就拿剃刀片往手腕上割一下。当然，小马没敢去碰动脉，留下个记号让自己找找感觉。

他基本上绝望的时候，小刘突然来找他。小马心里默念着阿弥陀佛，还以为是自己精诚所至，感动了哪位过路神仙。两人去城郊找了个茶馆包间。小马憋了好多溢美之辞要跟她说，但她直截了当地告诉他，我已经怀孕了，而且不能打，你还要我吗？尽早给我个回话，不行我再去找别人。小马觉得当王八是有些难受,但小刘依然对他有非常大的诱惑,依然使他馋涎欲滴,半夜里辗转反侧。权衡利弊,小马就去找小刘摊牌,他说,那我也有个条件,你必须告诉我那男人是谁。我发誓不会找他麻烦,并且永远不对第四个人说。小刘脸上也有难色,说你给我三天时间。小刘的内心过于地紧张,三天后,她把高师傅供出来。

听说是高师傅,小马心里其实很恶心,他脑子里经常闪出这种场景:高师傅在上面,小刘在下面,合抱太极图……小马咬紧牙关把这些忘掉,然后尽快和小刘结婚。他告诉他父亲,他把女朋友肚皮搞大了。他父亲把他饱揍一顿,然后和他母亲商量起娶媳妇的事。恰在这时,高师傅的病重了。小马听人说,这病是绝症,得了只有去死。小马吓了一跳,决定反悔。

小马又一次找到小刘,委婉地说,其他什么的我都不在乎,真的,孩子也不在乎,养大了都跟你熟。那绝不是问题的关键。但是,我担心这孩子也有高师傅那种病,他们家族遗传。

这确实是个无可辩驳的理由。

说着,小马又要我喝酒,吹瓶子。他一口就使酒在瓶里跌落好几公分。我百思不得其解,问小马,小刘怎么看得上老高呢?而且……我觉得她是个心气很高的女人。

小马就说,小刘一直问老高借钱,老高也不要她还。就这样。以前她刮了两次,这一次,医生不肯帮她刮了,因为再刮一次,她以后就会习惯性流产,甚至不能生育。

说完这些,小马和我喝光了那瓶沱牌。他嘱咐我说,千万别告诉别的人,你保证。

我说,放心,我保证不会让第五个人知道。

这以后,小马找了什么理由跟他父亲解释,我不得而知——想必小马不会说,那孩子其实不是我的,是高师傅种下的。他父亲怎么对待这事也不得而知,他家的请柬都写好了正准备送出去。那几天小马的马脸老是肿的。

小刘的肚子毕竟藏不住,回了家去,不再到贾师傅那里学徒。但是五交化的人都说是贾师傅把小刘搞大了。在小刘肚子里的孩子有六七个月时,贾师傅把小刘接来,结了婚。结婚以后五交化的人反而不再传闲话了。既然贾师傅认了,再说就没多大意思。

很快五交化因资不抵债破了产。全国的五交化都在前仆后继争先恐后地破产,偎城五交化当然也不例外。我打算开一家自己的维修店,而且,想到了一个奇好的点子。我花了好几百块钱请几个经理撮一顿,完了还泡桑拿按摩。他们问我有什么事。我说想把维修中心那两部座机的号码要过来。

就这点破事?几个经理掏大粪一样掏着牙齿里的菜屑,感到我简直是小题大做。他们说,写个报告,我们盖章就是。还以为什么破事呢。

我吓了一跳,因为我差点犯下了打草惊蛇的错误。他们原还以为我想淘库存的积压商品,揩点油水再走人。

贾师傅买断工龄后就回老家了,他是朗山人,有一个年近八十的妈等着他去养老送终。我的店子很快开张了,在朝阳路,店牌底色是红色的,上面是毛主席的笔迹"为人民服务",字是橙黄色的。右下角有几个不起眼的楷体小字,"小田家电维修部"。朝阳路上原有几家维修店,他们搞不清楚我这新店新手,生意哪来这么红火。我雇了几个维修工,他们都是高师傅的徒弟,单独开不了店。小马本来也想来,但是,想着是给我这个师弟当伙计,面子上过不去。我封他当电器部技术主管,他就过来了。

一年以后,我和小马掐指一算小刘的那孩子差不多周岁了,就买了一些婴儿用品去了朗山。去了之后才知道小刘和贾师傅两个月前离了婚,贾师傅带着那个小男孩。小男孩长得挺漂亮,而且白嫩,和高师傅那蜡黄脸皮仿佛没什么干系。我们撺掇着要让小孩抓周,看看他以后有哪方面的出息。桌上摆着我们买来的假元宝、官印、文具、玩具车、玩具枪等等。然后,贾师傅把那小孩放到桌子上,等他自己抓。小孩看看那一堆东西,并没有抓到手上的意思。忽然,他往桌子的另外一头爬去。贾师傅怕他掉下桌子,赶快用手护住,这时,小孩一把抓住了贾师傅的烟灰缸。

贾师傅的脸忽然变得很难看。他把烟灰缸从小孩手中剥下来,扔在地上。小孩不乐意,就哭了起来。

贾师傅的烟灰缸都是问高师傅要的,是冰箱里铁西瓜的半个壳,搞不好还是被我锯开的。

有一天,应该是下午,我坐在自己的店子上,接了一个电话。对方问,高广明高师傅在吗?我有些惊讶,因为我突然发现,已不知道有多久的时间没意识到,高师傅这个人已经离我们而去。怎么现在还有人打电话找他?我告诉说,高师傅已经死了。

你说什么，再说一遍我听听。

他死了，嗯。

什么时候死的？

一年多了，病死的。

哦。对方遗憾地说，你看，他都死了有那么久，我还在给他打电话。唉，真是。其实他死的时候我应该去看看，以前我们关系不错，应该送送他。

我说，你不知道，就不算没礼数。

那是。师傅你贵姓？他问我。

免贵姓田。有什么事吗？

他说，是这样，我以前买过他几件旧电器，他答应保修三年的。这话还能算数吗？

我说，他以个人名义保证的事，现在真的就说不好了。但是你拿来吧，我是他徒弟，收些成本费就行了，你尽管放心。

嗯，好的。田师傅，我刚才，脑子里突然蹿出一种想法……对方定然是面带微笑地说，我想呐，他都死了一年多，我还在打他电话。结果他竟然，在那头接上电话了……唉唉，你说，我怎么会有这种晦气的想法呢？我真的是！

我也笑了。挂电话后，我觉得对方是个挺有趣的人。我听出一种滑稽。事情无非就是这样，一个人死后的一个月内，不知情的人给他打电话，却被告知那人已死，就会勾起一些怀念一些悲伤；但当那人都死了一年多，还有不知情的人打电话找他，那就得叫做滑稽了。

漂亮老头

那天我循着李太博写给我的地址去找李太博，鼠（曙）光西路西道58号，结果发现是民族皮革厂。再看了一眼，没错，是这个地方。早几年还穿过这厂出产的曙光牌牛皮鞋，虽说式样老旧，但扎实耐用，当水草鞋糟蹋也可以捱死你两辈人，怎么说垮就垮了？同时也责怪李太博多事，说是皮鞋厂不就完了嘛，费劲抄那么一大串地址。

西楼二层前厅。

我没有指北针，好不容易判断出哪一栋在西边。皮鞋厂里很大很空旷，进门那栋小平房改成了幼儿园，我看见一群儿童在下午两点的阳光下曝晒——要么在一大堆废旧轮胎里面钻来钻去，要么就撒尿和泥做房子，然后又再来一泡尿冲垮了。个个都是幸福万状的样子。走到西面，我看见一栋灰黑笨重的四层楼，像是挨过美利坚炮火的前南建筑。一楼贮满了农药，刚好有一辆福田小卡拖货出来，我闻见扑面而来的钾铵磷的气味，令人不安。

李太博当然不会想到我果真会找他。老同学碰面，互相告知一下地址，完了挺真诚地说一句，有空一定来！擦肩而过以后，谁又会去找谁？客套而已。我注意到这个厅很大，在200平方米以上，被隔成两个部分，并且没有完全隔断，甚至说，间隔的屏障纯粹是自欺欺人的。前后各有一张大床，后面那张床的床头零乱摆着几个乳罩，一眼看出那分属两个女人：一个发育过盛，一个才刚刚抽条。

李太博让出一张塑胶椅子，叫我坐。我这才回过神来，并收回自己的目光。

坐下来我才想起要办的事情，遂从包里抽出一个门头方案。老板新开的空调商场需要一块巨大的门头，宽16米高6米，一共96平方米，搞不好能创下佴城的吉尼斯纪录。我想起年前李太博告诉我说他现在在做广告，就争着给老板跑这份腿。老板的意思是要1440线效果，八组射灯，周围包10厘米的钛金边，给价是130块钱一平方米。我觉得还是有钱赚，再说，也很想给李太博帮点忙。我记得，高中时我俩玩成了闺中密友。

李太博明显兴奋了起来，看着方案，表情有所掩饰，故作不太情愿，告诉我说110块一个平方米基本没钱赚，并且掐着他女人似的手指跟我算明细账，说是钢材涨了灯箱布涨了钛金也在涨，什么他妈的都在涨。

其时我似不经意打量在座几个人。有个铁煤炉，里面没有火，但大家还是围炉而坐。他们，包括李太博在内是四个人，两男两女。两女的诚如刚才我对床上乳罩的分析，一个才十四五，手执一本八十年代初出版的革命前辈故事集《千里寻党》。另一个女人果然呈爆炸式发育，像北欧女人一样鼓鼓囊囊。在我们这个腹地小城干瘪的人群里面，她简直可说是有些变种。但她长得不是很惹眼。正这么想着，她冲我莞尔一笑。我觉得她笑起来格外妩媚。

我想和她说些什么，可是却和小女孩扯了起来。我问，你多大了？

十六。

没有吧？我表示怀疑。

她顺从地说，那就十五吧。

我根本听不进李太博算起来的细账。当他口干唇燥算一通后，得出"无利可图"这样的结论。我给他加了5块，我说，115一平方米怎么样？他说，120块吧。我又还了一口价，说那就118吧，要想发不离8。他说行。

我这才有机会说，唉，你都忘记给我介绍一下了。

这是我高中同学丁小宋。李太博指了一下我，又指着那三个人一一介绍。小女孩姓吴，丰满的女人姓覃，还有一个男的姓石。李太博不无得意地拍拍姓石的那家伙的肩，说，我徒弟。我赞叹地说，你挺装的嘛。李太博说，他老相，是不是有点像赵本山？小石满脸堆笑，皱纹就格外密集起来，确属老相。我觉得，毋宁说他更像赵丽蓉。

我再次强调，得有1440线，没问题咯？

方案里的那帧广告原照很小，不知老板从哪抠来的，放大到20平方米，还保持高清晰，我觉得悬。画面上是一个长着酒糟鼻子的外国老头，戴着一顶奓耳棉帽，眉毛、胡须还有皱纹里面都粘满了冰碴子。老板设计了两句词，贴画面上方得写着："如果你想这么爽……"下面得写："因为专业，我们可以。"我当时就觉得这画面有些过。理由有二：其一我们是卖空调而非冰箱，最低设定值不过16度；其二我看这老头未必很爽，他眼看着冻得不行了。但是老板固执己见，我只得依从。

李太博再次看一遍方案，说，没问题，不行我用电脑再做一下，保证你要的效果。

这时我脑子里又闹腾出别的问题，放众人面前不便说，就把李太博拉到楼下去。李太博还问，什么事？我说，出去说咯。

楼下仓库又拉出一车农药，这次应该是敌敌畏，气味要芬芳一些。李太博问，到底什么事？我环顾四周，并问，晚上你睡哪里呵？他说，外面那张床。有什么事吗？

没事，我说。情况和我预料的一样！

他问，还有什么事吗？

没事没事。我心里想，两男两女同居一室，都揣着做案工具，能没事吗？

然后我就告辞了。

我把三千块钱预付款打到李太博存折上，他就硬拽着我去吃饭。可我说饭刚吃过，他就拽着我去喝啤酒。我们去路边摊喝扎啤，感觉掺过了水。小吴、小覃和小石都来了，我注意到小覃修饰得很用心，有些男人行经她身边会瞟一眼的。

两个女人没喝多少就先走了,说是去逛一下服装店。李太博并不擅饮酒,话多了起来。他说自己的老板经营无方,又嗜赌好嫖,已经开不出工资了。这单生意的事他没有讲给老板听,暂且利用一下老板的场地和设备。李太博指一指小石,说,其实,现在是我在雇佣他们——他还有两个女的。

小石狂点着头。

我问,那发票……

正规发票。李太博不说,不行我还敢拿收据蒙你?

我就放心了,其他的事管不了许多。他喝了酒还想摆一下自己的奋斗史。我赶紧换个话头,我说,小覃长得挺勾人的,你就没有想法?李太博稍有些紧张,说,没有没有。我不信,我说,晚上你们一间房里头睡着。他说,隔着的。我说,根本没有隔断,我看见的。李太博继续狡辩地说,我真是跟她没什么事。狗骗你。

李太博又想了想,于是易守为攻地说,你是不是瞄上了?我可以帮忙的,摆明了说就是。

怎么会呢?我都快结婚了。怕他们信,我还掏出皮夹子,里面有我和一个女人的合影。其实那是个电视剧的演员,叫田海蓉。我看着眼馋,自己合成这么一张。李太博做广告的竟然没看出来,说,挺可以的嘛,好像在哪见过。我噗哧一笑,说,就俺城的。

怪不得。李太博仍在端详,问我,她姓什么?

姓田。

够狠,那么漂亮的也敢搞到手。

掺水的扎啤算是喝完了,李太博说还要喝一点,不尽兴。他走向附近一家小超市,身体有些摇摆。我几乎是抢时间想套出小石的话。我问,你不觉得你师傅跟小覃姐姐挺配对的吗?

小覃比我还小一点,她发育得真他妈吓人。小石说,我们都这么说,再说师傅也应该谈朋友了,他家里人也很急。我看得出来。

我说,你师傅的意思呢?

小石说,开始他好像也很喜欢,后面又不大拿得住主意——小覃她爸以前有病,小覃跑到广东,两年弄了十来万治他爸的病。

我说,她这个人蛮好嘛,孝顺。

你不会听不出来吧?小石醒醒地看着我,说,师傅怀疑小覃做过鸡。

我佯作惊异状地说,怎么能这么说人家?凭什么说人家做鸡呵?

小石说,听师傅说,小覃会抽烟,而且比较随便,敢和我们睡在一间房里头。

她是看你们老实,谅你们也不敢怎么胡来。我说,你们也敢和她睡一间房里面,怎么只会说人家随便?

小石费力地思考了一下,回答我说,这这这是两回事。

李太博拎了一大兜听啤走来,已近在眼前。我们没有再说下去。听啤喝起来有一股金属的锈味,我不想多喝,临去前问他做这活得几天。他估摸了一下,说怕是得有一个礼拜。

过得两天我又去他们皮鞋厂,找到李太博时他在西楼的平台上，那里才有足够的地方做事。初步焊成的架子把空地挤得很局促。李太博见了我便叫苦，说是这平顶也是二十块钱一天。我抛给他一支烟，也不是很信。他无非想再次表明自己赚不到什么钱，纯粹在学雷锋。然后我环视一圈，李和小石在焊用于支撑的角钢，小吴不在，小覃在稍远一些的地方量角钢长度，并用彩粉划线。旁边有个男人用电锯切割着解钢，不戴护眼罩。火花从那人裤裆下面蹿起老高，煞是好看。我确定以前不曾见过那人。当我把那人再看仔细一点，不禁乐了，跟李太博说，你真个是拉起了一支"386199"部队呵。到哪里弄来这么个老头给你当打工仔？

我估计那人绝对在六十岁以上。

李太博说，我也不认识。他自己跑来的，不问我要钱，就给我干活。那天他来，还让我看他的本本，生怕我不让他干白工。别看那样，他还是省工艺美协的会员。不过，他手上的活确实地道。

雷锋的遗腹子未必有这么一把年纪呀！我还是不太相信。上街被声称义务服务的家伙骗上两次，没法再轻信这回事了。

李太博说，反正我就知道，不开他工钱，其他由着他搞。

我说，你说他到底有什么想法？

也别把人家想得太坏。也许人家在家里坐不住，出来找点事情做，就当是解闷。年纪大了，都这样，就怕闲下来。李太博颇有见解地说，我觉得他像你们广告画上那个外国老头。

我手搭荫棚逆着光看去，说，这老哥们要比广告画上的外国老头还帅一点，只是鼻子太塌。

对，一个老帅哥。李太博也这么认为。

这时，同样在逆光的效果里，我看到那老人伸长脖颈，慈祥地笑着。小覃替他揩去额头上的汗。一派其乐融融的生活图景。我蓦地有个想法，这一幕给它拍下来，起个标题叫"父慈女孝"寄《夕阳红》一类杂志，搞不定能采用。

我就是有很多想法。

那两人还说了些什么话。楼下面有一家藕煤厂，这时候正开着机"哐喊哐喊"地往外吐煤饼。我们听不见那一老一少说了些什么，竟笑得那么过分。也许老头还很幽默？

老板那几天叮嘱我得去皮鞋厂多看看，还告诉我一个道理，说是裁缝不偷布，婆娘没有裤。老板说自己就这么发起家的，回过头就更知道得防别人偷工减料。其实我乐意去皮鞋厂，清闲，他们几个人也不会抛我脸色看。再到那里，我果真发现李太博不像我记忆中那样老实。那个焊好的框架，主框用40角钢，而支撑处用的只是30角钢。

我不得不承认老板讲得有理。

迫不得已把这事挑明，要不然李太博还当我不知道。李的脸看着泛出血色，于是我想，毕竟，他还算得是老实人。我为难地说，你也得让我跟老板有个交代才是。

李太博木讷起来，良久没有说话。他才开始独自处理事情。我想，也许多有几年，他才会处乱不惊，眼都不眨就找出一大堆理由搪塞人。正这么想着，那个不请自来的老头拢到了身边，忙不迭打烟给我，还叫道，哎，丁老板。

我澄清地说我不是老板，也他妈打小工的，夹在中间为难。

哦，那丁经理，这事还得怪我。老头说，我给他们指点来着，支撑用40角钢委实太浪费，30的就足够了。这事怪我。老头点头哈腰，让我特别地别扭，我想他也应是儿孙绕膝了吧，怎么还这么江湖？说实话我不喜欢他眼里的那种久经熬煎的狡黠。当然，你说那就是沧桑，也不无道理。

我说，话不能这样讲，有言在先——你是谁啊？我发现我还不知该怎么称呼他。

老头说，我姓严，团结紧张严肃活泼的那个"严"……李太博在一旁说，你那个严可真麻烦。老头又掏出个红本本，说，呶，我是省工艺美术协会的。我看李老板他们小小年纪做些事情也不容易，能帮嘛就帮着一点点——我也是关协的嘎，关协知道不？

知道，关贸总协定。

不是不是，那现在叫世贸，我儿子在里面做事，但我不在。我是在"关心下一代协会"。老头说着，一个劲把红本本往我眼前递。我不想看，我想你入什么会关我鸟事？可又盛情难却，只得翻开了看看。李太博和小石在一旁都一脸的鄙夷，我想他们是要告诉我，他就爱掏出那东西给人看。

老头大名严老七。我想他老子真图省事，儿子的大名都懒去琢磨。严老七收起自己的本本，答应把30角钢全换下来。他说着就往楼下跑，雷厉风行，要去取电锯。李太博让小石跟下去帮一手，别让老头闪了肾。

我还是不明白，严老七这号能卖力的，花钱也难雇到呵。我说，你说，他事后会不会死乞白赖着问你要钱？李太博想一想，应该不会吧，他自己亲口说不要钱的——话又说回来，他真想要钱我也会给他一点。只是他真这么搞，未免太作践自己。另外我觉得他好像不缺钱，昨天还给小吴买了玩具。

他说他是关协的？

对，关心下一代协会。

我想也是。囿于年龄，我们没法理解一个老人。也许他就喜欢和年轻人在一起，聊以排遣寂寞。很多电影就那么演来着，拿老年人的孤独感编戏，还特别出彩。

是小石和小覃把电锯子抬了上来，严老七跟在后面，提了一把茶壶。严老七动起电锯，切萝卜似的切下了那几根 30 角钢。

我们在一边看。李太博都止不住地说，姜还是老的毒辣。小覃提着那只茶壶走了过来，先是给我倒一杯水，再给李太博倒上一杯。小覃看着李太博那眼神很磁，很有女人味。

我看那双眼，不敢相信小覃像他们说的，做过鸡。鸡我也见过一些，清早打鸣的晚上傍人的，全不是小覃那样。

你们说什么呢？小覃问我们，眼光全落在他脸上。

我说，我们在说你。

背后说我什么坏话？她灿然一笑。

坏话可没有。李太博他说他喜欢你。

是吗？她佯装没有表情。李太博掐了我一把，说，你这个人怎么尽造谣,我哪里说过?我依旧说,他确实这么说,我也编不出来不是?谁拿这个开玩笑。

李太博急得掐我脖子,小覃在一旁极开心。这时候,严老七在那边招呼说,小覃啊,也给我沏杯水喝咯,口干得要死。

小覃没动。李太博放过了我,跟小覃说,小覃,过去。小覃把壶提了过去。严老七站在那里等。

本来李一口说定七天搞成,可是到第七天,我发现还没有往架子上绷布,甚至也没有看见喷好彩的塑胶布。李太博的解释是,俚城的技术还达不到1440线,只得去省城。

我只有依这话去搪塞老板。幸好店面内装修那一帮小工也窝了工,老板没在这事上太为难我。往后几天我都去皮鞋厂蹲点。我想,只要人在这里,就会让李太博上紧发条的。后来听说其实俚城喷得出1440线,但一平方米比省城多十几块钱。北京更便宜,李太博找得到人跑北京的话,搞不定还要往后拖时间。

第九天。李太博那个朋友带来了喷彩布。我要他抓紧点,他就说,要不今晚就不睡了。我说,那倒不至于。

当晚打要一溜铜扣眼,第二天绷布绷了一整天。我也蹲守一整天,闲极无聊也去帮上两手。绷布比我想象中要难一点,绷起来总是顾此失彼。那天太阳很凑合,不凉不烫,适合做事。他们到西楼后面的空地拣了好些残砖垫下面,加上我,六个人一齐用力,绷了老半天,四个角总算归位了。往下的活是往一个个扣眼里面穿尼龙绳再绷紧,够繁琐。

李太博说,抽支烟吧。于是停下来抽。

门头招牌有 96 平方米,铺在眼前,还真是大。我说,你应该替自己想个公司名字,也贴在上面。这块招牌绝对抢眼,盖一两街是没问题,反过来也给你打了广告。李一想是这样,说,那就叫太博广告吧。回头看一看严老七,说,老哥,你跟广告上这个老头挂相,孪生的一样。说着他指一指喷彩布上那个满脸冰碴子的老人头。

大家一看,都说,吓,是像。

严老七也凑趣地说,没这么老吧?

小石说,那他肯定像你爸爸。

严老七也跟着众人哂然一笑,毫不生气,或者置若罔闻。那时候我觉得他很像乌龟——也是一种境界呀,不像大多数老人越活越小心眼,动不动跟小辈吹胡子瞪眼。用佴城话说,这叫涵养性。

我、李太博还有严老七在一头,小石小吴小覃在另一头做事。严老七忽然问我,小哥,你爱不爱买牛?

买牛?我买什么牛?我听不明白,知道不是好话,看他那老眼神就知道。果然,李在一旁解释说,所谓买牛者即嫖鸡也。

哦,我是有点落伍了,不知道哪天起佴城多了一套说话。我说,你就说嫖鸡不完了嘛。

严老七诡秘地说,说嫖鸡不好听,地球银读知道(个老爷们学东北那疙瘩的银睛白话贼像)。现在全改口说是买牛。以后买牛这意思都知道了,不定又要怎么改。

我没搭腔,但是很作呕。我自忖有这事也未必跟你说呀，我们代沟少说都有三四五六条，怎么切磋嘛？见我不说话，严老七又扭脑袋跟李太博交言。

小石他们三人在那边说笑，笑一下又往我们这头看一下。我直觉他们在拿小覃和李太博开涮。我这么一段距离，我们也听不清楚他们讲什么。严老七和李太博说的话兜兜转转七弯八拐，终于让我听出来，他想知道两男两女同居一室，晚上都做了些什么。严老七的意思可真难懂，不过我们听出来了。

我真想给自己脸上来一下。严老七的心思，我他妈原先竟然也有过，于是乎很自责。这时李太博就说，你说会有什么事情？李太博直勾勾盯着严老七，语气不无揶揄。他又说，我告诉你我们没有事情，我们天真无邪什么都没有发生。你信吗？

有什么不信？严老七勉强一笑，他说，你们有事关我什么事？

我还以为关你的事。

怎么关我的事？不关我事。

绷好了布，李太博找来五六条壮汉，一齐把门头招牌挂到了楼下，倚着墙，竟然有两层楼那么高。李太博听取了我的意见，在不干胶上刻了"太博广告承制"六字，还有两组呼机号。他决定把这贴在招牌的左上角。他把两副木梯接起来，中间用4号铁线扎紧，才够爬上招牌的上边。严老七主动请缨，一定要干这活。李太博说，你行吗？严老七就说，我行！说着话他就把外衣撂地上了，摩拳擦掌。现在他穿一条那种齐肩斩断的无袖衫，比背心多两块布又比T恤少两截袖。印象中，二十来岁肱二头肌特别发达的人适合穿这种衣。他的确还算得灵巧，一口气爬了上去，贴起字来手法毫无粘滞。我在底下仰望着严老七，不知为何，还看得出来他的姿势很卖弄。就是说，幅度挺大，其实没必要。

我和身边的李太博交换一下眼神。我赞叹地说，啧啧，老当益壮。李太博也说，对对，人老心不老。

后来我看见钛金边没有镶上。问过李太博，他意思是说，把门牌镶在墙上以后再包钛金边也不迟。我不里手，但只消想想就觉得麻烦多了，那可是高空作业。李说，不麻烦。你要做的事说什么麻烦？他还是坚持最后镶边。可我眼皮子跳，怕是又有什么猫腻。

第十一天。老板生气了，李太博说当天搞好，不过得捱晚上开工，说是怕城管队罚款。他很怕城管那帮闲人，他说他们个个更年期，磕碰一下就爆得起。

那天中午我独自去了较远的一家馆子吃饭，叫的是腊肉砂钵饭。人多，饭老他妈没有端上来，我只有没完没了往外头看。

结果我看到了什么？两个人，他们从什么量贩出来，拎着大包小包从对面马路上踱过，衣着入时。

一个是小覃，一个是严老七。

严老七该不会又在关心下一代吧？还有一个问题，小覃叫覃什么来着？我竟然还不知道覃小芳的名字。

晚上把招牌用膨胀螺钉镶进店面顶上的墙体。严老七和小覃都来了，换一身用于工作的粗布衣服。晚饭时我问过了，李太博说她叫覃小芳。当时我就哼了起来，村里有个姑娘叫小芳，长得好看又善良……李扒拉了几口饭，没好气地说，村里妹崽也未必个个都叫小芳。

严老七当晚仍旧卖力，吆喝这个指挥那个，很有主人公精神。这点值得肯定。门头招牌太沉，李太博叫来十四五个苗族老表，一晚上一个人给六块钱。那些人竟然愿意干。严老七对老表格外凶狠。那十几个老表让他一个人给吼晕了，服服帖帖。那晚天气帮忙，风都死绝了，招牌很快校好位置，由十二个老表执六组麻绳在顶楼牵住。打膨胀螺钉时，把三副木梯接绑起来，才够得着上面。梯子过于地长，我这个人有点恐高，看看梯子的长度就眼晕。古代用于攻城略地的云梯，我看也不过如此。

严老七又抢着上。李太博拦不住他，严按老例把外衣一脱，叫小覃拿住，再把电锤倒提着，一脸义无反顾的样子往上爬。

严老七倒提电锤，就像国民党老兵油子提着一支卡宾枪。

我和李太博在下面掌梯。我看见老头悬在脑门顶上，火力十足掏着墙眼，塞膨胀螺钉的姿势也活像布雷管。

我们抽起烟，看见覃小芳这时站在那一侧，抬头看上面，眼珠子僵在眶里，不动弹。

我怀疑我看见的是一个正在动情的女人。我没有经验，但也看得出来。于是我告诉李太博，白天我看见他俩在逛街。

谁跟谁？

顶上悬着的这位，跟那边站着那位。我呶呶嘴。

李太博说，嗯。

我说，我意思是，他大概在勾引她。

哦。李太博狂喷了几口烟。

李太博到底没有把事情搞得很干净，偷工减料过于明显，后来老板看出来他只包了5厘米的钛金边——96平方米的大招牌只包5厘米的边，在视野里基本可以忽略。老板冲我狂发了一通飙。我正在为难，别人又指出那几只射灯全是旧的，还大小不一。

我把李太博叫去，我说你真可以的。

李太博磨磨蹭蹭地改来改去，老板总是不满意，提意见。我们俩那一阵都很不是滋味，李太博说你们老板真难对付。我只得安慰他说，你也不省油，吸取教训吧。这样一个多月后，老板只同意付九十块钱一个平方米。我想我是一点油水也没捞头了，很沮丧。

我把钱送到皮鞋厂，李太博还是很高兴，留我吃顿饭。我憋着气想，这一顿你欠我的。我说别的不要，我就喜欢吃酸菜胖头鱼，汤里搁点鸡枞菇鳝肉条那当然更好。

晚饭吃胖头鱼，还有一只卤煮鸭。小覃和小吴弄菜。我喜欢在这种环境里撮，大家像是相濡以沫的一家人，多好！小覃的手艺不是很好，太农家菜了，有焦糊味。但是每个人的槽口都不错，抢饭吃。抢着吃比敬着吃香一些。李太博找我喝酒，我也就喝了一点。小石小覃也喝，他们显然没量，话一眨眼就多起来，还重复。李太博说，小覃你唱首歌吧，你歌唱得好。小覃毫不推辞地唱了起来，先是《月亮代表我的心》；之后唱《我是一只小小鸟》；最后众人一吆喝，她来了兴致，抬高八度唱一曲《血染的风采》。她唱得比烧的菜好一点。唱完她又自己灌了一大口。

我没看到严老七——幸好没有见到严老七。我怎么一下子又想到他了呢？一个月的时间，也不知道他跑哪去关心下一代了。我想想严老七，忽然笑了。

可是事情就这么倒楣，正想着，严老七他老人家就在门口出现了。他衣服异常笔挺，脸也才刮的，脸皮还有些破。

大家都装作没看见他，仍旧往锅里捞。他也不像从前那样低眉顺眼，扯开嗓门喊，小芳，你出来。语气铿锵有力，底气十足。

小覃没有动，低下头把鸭尾巴一口撂进去了，吧唧吧唧嚼动着。这是只老鸭子，肉有些黏。

小芳你出来，听到没有？

我看见严老七目不斜视，直勾勾盯着小覃。小覃还是嚼着肉，不说话。小石也在嚼肉，小吴在笑，李太博在喝酒。他那一口干掉了二两有多。我也陪着抿一小口。

严老七又叫了几声。然后他就走过来了，脚碰到一只狗儿凳，飞起一脚把凳踢到墙旮旯里面。他走过小石身边，小石坐着仰视他一眼。李太博也站了起来，像是要说些什么。李太博看看严老七，严老七也看看李太博，很陌生的样子。李太博忽然一拳砸在严老七眼眶上，用力很大。严老七始料不及地跌坐到地上，闷哼了一声。

小覃还在嚼肉。那块肉像口香糖一样难嚼。

严老七慢慢撑起自己，不敢看李太博，退向门口。走到门口的时候，他说，小芳，我在楼下等你。

小覃没有过去，我们几人却走到门口。下面停着一辆黑色的轿车，看不清车牌，但款式挺好，显然不是地摊货。

吃完饭，小覃把自己所有的东西草草卷成一堆，不要命地塞进一只很小的提箱里面，带下楼去。当时已经有些晚了，老头拧开门，把小覃塞了进去。锃亮的车子吞噬了这个女人，接着吞下严老七，干脆利落不动声色。我在楼上目送着车离去，小石站在我的旁边，他说，嘿，是奥迪新款。小吴也凑过来看。而李太博仍然在吃鱼。他喝了很多酒，又把锅里剩下的东西一律撂进嘴里，就好像他是一只泔水桶那样。

后来我没有再去找过李太博，也没在佴城碰见过他。再有广告业务，都找别人做了，我多少还能拿些提成。差不多半年以后，有一个傍晚，我和一朋友站在人行天桥上说事，下面忽然乱成一团。这一乱，半个佴城的人都呼啦围过去看热闹。朋友也说，我们过去看看，两口子打架好像。我本来不感冒，捱不住他拉拉扯扯，也就跟着往下走。朋友削尖了脑袋往里挤，后一手攥住我，把我硬是扯进人堆里去。我看见中心地带有一个男人在扯一个女人，他嘴说，你想走就走？你玩弄我的感情是不咯？你说走就走，不把我当人？男人说得相当委屈，一副表情痛不欲生。被他牵扯着的那个女人，坐在地上痛哭不止，半幅衣袖已经被扯掉了——当然，你不用猜都知道，那肯定是严老七和小覃。

我只得毫无新意地说，完全正确，就是他俩，他跟她，严老七和覃小芳。而且小覃一眼瞥见了我。她很难为情，本来还满地打滚，忽然就站了走来，毅然决然地挽着严老七的手挤出人群。人们为这一对主角辟开一条道，然后各自散开。我看出来严老七还有些发蒙，他活了这么大年纪可能还搞不清楚，怎么女人说变就变？他大概没看见我，也许，看见了也认不出来。他管我是谁？

我悄不觉中疏通了一次道路阻塞。但我那朋友大为失望，他说，奂，怎么我一来就散人了，也没个高潮，浪费表情嘛。

图书在版编目（CIP）数据

瀑布守门人 / 田耳著. -- 上海：上海文艺出版社，2025. --（田耳作品）. -- ISBN 978-7-5321-8274-9

Ⅰ．I247.7

中国国家版本馆CIP数据核字第20253QH003号

策划编辑：江　晔
责任编辑：余　凯
装帧设计：付诗意
封面插画：何文通

书　　名：瀑布守门人
作　　者：田耳
出　　版：上海世纪出版集团　上海文艺出版社
地　　址：上海市闵行区号景路159弄A座2楼 201101
发　　行：上海文艺出版社发行中心
　　　　　上海市闵行区号景路159弄A座2楼206室 201101 www.ewen.co
印　　刷：崇明县裕安印刷厂
开　　本：1194×889　1/32
印　　张：8.25
插　　页：3
字　　数：172,000
印　　次：2025年5月第1版 2025年5月第1次印刷
Ｉ Ｓ Ｂ Ｎ：978-7-5321-8274-9/I.6536
定　　价：55.00元
告 读 者：如发现本书有质量问题请与印刷厂质量科联系　T: 021-59404766